Tod am Nord-Ostsee-Kanal

AF196578

DER NORD-OSTSEE-KANAL UM 1900

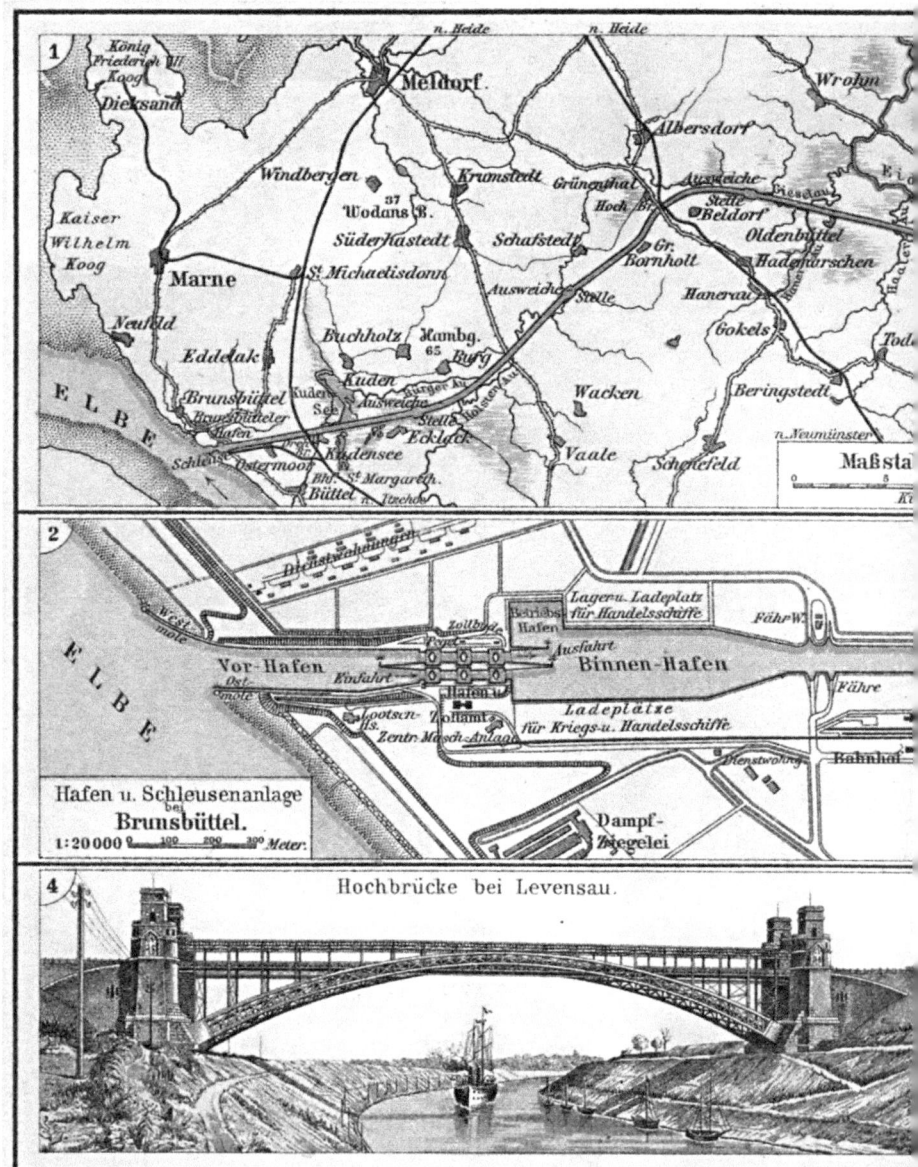

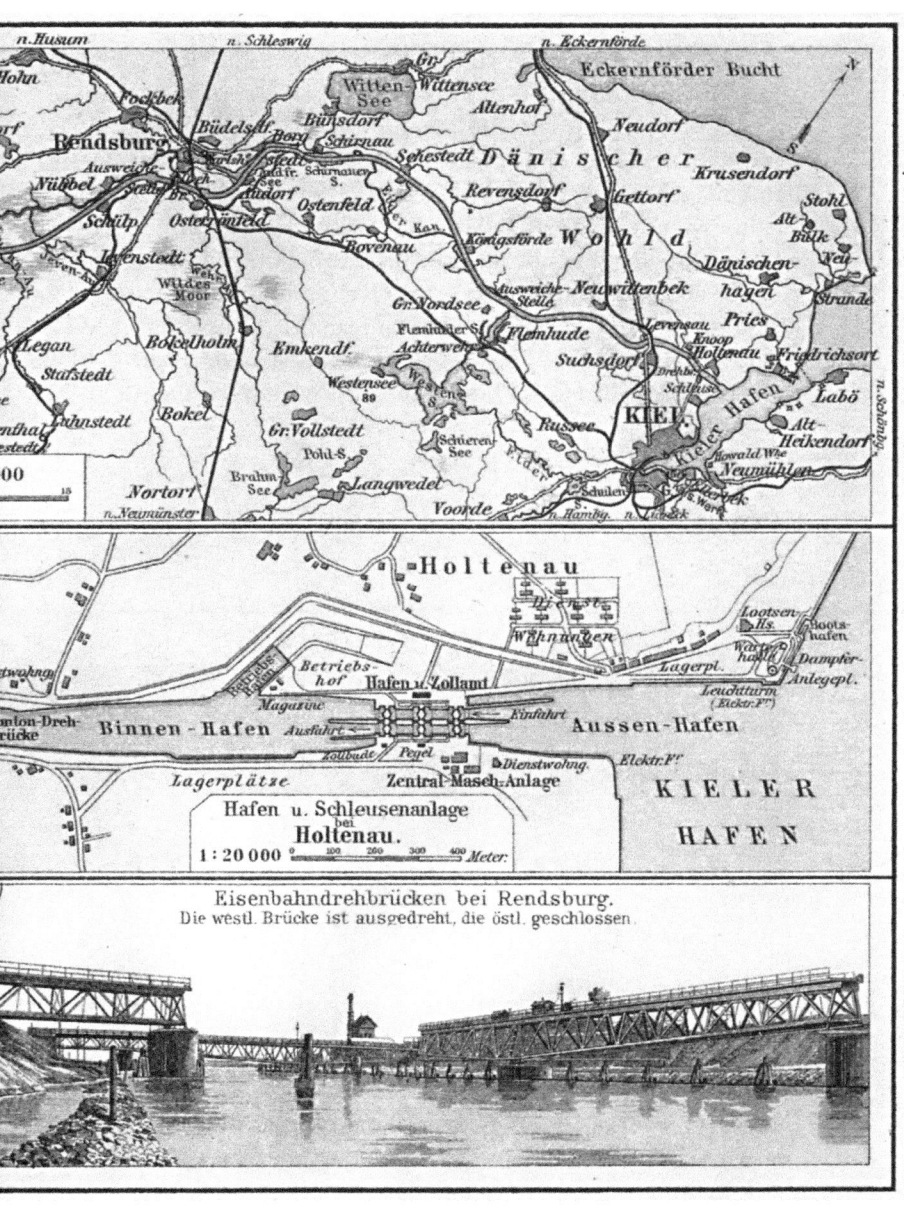

n. Husum — n. Schleswig — n. Eckernförde

Eckernförder Bucht

Hohn

Fockbek

Rendsburg

Büdelsdf. Borg

Witten-See — Gr.-Wittensee — Altenhof

Bünsdorf

Schirnau

Neudorf

Krusendorf

Dänischer Sehestedt

Nübbel

Schülp

Osterrönfeld

Audorf

Ostenfeld

Bovenau

Revensdorf

Königsförde — Wohld

Gettorf

Stohl

Alt-Bülk

Dänischen-hagen

Strande

Jevenstedt

Wildes Moor

Westensee 89

Westen-see

Gr. Nordsee

Achterwehr

Flemhude

Neuwittenbek

Levensau

Pries

Knoop

Holtenau

Friedrichsort

Legan

Stafstedt

Bokelholm

Bokel

Emkendf.

Gr. Vollstedt

Suchsdorf

Russee

KIEL

Schleuse

Labö

Alt-Heikendorf

Nortorf

Brahm See

Langwedel

Schüren See

Voorde

Kieler Hafen

Neumühlen

n. Neumünster — n. Hamby — n. Lübeck

Holtenau

Dienst-Wohnungen

Lootsen-Hs.

Boots-hafen

Wach-halle

Dampfer-Anlegepl.

Betriebs-hof

Hafen u. Zollamt

Lagerpl.

Leuchtturm (Elektr.F')

Binnen-Hafen

Magazine

Einfahrt

Aussen-Hafen

Ausfahrt

Zollbude

Pegel

Dienstwohng.

Elektr.F'

Lagerplätze

Zentral-Masch.-Anlage

KIELER

HAFEN

Hafen u. Schleusenanlage bei
Holtenau.
1:20 000   0   100   200   300   400 Meter

Eisenbahndrehbrücken bei Rendsburg.
Die westl. Brücke ist ausgedreht, die östl. geschlossen.

ANJA MARSCHALL

TOD AM NORD-OSTSEE-KANAL

HISTORISCHER KRIMINALROMAN

emons:

Bibliografische Information der Deutschen Nationalbibliothek
Die Deutsche Nationalbibliothek verzeichnet diese Publikation
in der Deutschen Nationalbibliografie; detaillierte bibliografische
Daten sind im Internet über http://dnb.d-nb.de abrufbar.

© Emons Verlag GmbH
Alle Rechte vorbehalten
Umschlagmotiv: shutterstock.com/Tischenko Irina,
akg-images/arkivi, shutterstock.com/Attsetski
Umschlaggestaltung: Nina Schäfer
Karte S. 2/3: Meyers Großes Konversations-Lexikon,
Bd. 10. Leipzig 1907
Gestaltung Innenteil: César Satz & Grafik GmbH, Köln
Lektorat: Christine Derrer
Druck und Bindung: Pario Print Sp. z o.o, Kraków
Printed in Poland 2023
ISBN 978-3-95451-978-1
Historischer Kriminalroman
Originalausgabe

Unser Newsletter informiert Sie
regelmäßig über Neues von emons:
Kostenlos bestellen unter
www.emons-verlag.de

Dieser Roman wurde vermittelt durch die
Literaturagentur Schmidt & Abrahams GbR, Speyer.

Sic vos non vobis.
Ihr, aber nicht für euch.

Vergil

PROLOG

Weiß stand der Mond am Himmel. Sein Spiegelbild glänzte im schwarzen Wasser einer Pfütze, als das hölzerne Rad der Schubkarre sein ebenmäßiges Abbild durchschnitt und es bis zur Unkenntlichkeit verzerrte.

Ein Arm hing schlaff über den Rand der Karre. Die Fingerspitzen der bleichen Hand scheuerten über den nassen Erdboden, durchfurchten das schmutzige Wasser der Lache.

Nicht weit entfernt ragten stählerne Skelette wie mahnende Finger in den nächtlichen Himmel. Ihre scharfen Schatten klebten totengleich unten im leeren Kanalbett, während an seinem Rand eine Gestalt ihre Fracht entlangschob. Bald waren die beiden Schleusenkammern zu sehen, die still und verwaist am Ende von Europas größter Baustelle lagen.

Vorsichtig wurde die Karre zur Kante des Kais geschoben. Hier führte ein schmaler Steg auf eines der eisernen Schleusentore. Das vordere Rad vorsichtig auf den Steg schiebend, balancierte die Gestalt den leblosen Körper über dem meterhohen Abgrund. Das fahle Licht des Mondes reichte nicht bis in die Tiefe der Schleusenkammer. Die Tore warfen ihre Schatten in eine undurchdringliche schwarze Leere hinein. Bleierne Stille lag in der Luft.

Die Griffe der Karre wurden hochgehievt. Langsam rutschte die leblose Gestalt Zentimeter für Zentimeter nach vorne. Schon hingen die Beine über dem Abgrund. Dann stürzte der Körper in die Tiefe.

»Ratte!«, zischte eine Stimme.

ALTONA. ES FAND AM FREITAG IM »ENGLISCHEN GARTEN«
ZU ALTONA EINE VON DER SOZIALDEMOKRATISCHEN PARTEI
BERUFENE WAFFEN-PROTESTVERSAMMLUNG STATT. UNGEFÄHR
8000 PERSONEN FÜLLTEN DIE SÄLE UND KORRIDORE DES
LOKALS IN GERADEZU BEÄNGSTIGENDER WEISE.

Originalauszug: Kieler Zeitung 1894

Kiel, 1894: Seit den Morgenstunden sank grauer Nieselregen
auf den Marktplatz herab. Mit schwarzen Schirmen über den
Köpfen eilten die Leute an dem Mann vorbei, der unauffällig
neben der Litfaßsäule nahe dem Rathaus stand und den Platz
beobachtete.

Die kalten Hände tief in den Hosentaschen vergraben, blickte
Kriminalhilfssergeant Hauke Sötje hinüber zur Rüdelschen
Hofapotheke. Dort fegte ein Gehilfe grimmig den Gehweg.
Neben der Apotheke lag Schmielaus Haushaltswarenladen, aus
dem in diesem Moment eine dicke Matrone mit ihrer jungen
Dienstmagd trat. Das Mädchen verschwand nahezu hinter den
in Packpapier gewickelten Schachteln und Kästen. Sie stiegen
in eine wartende Kutsche, die kurz darauf über das Kopfsteinpflaster rumpelte.

Hauke bemerkte eine Gruppe Offiziere der kaiserlichen
Marine in ihren schwarzen Uniformen, die soeben aus der
Weinstube Jordan herauskam. Offenbar in bester Stimmung,
schauten die Herren zum grauen Himmel hinauf. Leicht
schwankend stellten sie sich mitten auf den Gehsteig und über-
legten lautstark, wo sie denn als Nächstes einkehren könnten.
Sie scherten sich nicht um die Leute, die ihretwegen auf dem
Weg ausweichen mussten. Ein älterer Herr mit Zylinder und
Gehstock warf ihnen im Vorbeigehen einen verärgerten Blick
zu.

Kiel war einer der beiden kaiserlichen Reichskriegshäfen.
Wer der Marine diente, hatte gewisse Privilegien, die anderen
vorenthalten blieben. Schlechtes Benehmen schien dazuzuge-
hören.

Ein Pferdeomnibus rollte aus der Flämischen Straße heraus. Er hielt am fünfarmigen Kandelaber vor dem Rathaus. Drei Frauen und ein Mann entstiegen dem Gefährt. Eine Mutter mit Kind auf dem Arm wiederum stieg ein. Der Omnibuskutscher kassierte von ihr das Fahrgeld. Dann griff er zu der kleinen Glocke, die daraufhin zu bimmeln begann. Nun setzte sich der Klepper gemächlich in Bewegung, hin zur nächsten Haltestelle. Hauke schlug den Kragen seines Mantels hoch. Sein Magen knurrte. Er hatte seit den frühen Morgenstunden nichts mehr gegessen. Und nun war es Nachmittag. Doch der Befehl war eindeutig: Er durfte seinen Posten nicht unerlaubt verlassen, sondern hatte die Observierung des Marktes aufrechtzuerhalten, bis er abgelöst wurde oder man ihn ins Kommissariat am Martensdamm zurückbefehligte. Und so folgte Haukes Aufmerksamkeit den Offizieren, die sich lachend zum Hafen aufmachten.

Da trat ein kleiner Mann mit Melone und langem schwarzen Wollmantel aus dem Rathaus. Fast wäre er mit den Offizieren zusammengestoßen, geschickt wich er aus. Mit gesenktem Kopf eilte er weiter. Hauke erkannte Sergeant Haberstern. Sofort hoffte er, dass dieser nun den Posten auf dem Marktplatz übernehmen würde. Aber Haberstern lief an Hauke vorbei, Richtung Exerzierplatz. Dort musste er wahrscheinlich einen der anderen Sergeanten ablösen, die Kommissar Bahnsen heute Morgen überall in der Stadt verteilt hatte.

Anders als die anderen Anwärter der neuen Kriminalpolizei trug der ehemalige Kapitän Hauke Sötje seine alten Seemannskleider, bestehend aus Cordhose, gewachster Jacke und Mütze. Haberstern und die anderen hingegen hatten sich mit ihrer Anstellung als Kriminalhilfssergeanten sogleich einen dunklen Mantel mitsamt Melone zugelegt. Hauke wusste, dass viele Männer der neuen Kriminalpolizei zuvor einfache Wachtmeister in Uniform gewesen waren oder ehemalige Soldaten. Und Hauke vermutete, dass sie nur ungern ihre Uniform ausgezogen hatten. Was lag da näher, als das Alte gegen etwas Neues zu tauschen? Das aber machte die Männer von der Kriminalpolizei dem Gesindel gegenüber ebenso schnell erkennbar, als trügen sie Helm und Portepee. Doch wer war er, dass er über die anderen Sergeanten so dachte, schließlich trug auch er noch die alte Kluft des Seemannes. Selbst, wenn er keiner mehr war.

Dennoch fand Hauke, dass seine Kleidung in einer Hafenstadt wie Kiel weit besser geeignet war, in gewissen Kreisen Vertrauen aufzubauen, als dunkle Wollmäntel und Melonen es konnten. Sein Vorgesetzter war anderer Meinung. Haukes Weigerung, sich der Kleiderordnung des Ersten Kriminalkommissars zu unterwerfen, hatte Hauke ein Wochensalär, die Streichung des Kleidergeldes und die Androhung der Entlassung aus dem vorläufigen Polizeidienst gekostet. Genutzt hatte es wenig. Hauke trug auch weiterhin seine Seemannsjacke und die derbe Cordhose sowie die Wollmütze.

Überall im Kaiserreich baute man seit einiger Zeit spezielle Polizeieinheiten auf, um den immer dreister werdenden Verbrechern besser begegnen zu können. Die neue Zeit hatte nicht nur das Leben der Menschen verändert, sondern auch die Vorgehensweise von Schmugglern, Mördern und gewaltbereitem Gesindel. Das Verbrechen im Kaiserreich schien zunehmend besser organisiert zu sein als früher, größer und vor allem brutaler. Die einfachen Wachtmeister waren dem nicht mehr gewachsen. Und so bildete man nicht nur in Berlin, sondern auch in Kiel eine neue Gruppe von Männern in Sachen moderner Verbrechensbekämpfung aus. Unerkannt sollten sie sich auf die Suche nach Kriminellen machen.

Seit einiger Zeit merkte Hauke, wie er sich an sein neues Leben als Polizist zu gewöhnen begann. Obwohl ihm klar war, dass er in seinem Inneren immer ein Seemann bleiben würde, wusste er auch, dass er nie mehr ein Schiff befehligen konnte. Nicht nach dem, was damals vor Plymouth geschehen war. Hauke Sötje, der Mörder von dreiundfünfzig braven Männern.

Dass Hauke heute dennoch hier im Regen auf dem Marktplatz von Kiel stand und beobachtete, während sein Magen knurrte, verdankte er nur einem Menschen: Sophie-Louise Struwe.

Ohne es zu wissen, hatte sie ihn im letzten Jahr davon abgehalten, seinem unehrenhaften Leben als Kapitän ein Ende zu setzen. Ein Ende, das ihm damals mehr Würde versprach als ein Leben in Schuld und Schande. Sophie wurde sein letzter Anker zurück ins Leben. Er wollte sie nie wieder gehen lassen. Um sie aber heiraten zu können, wie es sich gehörte, musste er einer ehrbaren Arbeit nachgehen. Sophie fand, dass eine Anstellung als Kriminaler seiner Schweigsamkeit und seinem ausgeprägten Sinn für Gerechtigkeit und Ordnung sehr entspräche. Dabei hatte sie ihn angelächelt. Schon damals schien sie noch vor ihm zu wissen, dass eine Anstellung als Kriminalhilfssergeant eine Aufgabe war, die ihm helfen konnte zu vergessen.

Jedoch war es in diesen Tagen mehr als fraglich, ob Hauke jemals eine feste Anstellung in Kiel erhalten würde. Kriminalhauptkommissar Bahnsen machte keinen Hehl daraus, dass Hauke ihm zu renitent war. »Gehorsam, Gehorsam, nichts als Gehorsam«, verlangte der Mann von seinen Sergeanten. Blinder Gehorsam aber war nicht Haukes Sache.

Er wusste, dass Bahnsen ihn nicht so einfach entlassen würde, denn seit Hauke im Kommissariat war, konnte Bahnsen sich mit Erfolgen brüsten. Da waren der Mord an einem holländischen Seemann und die Schmugglerbande aus Dänemark, die dank Hauke dingfest gemacht werden konnte. Hauke wusste, dass seine Leistungen außer Frage standen, auch wenn sein verschlossenes Wesen ihm wenig Freunde am Martensdamm eingebracht hatte. Sosehr Hauke auch das Meer vermisste, die Suche nach der Wahrheit und das Wiederherstellen einer gerechten Ordnung erschienen Hauke sinnvoll genug, um selbst Bahnsen ertragen zu können.

Langsam glitt sein Blick über den Platz. Nicht zum ersten Mal fragte er sich, ob Bahnsen einen gravierenden Fehler begangen hatte, als er seine Männer in der ganzen Stadt postierte. Bahnsen hatte ihnen erzählt, er habe von einem Informanten erfahren, dass mehrere hundert Werftarbeiter einen aufrührerischen sozialistischen Aufmarsch in der Stadt planten. Da Hauke aber auf dem Marktplatz nirgends auch nur einen berittenen Polizisten bemerkte, wurde er das Gefühl nicht los, Bahnsen könnte versäumt haben, die eigentlich zuständigen Polizeiorgane zu informieren. Stattdessen hatte Bahnsen wohl beschlossen, den angeblichen Aufmarsch selbst in die Hand zu nehmen. Er hatte seinen Männern den Auftrag erteilt, ermittlungsrelevante Informationen zu sammeln, sollte es zu einer Demonstration kommen.

»Der endgültige Kampf gegen dieses vaterlandslose Gesindel gehört ebenso zu unseren Aufgaben wie das Zerschlagen des Verbrechens in Gänze«, hatte Bahnsen gesagt, bevor er die zwanzig Männer hinausschickte.

Hauke aber hatte eine andere Vermutung. Er glaubte, dass Bahnsen in einen Machtkampf mit dem städtischen Polizeiverwalter Lorey verwickelt war. Der eine gönnte dem anderen nicht die Butter auf dem Brot. Die Kriminalpolizei in der Stadt war erst vor wenigen Jahren eingerichtet worden, und die Frage der Kompetenzen war noch immer nicht zur Genüge geklärt. Und so war damit zu rechnen, dass Bahnsen zufrieden zuschauen würde, wenn Lorey vor den Stadtrat zitiert werden würde, um zu erklären, warum er diese kaiserfeindliche Demonstration nicht verhindert hatte.

Darum also lungerte Hauke Sötje seit Stunden hier herum, auf der Suche nach stadtbekannten Sozialisten oder sonstigen Verdächtigen.

Die Menschen in Kiel gingen an diesem verregneten Tag unterdessen in aller Ruhe ihren Geschäften nach. Man baute Schiffe auf der Howaldtwerft und goss Kanonen bei Winter & Söhne am Ostufer, während nahe Holtenau die Schleusen für einen der größten Kanäle, die Europa je gesehen hatte, errichtet wurden: den Nord-Ostsee-Kanal. Seit Jahren grub man diese Schneise, die Schleswig-Holstein einmal in der Mitte zerteilte. Im nächsten Jahr sollte die feierliche Eröffnung sein.

Und so ging in Kiel alles seinen geregelten Gang. Man schien sich in der Stadt des kaiserlichen Wohlwollens zu jeder Minute des Tages bewusst zu sein. Wie trügerisch das Gefühl von

Frieden jedoch sein konnte, wusste Hauke aus eigener, bitterer Erfahrung.

Gerade streckte er seinen vom vielen Stehen schmerzenden Rücken, als er drei Männer bemerkte, die vom Hafen zum Markt stiefelten. Sie trugen die derben Jacken und Mützen der Werftarbeiter. Auffallend langsam näherten sie sich dem Marktplatz. Der Große in der Mitte trug einen vollen schwarzen Bart. Keiner von ihnen kam Hauke bekannt vor, obwohl er noch am Morgen die Verbrecherplakate auf dem Kommissariat am Martensdamm studiert hatte. Darauf waren die gezeichneten Konterfeis stadtbekannter Sozialisten und Unruhestifter zu finden, die bereits einmal in Gewahrsam genommen worden waren.

Hauke spürte, wie sich seine Nackenhaare aufstellten. Aufmerksam beobachtete er die drei, die nun gemächlich auf den Platz schlenderten. Die Minuten vergingen, aber nichts geschah. Schon dachte Hauke, dass er sich über die Absicht der Männer getäuscht haben musste, als ein junger Mann mit einem Handkarren dicht an ihm vorbeirumpelte. Seine Waren hatte er mit einem Segeltuch abgedeckt. Nervös schaute er über seine Schulter zurück. Dann schob er den Karren zum Kandelaber, wo er ihn absetzte. Unsicher blickte er sich um. Jetzt bemerkte er die drei Männer, die zu ihm traten. Ein schüchternes Lächeln huschte über das Gesicht des jungen Mannes. Anerkennend klopften sie ihm auf die Schulter.

In diesem Moment schlug die Kirchturmuhr der Nikolaikirche viermal. Hauke stieß sich von der Litfaßsäule ab, um näher an die Männer heranzukommen. Vielleicht konnte er etwas von ihrem Gespräch verstehen. Da bemerkte er aus den Augenwinkeln, wie weitere Männer in Arbeitskleidung auf den Platz traten.

Bahnsens Informant hatte also recht gehabt. Das Kribbeln auf Haukes Haut wurde stärker. Er sah noch mehr Arbeiter aus Hauseingängen und Läden kommen, die allesamt zum Kandelaber schlenderten. Schon bald befanden sich über fünfzig von ihnen vor dem Rathaus.

Da schlug der junge Mann das Tuch auf seinem Karren zurück. Hauke konnte nichts erkennen, denn die Männer gruppierten sich schnell um den Karren, doch er ahnte, was nun kommen würde. Und tatsächlich wurden jetzt die ersten roten Fahnen über die Köpfe gehoben.

Immer mehr Arbeiter strömten aus den sternförmig zum Markt führenden Straßen herbei. Das konnten unmöglich nur die Männer der Werft sein, schoss es Hauke durch den Kopf. Er vermutete, dass einige darunter waren, die in der kaiserlichen Torpedowerkstatt und in der Gießerei am Ostufer arbeiteten. Die meisten Gesichter hatte er noch nie gesehen, und der Strom riss nicht ab.

Erschrocken flüchteten Frauen, die eben noch ihre Einkäufe erledigt hatten, in die Läden und Seitenstraßen, während sich ihre Männer dicht an den Hauswänden hielten, wo sie schimpfend dem arbeitsscheuen Gesindel die Faust entgegenreckten. Die Arbeiter auf dem Platz scherte es nicht. Erste Parolen flogen zum Rathaus hinüber.

In dieser Minute kamen zwei uniformierte Wachtmeister aus der Holstenstraße gelaufen. Als sie die Menge auf dem Markt sahen, blieben sie erschrocken stehen. Eilig besprachen sie sich, dann rannten sie davon, sicherlich, um Verstärkung zu holen, denn eine Zusammenrottung dieser Art war in Kiel bisher noch nicht vorgekommen.

Die Schutzpolizei und ihr Direktor Lorey waren also tatsächlich nicht vorbereitet. Das war genau, was Bahnsen hatte erreichen wollen. Doch um welchen Preis?, dachte Hauke bitter.

Schnell hatte er einige Rädelsführer im Mob ausmachen können, die die Parolen skandierten. »Gutes Geld für gute Arbeit!«, schrien sie aus rauen Kehlen, und es klang wütend.

Hauke wusste, dass die Arbeitsbedingungen in den Fabriken und Werften erbärmlich und gefährlich waren. Kaum einer von ihnen wurde älter als vierzig Jahre. Da half auch die neu eingeführte Krankenversicherung für die Arbeiter wenig. Dies machten sich die Linken zunutze und schürten im Reich Unruhe. Bismarcks Sozialistengesetze hatten nicht geholfen, die aufkeimende Macht der Gewerkschaften zu zerstören, und so mussten die Gesetze erst kürzlich wieder abgeschafft werden. Seither konnte jeder das Brodeln hören, das die Arbeiterschaft auf die Straße trieb.

Hauke ging um die Menge herum, um sich einen besseren Überblick zu verschaffen. Da bemerkte er den Mann mit dem vollen Bart, der nun auf den Sockel des Kandelabers kletterte. Mit einer Hand hielt er sich an dem fünfarmigen Leuchter fest, während er mit fester Stimme eine flammende Rede hielt. Die Männer schauten zu ihm auf, nickten und applaudierten. Hauke prägte sich das kantige Gesicht des Mannes ein, die tief liegenden blassblauen Augen, den Hamburger Akzent. Er schien ein geübter Redner zu sein. Die Arbeiter jubelten jedem seiner auf den Platz geschmetterten Worte zu.

Da hörte Hauke das gleichmäßige Schlagen von Stiefeln auf Kopfsteinpflaster, die schnell näher kamen. Er fuhr herum. Das rhythmische Knallen prallte von den Hauswänden ab und ergab ein Echo. Es wurde lauter und lauter. Nicht nur Hauke hatte es gehört, auch die Männer auf dem Platz. Jetzt ging es los! Ihre Rufe nach Arbeiterrechten und Gleichheit wurden immer grimmiger.

Und dann kamen sie aus der Dänischen Straße herausmarschiert. Es waren die Soldaten der Infanteriekaserne in der Feldstraße. In schwarzer Uniform und schweren Stiefeln erreichten sie im Gleichschritt den Platz. Sie stellten sich in zwei Reihen vor dem Rathaus auf, das es zu schützen galt.

Die Rufe der Arbeiter wurden dünner, bis sie ganz erstarben. Die Männer starrten zu den Soldaten hinüber.

Mit zusammengekniffenem Mund bemerkte Hauke die Gewehre auf den Schultern der Infanteristen. Ein junger Unteroffizier befehligte die Schützen. Hauke spürte die Nervosität des jungen Mannes, dessen Stimme ein wenig zu schrill über den Markt hallte.

Anders als die Soldaten waren die Sozialisten auf dem Platz ohne Waffen. Hauke hoffte, dass die Demonstranten klug genug sein würden, den Markt sofort zu verlassen. Allerdings rührten sich die Männer nicht. Wütend stierten sie zu den Soldaten hinüber, die mit einer knappen Bewegung die Gewehre von den Schultern nahmen. Ein weiterer Befehl des Unteroffiziers, dann kniete sich die erste Reihe vor die zweite. Aus den Fenstern des Rathauses lugten die verängstigten Gesichter einiger Stadtverordneter.

Entsetzt starrten die Demonstranten in die Mündungen der Gewehre, die jetzt auf sie gerichtet waren.

Das ist Wahnsinn, fuhr es durch Haukes Kopf. Wer hatte die Soldaten in Marsch gesetzt? Hatten sie tatsächlich einen Schießbefehl? Oder war das nur ein Versuch, die Männer einzuschüchtern? Warum war kein höherer Offizier dabei, sondern nur der offensichtlich unerfahrene junge Unteroffizier?

Dieser forderte nun die Arbeiter im Namen des Kaisers auf, diese nicht genehmigte Zusammenrottung unverzüglich zu beenden und sofort den Platz zu räumen, da man ansonsten bereit sei zu schießen.

Der Wortführer, der noch immer auf dem Sockel des Kandelabers stand, antwortete mit tragender Stimme: »Wir sind Untertanen des Kaisers. Und dennoch kämpfen wir für unsere Rechte! Gleichheit und Freiheit!«

Die Männer zu seinen Füßen stimmten zaghaft zu.

»Es ist nicht rechtens, dass der Herr Unteroffizier die Waffen gegen ehrliche und rechtschaffene Männer richtet!«

Während die Augen aller auf den Mann am Kandelaber und die bewaffneten Soldaten gerichtet waren, bemerkte Hauke, wie sich einer der Arbeiter – ein großer, dürrer Kerl – von der Gruppe löste. Langsam ging er hinter den Rücken der anderen entlang. Hauke vermutete schon, er könne sich aus dem Staub machen wollen, aber etwas stimmte mit dem Kerl nicht.

Hauke folgte ihm in einiger Entfernung. Da bemerkte er, wie dieser seine linke Hand in die Jackentasche schob. Langsam zog der Mann einen Revolver hervor. Gerade wollte Hauke zu ihm laufen und die Waffe entreißen, als dieser blitzschnell den Revolver über die Köpfe der Männer hielt und auf den Redner zielte. Noch bevor Hauke den Mann am Kandelaber warnen konnte, war der erste Schuss gefallen. Der Kopf des Redners wurde zur Seite gerissen, seine Arme flogen hoch, als er vom Sockel direkt in die Menschenmenge stürzte. Ein weiterer Schuss ging knapp über die Köpfe der Soldaten hinweg und schlug in der Schaufensterscheibe der Rüdelschen Hofapotheke ein, die klirrend zu Bruch ging. Jemand im Laden schrie auf.

Dann blieb für den Bruchteil eines Augenblicks die Zeit stehen.

Hauke hörte den Schießbefehl. Die ersten Salven der Soldaten siebten durch die Arbeiter. In Panik stoben die Leute auseinander. Hauke sah noch, wie der Dürre zu einer Reihe Häuser hinüberrannte. Er rannte los, versuchte, dem Kerl durch die flüchtende Menge zu folgen. Mühevoll bahnte er sich einen Weg hinter dem Mörder her.

Da stieß er mit einem der fliehenden Arbeiter zusammen. Mit weit aufgerissenen Augen starrte der Mann Hauke fassungslos an, als plötzlich ein Schmerz sein Gesicht verzerrte und er mit Wucht nach vorne geschleudert wurde, direkt in Haukes Arme. Hauke versuchte noch, ihn festzuhalten, aber der Mann rutschte ihm aus den Händen. Hart schlug sein Kopf auf das Straßenpflaster. Zwei Arbeiter ergriffen den Verletzten und schleiften ihn mit sich fort, während Gewehrkugeln durch die Luft flogen und Menschen schrien.

War es das, was Bahnsen gewollt hatte?

Hauke rannte zu den mehrstöckigen Fachwerkhäusern am Rand des Marktes hinüber, die sie hier die Persianischen Häuser nannten. Hierin war der Kerl verschwunden.

KIEL. (TODESURTHEIL) DAS VOM HIESIGEN SCHWURGERICHT ÜBER DEN MÖRDER EHLERS GEFÄLLTE TODESURTHEIL IST VOM KAISER BESTÄTIGT WORDEN. DIE HINRICHTUNG DES EHLERS ERFOLGT HEUTE MORGENS 7½ UHR AUF DEM HOFE DES HIESIGEN GERICHTSGEFÄNGNISSES. DIE VOLLZIEHUNG DES URTHEILS ERFOLGT DURCH SCHARFRICHTER HEINDEL AUS MAGDEBURG.

Originalauszug: Kieler Zeitung 1894

Hauke stolperte, schlug und kämpfte sich durch die Flüchtenden. Als er gerade am Rathaus vorbeilief, trat die erste Reihe der Infanteristen hinter die zweite zurück, um nachzuladen. Die Soldaten vorne knieten sich hin und legten an. Der Donner der letzten Salve hing noch in der pulvergetränkten Luft, als der Unteroffizier auch schon schrie:»Feuer!«

Menschen lagen stöhnend und blutend auf dem Kopfsteinpflaster. Welch Wahnsinn.

Hauke hastete auf die Persianischen Häuser zu. Mit wenigen Schritten hatte er die vierstöckigen Fachwerkbauten erreicht, die früher einmal Lagerhäuser gewesen waren.

Der Mörder rannte um die Ecke, wo der Kirchhof der Nikolaikirche begann. Hauke hetzte hinterher, bekam vor Anstrengung kaum noch Luft. Endlich erreichte er die Rückseite der Persianischen Häuser. Dort standen mehrere Handkarren um einen Baum herum, denen er im letzten Moment gerade noch ausweichen konnte.

Atemlos blieb er stehen, schaute sich um, unschlüssig, wohin er sollte. Zu seiner Linken erhob sich die Nikolaikirche mit ihrem spitzen Dach, zur Rechten die schäbig wirkende Rückseite der Häuserzeile.

Hauke hörte eine Tür zufallen. Er fuhr herum. In einiger Entfernung saß ein Mädchen mit geflochtenen Zöpfen. Voll Schreck blickte sie zu einer nahen Tür hinüber, während sie ihre Strohpuppe ängstlich an sich presste.

Hauke lief an dem Kind vorbei und stieß die Tür auf. Er

stolperte in tiefes Schwarz hinein. Sofort zuckte er zurück. Übler Geruch stieg in seine Nase.

Eine Stimme in seinem Kopf warnte ihn, diese Dunkelheit zu betreten. Das Bild herabstürzenden Wassers machte sich in ihm breit, es durchbrach eine Schiffswand, drohte ihn zu ersäufen. Haukes Herz raste schneller. Er rang nach Luft. Der Untergang seines Schiffes, dreiundfünfzig tote Männer und er als einzig Überlebender. Ein Irrsinn!

Seit damals suchten ihn diese Erinnerungen immer wieder heim. Allerdings war Hauke nicht der Mann, der aufgab oder sich vor dem Unvermeidlichen drückte. Und so trat er in die Dunkelheit hinein.

Er würde die Angst in seinem Schädel bekämpfen, wo auch immer sie ihn in die Knie zwingen wollte. Das hatte er in der kalten Zelle eines Irrenhauses gelernt, in das sie ihn damals gesperrt hatten. Damals, als man ihm nicht glaubte, dass er sich nicht mehr an den Untergang erinnerte. Damals, als sie glaubten, das Gedächtnis aus ihm mit unwürdigsten Methoden herausquälen zu können. Er hatte alles überlebt, und er würde auch die Minuten in diesem elenden Flur überleben. Die Raserei in seinem Kopf konnte kaum halb so schlimm sein wie all das, was hinter ihm lag.

Mit jedem vorsichtigen Schritt in die Dunkelheit wurde das Tageslicht mehr und mehr von der Düsternis im Treppenhaus verschlungen. Es roch nach Essen und Urin, nach Müll und Armut. Hauke wartete, bis sich seine Augen an die Schwärze gewöhnt hatten. Irgendwo quietschte eine Tür in ihren Angeln. Vor sich konnte er die Schemen einer schmalen Stiege erkennen.

Die ausgetretenen Bretter knarzten unter seinem Gewicht. Langsam erklomm er die Stufen in den ersten Stock. Er spürte Übelkeit in sich aufkommen und schluckte. Irgendwo weinte ein Kind. Jemand pöbelte es an. Woanders gab es Streit zwischen zwei Frauen. In einer Wohnung sang jemand mit kehliglallender Stimme.

Haukes Atem ging mit jeder Stufe, die er höherstieg, flacher.

Er wusste, dass sich gleich der Eisenring um seine Brust legen würde. Die Enge würde ihm immer mehr die Luft rauben, bis er drohte, ohnmächtig zu Boden zu sinken. Schon wurde seine Haut kalt und zugleich schweißnass.

Sie kommen, schrie es in seinem Kopf. Sie kommen! Er krallte sich am Treppengeländer fest, denn der Boden unter seinen Füßen begann sturmgleich zu wanken. Gleich würde er die Stufen hinunterstürzen. Schnell kniff er die Augen zu. Halt in diesen Momenten war einzig sein versunkenes Schiff: die »Revenge«. Er würde ihre Takelung im Geiste aufsagen, um die Unordnung in seiner Seele mit harter Ordnung zu bekämpfen.

»Klüver, Binnenklüver, Vor-Stag«, murmelte er mit brechender Stimme leise. »Focksegel, Vor-Untermarssegel, Vor-Obermars, Vor-Bram, Vor-Royal …« Er rief sich jedes einzelne Segel ins Gedächtnis, die ausgebesserten Stellen, ihre weiße und graue Färbung, ihre zerfetzten Fäden, wenn ein Sturm sie zerrissen hatte. »Großmast: Stagsegel, Großsegel, Groß-Untermars, Obermars, Bramstag …«

Langsam, ganz langsam ließen Schwindelgefühl und Übelkeit nach. Sein Herz schlug ruhiger. Der Eisenring löste sich ein wenig, bis der Kapitän der »Revenge« wieder atmen konnte.

Seit dem Untergang seines Schiffes vor einigen Jahren verfolgten ihn diese Anfälle wie wilde Hunde, jagten ihn durch den Hades, bis er erschöpft in Ohnmacht fiel. Nicht so dieses Mal! Dieses Mal musste er unbedingt seine Sinne beisammenhalten.

Haukes Kehle war trocken, als er sich mit weichen Knien am Geländer hochzog und weiterging. Der Mörder war nah. Er fühlte es.

Ganz oben angekommen, bemerkte Hauke, dass eine Tür spaltbreit offen stand. Dahinter sang ein Mann mit rauer Stimme vor sich hin. Es war ein Seemannslied. Hauke schaute sich in der Etage um. Neben ihm lag eine vernagelte Tür, die wahrscheinlich auf den Dachboden des Hauses führte. Vielleicht hatte der Mörder über die Dächer entkommen wollen, jedoch den Ausgang verschlossen vorgefunden. Somit war einzig die Wohnung, aus der das Lied kam, seine Möglichkeit zur Flucht.

Vorsichtig schob Hauke die Tür ein wenig weiter auf. Sie quietschte. Er lugte in den Raum hinein, wo ein Alter auf einem Hocker saß. In der Hand hielt der Mann eine Schnapsflasche. Die abgestandene Luft im Raum stank nach billigem Fusel. Überall lagen Wäschestücke herum. Auf dem Küchentisch surrten Fliegen um einen Teller mit Essensresten. Ansonsten zählte Hauke fünf, nein, sechs weitere Flaschen, die herumlagen, allesamt leer. Rhythmisch bewegte sich der Alte zu seinem Singsang vor und zurück, ohne Hauke zu beachten. Den Besoffenen zu fragen, ob er einen Fremden gesehen habe, sparte Hauke sich. Er öffnete die Tür so weit, dass er sicher sein konnte, dass niemand dahinter stand. Dann trat er ein. Sofern der Mörder keinen Unterschlupf in einer der unteren Wohnungen gefunden hatte, war hier seine letzte Möglichkeit, über das Dach entkommen zu können.

Die Behausung bestand aus der Küche und einer Schlafkammer mit zwei Betten, die zu Haukes Rechter abging. Ein hoher Kleiderschrank befand sich an der Wand, der so gar nicht zum Rest der schäbigen Einrichtung passen wollte. Langsam ging Hauke weiter. Als er fast bei dem Alten stand, spürte er einen Luftzug. Er fuhr herum.

Die Türen des Kleiderschrankes flogen auf, und etwas Großes sprang heraus. Schnell hob Hauke den Arm, als der Mörder auch schon eine leere Flasche auf ihn heruntersausen ließ.

Ein höllischer Schmerz durchzuckte Haukes Unterarm. Er schrie auf. Das Stechen zog blitzartig in die Schulter und durch seinen ganzen Körper. Hauke drehte sich, um dem nächsten Schlag zu entkommen. Dann holte er mit der Linken aus. Die Faust traf den Angreifer im Gesicht. Die Flasche fiel klirrend zu Boden. Der Mann stolperte nach hinten, wobei er eine Waschschüssel samt dreckiger Seifenlauge mitriss. Ein Schemel unter ihm ging zu Bruch. Sofort stürzte sich Hauke auf ihn. Aber der Mann war flink und wich aus. Hauke bekam gerade noch den Kragen seiner Jacke zu fassen. Er versuchte, ihn zu Boden zu zerren, doch der Mann riss sich los, wobei er die Jacke verlor.

Erstaunt glotzte der Alte die beiden kämpfenden Männer in seiner Küche an.

Hauke rappelte sich auf. Der Mörder durfte nicht fliehen. Gerade als er sich aufrichtete, um ihn zu verfolgen, sah Hauke, wie der Kerl sich umdrehte. In der Hand hielt er den Revolver. Mitten in der Bewegung erstarrte Hauke. Langsam hob er beide Hände, ohne den Mann aus den Augen zu lassen. Der Kerl war etwa einen Meter neunzig groß. Er trug die Kleidung der Arbeiter vom Hafen, hatte rotes Haar, was für seine etwa dreißig Jahre zu dünn und schütter war. Hauke bemerkte, dass dem Mörder an der rechten Hand der Ringfinger fehlte. All das prägte Hauke sich ein, während er Schritt für Schritt zurückwich, bis ein Ofenrohr ihn aufhielt.

Keuchend lehnte indes sein Gegner an der gegenüberliegenden, schimmelnassen Wand. Er wischte sich das Blut von der Nase, während er Hauke anstarrte und zu überlegen schien, was er tun sollte.

Da hallte das Poltern schwerer Schritte im Treppenhaus zu ihnen herauf. »Im Namen des Kaisers! Polizei! Niemand verlässt das Haus!«, drang die donnernde Stimme des Gesetzes bis in die Küche.

Der Mörder fuhr zur Tür herum. Auch Hauke blickte dorthin. Gerade wollte Hauke den Wachtmeistern im Treppenhaus etwas zurufen, als der Dürre diesen Moment der Unaufmerksamkeit nutzte. Mit dem Griff seiner Waffe schlug er hart gegen Haukes Schläfe. Hauke sackte zusammen. Schwer stieß sein Kopf gegen die Kante einer eisernen Kochstelle.

Grobe Hände rüttelten an Haukes Revers. Vorsichtig öffnete er seine Augen. Über sich erkannte er das Gesicht von Wachtmeister Kehr, einem runden, gemütlichen Mann mit Zwirbelbart.

Haukes Kopf dröhnte. Er versuchte sich aufzusetzen, während er seinen Schädel befühlte. Der Schlag hatte die Stirn aufplatzen lassen. Das Blut begann bereits zu trocknen. Er musste hier eine ganze Weile bewusstlos gelegen haben.

Wachtmeister Kehr und der andere Uniformierte schauten

abschätzig zu Hauke herunter. »Das wird den Herrn Kommissar aber gar nicht freuen, wenn er hört, wo wir seinen entlaufenen Gehilfen wiedergefunden haben«, meinte Kehr. Der andere nickte und steckte die Daumen in den breiten Gürtel seiner Uniform.

»Gesoffen hat der Hund«, sagte Kehr nur angewidert. Der andere schnüffelte. »Jo, der stinkt mächtig.« Tatsächlich brannte der Fusel in dem engen Raum sogar in Haukes Nase. Als er vorhin in die Wohnung getreten war, hatte er das gar nicht bemerkt, jetzt aber roch es tatsächlich widerwärtig.

Gerade wollte Hauke den beiden Wachtmeistern erklären, was passiert war, als er seine nasse Jacke bemerkte. Ein ekliger Geschmack in seinem Mund ließ ihn schlucken. Da wurde ihm klar, dass die beiden ihn meinten. Offenbar hatte der Dürre ihm von dem Schnaps des Alten eingeflößt, während er ohnmächtig war. Wahrscheinlich hatte er den Rest über die Jacke gekippt.

»Ich trinke keinen Alkohol«, krächzte Hauke und setzte sich auf. Die Männer lachten. Mit pochendem Kopf drehte Hauke sich um. »Wo ist der Alte?«

Der versoffene Alte war fort. Mit schmerzverzerrtem Gesicht presste Hauke beide Hände gegen seine Schläfen. »Fragen Sie ihn, was er gesehen hat«, flüsterte er. »Der Mann ist ein Zeuge.«

»Brehmer? Ein Zeuge? Der Saufkopp würde nicht einmal seine eigene Mutter erkennen, wenn sie vor ihm stünde.« Mit diesen Worten ergriffen die beiden Uniformierten Hauke und schleiften ihn wie einen Gefangenen ins Treppenhaus.

»Ich muss zu Kommissar Bahnsen«, rief Hauke, während ein Schwindelgefühl drohte, ihm die Sinne zu rauben. Doch dieses Mal waren es nicht die wilden Hunde in seinem Kopf, die ihn niederrangen, sondern der Schlag des Revolvers. Hauke hörte noch, wie einer der beiden sagte, man würde ihn nun zu Vater Streich bringen. Dann verlor er erneut das Bewusstsein.

Als Hauke wieder zu sich kam, lag er auf einer hölzernen Pritsche. Die beiden Wachtmeister hatten ihre Drohung wahr gemacht und ihn in eine der Zellen in der Wilhelminenstraße gebracht, wo der Gefangenenaufseher Streich seit Jahren waltete.

Hauke versuchte sich umzusehen, aber die Wände um ihn herum schienen immer näher zu kommen. Schnell schloss er wieder seine Augen. Abermals wollte sich die Angst ihren Weg in sein Bewusstsein bahnen. Hauke begann erneut, die Takelung seines Schiffes vor sich hinzumurmeln. Er konzentrierte sich, so gut es ging.

Nach einigen Minuten hatte er die wilden Hunde wieder im Griff. Enge Räume versetzten ihn nach all der Zeit noch immer an den Rand des Irrsinns.

Vorsichtig setzte Hauke sich auf. Die Wände der düsteren Zelle mit dem Holztisch und dem dreibeinigen Hocker darin waberten noch immer, als er sich von der Pritsche hochstemmte und schwankend zur vergitterten Tür stolperte. Er klammerte sich an die kalten Eisenstäbe und rief nach Aufseher Streich.

Erst als Hauke wohl gut eine Stunde nach dem Mann gerufen hatte, kam dieser den Gang entlanggeschlurft. »Was willst du?«

»Vater Streich! Endlich! Ich muss Kommissar Bahnsen sprechen.«

»Der Herr Kommissar gab Anweisung, dich so lange hier zu lassen, bis du nüchtern bist. Er erwartet dich morgen früh um acht Uhr.« Der oberste Aufseher in der Wilhelminenstraße wollte wieder nach oben gehen, wo der Wachraum lag.

Für einen Moment war Hauke sprachlos. Bahnsen glaubte tatsächlich, Hauke hätte im Dienst getrunken?

»Halt, Streich! Bringen Sie mir wenigstens Papier und Stift.« Der Mann drehte sich nicht um. »Besser Sie tun es, Streich! Mein Vorgesetzter erwartet einen Bericht«, rief Hauke ihm wütend nach.

KIEL. (POLIZEIRAPPORT) VERHAFTET SIND: EIN MÄDCHEN
WEGEN UNTERSCHLAGUNG, ZWEI MATROSEN WEGEN
RANDALIERENS IM CAFÉ GÄTHJE, EIN ARBEITER
WEGEN TRUNKENHEIT, VIER COMMIS WEGEN VERDACHTS
DES EINBRUCHDIEBSTAHLS, EIN ARBEITER, WELCHER
DAS REISENDE PUBLIKUM AM BAHNHOF BELÄSTIGTE,
EINE WITWE WEGEN BETTELNS ...

Originalauszug: Kieler Zeitung 1894

Der letzte Schlag der Kirchturmuhren in der Stadt war noch
nicht verklungen, als Hauke im ersten Stock der Polizeidirektion am Martensdamm vor der Tür zu Bahnsens Amtszimmer
stand. Der Erste Kriminalkommissar sei noch nicht im Haus,
hatte einer der Wachtmeister unten gesagt und dabei angeekelt
fortgeblickt. Hauke wusste, dass er abscheulich riechen musste.
Bei Vater Streich hatte es keine Waschschüssel für ihn gegeben,
und gegessen hatte Hauke seit über vierundzwanzig Stunden
nicht.

Da kam Kriminalsergeant Scheller, ein untersetzter Mann
aus dem Lauenburgischen, die Treppe herunter. Im Arm trug
er einige Akten. Als er an Hauke vorbeiging, raunte er nur:
»Den Beobachtungsposten verlassen, um zu saufen! Pfui. Eine
Schande!«

Offensichtlich hatte sich Haukes angebliches Fehlverhalten
während der Dienststunden bereits herumgesprochen. Hauke
wusste, dass es sinnlos war, sich zu verteidigen. Gegen boshafte
Gerüchte hatte die Wahrheit keine Waffen. Und dass Bahnsen
ihn entlassen würde, stand für Hauke außer Frage. Also schwieg
er und wartete auf das Unvermeidliche.

Stumm betrachtete er seine schwieligen Hände. Es waren
die Hände des Seemanns, der er früher einmal gewesen war.
Sein ganzes Leben hatte er auf salzkrustigen Planken verbracht,
bis zu dem einen Moment vor fünf Jahren, an den er sich nicht
mehr erinnern konnte.

Alle waren gescheitert, die Anklage ebenso wie seine Verteidiger, die Admiralität ebenso wie die Ärzte. Es gab keine Zeugen, die Kapitän Hauke Sötje ein Fehlverhalten hätten nachsagen können. Seine einzige Schuld schien darin zu bestehen, noch am Leben zu sein. Hauke hätte jede auch noch so schändliche Deutung akzeptiert, wenn sie nur die Lücke in seinem Gedächtnis plausibel gefüllt hätte.

Doch dann, als er schon mit sich und dem Leben abgeschlossen hatte, kam Sophie-Louise Struwe. Hauke lächelte bei dem Gedanken an Sophie, die genau wie er alles verloren hatte. Doch anders als er war sie stark und weigerte sich, dem Schicksal freie Hand zu lassen. Nachdem sie in Schande aus ihrer Heimatstadt flüchten musste, begann sie in Lübeck ein neues Leben. Im Roquetteschen Lehrerinnenseminar hatte sie kürzlich mit Auszeichnung ihr Studium abgeschlossen. Jetzt plante sie, ihren Lebensunterhalt als Lehrerin zu verdienen.

Für Hauke war eine Zukunft ohne Sophie sinnlos. Als ordentlicher Kriminalsergeant mit Jahressalär und Pension würde er ihr eine bescheidene Zukunft bieten können. Und so trug er seit mehreren Wochen ein kleines samtenes Kästchen bei sich. Darinnen war ein Verlobungsring. Noch hatte er nicht den rechten Moment gefunden, um Sophie zu fragen. Noch hatte er nicht die ersehnte Festanstellung. Noch war die Zeit für einen Antrag nicht reif. Noch lag der Ring in seiner Schatulle, eingewickelt in Seidenpapier.

Wenn Bahnsen ihn jetzt allerdings aus dem Polizeidienst entfernte, wäre seine Hoffnung auf ein neues Leben dahin.

Wieder blickte Hauke auf seine Hände. Ihm fiel der Revolver ein, den er in seinem Zimmer aufbewahrte. Die Waffe lag in einer Holzkiste unter seinem Bett. Schon lange hatte er nicht mehr an den Revolver gedacht. Aber er wusste, was zu tun war, wenn ein weiteres Mal sein Leben zerbrechen sollte.

In dieser Sekunde kam Bahnsen den Flur entlanggeeilt. Anders als seine zivilen Sergeanten trug er in der Polizeidirektion stets eine Uniform samt gewienerten Stiefeln, Helm und Säbel mit Portepee an der Seite. »Reinkommen!«, schnauzte er.

Der Raum des Ersten Kriminalkommissars der Stadt war

überheizt und muffig. Das einzige Fenster ging zur Straße hinaus. Bahnsen hängte seinen Säbel an einen Wandhaken. Dann legte er den Helm sorgsam auf einen Aktenschrank. Mit zusammengekniffenem Mund schritt er hinter den Schreibtisch, wo er sich schwer auf den knarzenden Stuhl fallen ließ.

»Ihr Bericht!«

Hauke legte die handgeschriebenen Zettel auf den Tisch. Dann nahm er Haltung an.

Bahnsen schob die Seiten ohne einen Blick fort. »Sie haben sich ohne Erlaubnis von Ihrem Posten entfernt.«

»Jawohl.« Hauke wusste, dass es keinen Sinn haben würde, sein Tun zu leugnen.

»Was haben Sie von der Zusammenrottung zu melden?« Bahnsen legte seine Unterarme auf den Tisch und musterte Hauke aus schmalen Augen.

Kurz rekapitulierte Hauke die Vorkommnisse. »Etwa einhundertfünfzig Männer versammelten sich Schlag vier auf dem Marktplatz. Ihr Wortführer war uns bisher nicht bekannt. Auffallender Vollbart, circa vierzig Jahre alt, schlank, blaue Augen, Hamburger Akzent —«

»Unerheblich! Der Mann wurde durch die Infanteristen liquidiert«, unterbrach ihn Bahnsen.

»Nein, der Mann starb nicht durch Gewehrkugeln, sondern durch einen Revolver. Der Täter: etwa einen Meter neunzig groß, von dünner Gestalt, Anfang dreißig, rötliches dünnes Haar, stand hinter der Menge, als er schoss. Das muss die Obduktion bereits ergeben haben.«

Bahnsen ließ seine Hand auf ein Formular fallen, das vor ihm lag. Es war der Bericht des Pathologischen Instituts, wie Hauke an dem Wappen erkennen konnte.

»Unsinn! Es gab keinen Revolver«, erklärte Bahnsen. »Diese Schmeißfliegen wurden allesamt von den Kugeln der kaiserlichen Infanteristen liquidiert.« Er beugte sich leicht über den Tisch. »Sie, Sötje, versuchen nur, Ihren Kopf mit einem eingebildeten Mörder zu retten. So ist das!«

Nun lehnte er sich zurück, wobei er die Arme vor der Brust

verschränkte. »Ich schickte zwei Wachtmeister los, um Sie suchen zu lassen. Man fand Sie volltrunken in einer Absteige in den Persianischen Häusern! Da war kein Mörder. Nur Sie. Und Sie stanken nach Schnaps!«

»Ich trinke nicht«, sagte Hauke so ruhig es ging.

Bahnsens Augen wurden klein. »Sie sind seit sechs Monaten Aushilfssergeant, Sötje. Bereits einfache Aufgaben wie das Gehorchen scheinen Sie zu überfordern.«

Hauke stierte an die Wand hinter Bahnsen, wo ein Bild vom Kaiser hing. »Ich habe einen Mörder verfolgt, verdammt noch mal!«, flüsterte er.

Bahnsens Stimme dröhnte durch den Raum. »Sind Sie von Sinnen, so mit mir zu reden? Ich könnte Sie verhaften lassen!« Er sprang auf, wobei sein Stuhl polternd nach hinten kippte. »Es ist nicht das erste Mal gewesen, dass Sie mir den Gehorsam verweigert haben, Sötje. Und ich weiß, es wird nicht das letzte Mal sein.«

Bahnsen holte aus der obersten Schublade seines Tisches eine grüne Mappe mit der Aufschrift »Vertraulich« heraus. Er schlug sie auf. Deutlich konnte Hauke seinen Namen auf dem ersten Blatt lesen. »Sie verdanken es einzig und allein meinem Mitleid, dass Sie hier sind. Aber damit ist jetzt Schluss!«

Hauke hätte ihn daran erinnern können, dass es seine Kenntnisse in der Anwendung moderner chemischer Analyseverfahren, der Medizin oder sein umfangreiches technisches Wissen waren, die den Stadtrat dazu bewogen hatten, ihm eine Position als Hilfssergeant anzubieten. Bahnsen selbst hatte Hauke, der sich weigerte, mehr als nötig über seine Vergangenheit zu sagen, stets misstraut. Hauke schwieg.

Unterdes überlegte Bahnsen, welches die beste Lösung in diesem kniffeligen Fall sein konnte. Er könnte diesen Sötje entlassen und sich damit einen renitenten, ungehorsamen Aushilfssergeanten vom Hals schaffen. Gleichzeitig aber musste er befürchten, dass dieser Kerl ihm gefährlich werden konnte. Die Sache mit der Demonstration auf dem Marktplatz war außer Kontrolle geraten. Bahnsen musste mit einer Untersuchung rechnen, falls bekannt würde, dass er von dem Aufmarsch gewusst hatte, es aber nicht an Lorey weitergegeben hatte. Lorey, ein schwacher, inkompetenter Dummkopf, der nicht einmal gedient hatte.

Bahnsen begutachtete diesen Sötje genau, der da vor seinem Tisch stand und schwieg. Er hatte von Anfang an ein schlechtes Gefühl bei dem Kerl gehabt. Der Mann hatte ein Geheimnis. Vielleicht hatte Lorey ihn in sein Kommissariat geschleust, um ihn, Bahnsen, in eine politische Falle zu locken oder ihn offen bloßzustellen. Es gab derer viele im Stadtrat, die eine Kriminalpolizei noch immer für überflüssig hielten.

Gleichzeitig aber musste Bahnsen zugeben, dass Sötje in den letzten Monaten mehrmals erfolgreich kriminelle Subjekte überführt hatte. Da war die Schmugglerbande aus dem Dänischen, die erst kürzlich ausgehoben werden konnte, weil Sötje die entscheidenden Beobachtungen machte. Da war die Frau, die ihren Mann vergiftet hatte. Sötje wandte ein neues Verfahren an, mit dem Arsen nachgewiesen werden konnte, und überführte sie so. Diese Erfolge waren im Rathaus nicht unbemerkt geblieben. Und Bahnsen hatte die Ehre, von einigen einflussreichen Herren entsprechend gelobt zu werden, wie erfolgreich seine Männer doch seien.

Außerdem hatte dieser Sötje alles Nötige für den Dienst innerhalb kürzester Zeit gelernt, sei es die Anwendung der Daktyloskopie, die exakte Nutzung von Waffen und Sprengstoff oder die Nutzung neuer Techniken wie diese Telefonapparate oder Typenhebelmaschinen. Letzteres hielt Bahnsen für Zeitverschwendung, denn mit der Hand schreiben ging seiner Meinung nach schneller. Alles in allem war dieser Sötje den anderen Männern weit voraus.

Eine feste Anstellung als Kriminalsergeant war längst überfällig, wusste Bahnsen, aber er fürchtete diesen schweigsamen Mann, der hier vor ihm stand. Welches Geheimnis versuchte dieser Kapitän vor ihm zu verbergen?

Zudem, so musste Bahnsen zugeben, waren die Erfolge des Mannes sicherlich für sein eigenes Fortkommen von Bedeutung. Erster Kommissar in Kiel sollte für Bahnsen nur der Anfang seiner Karriere sein. Seine Pläne waren weitreichender und gingen bis nach Berlin ins Innenministerium.

Während Bahnsen also nachdachte, überflog er die Zeilen in Haukes Akte. »Warum rehabilitierte das Gericht Sie, obwohl Sie am Tod von über fünfzig guten Männern schuldig waren?«, wollte er plötzlich wissen.

Hauke schwieg. Das Gericht konnte ihm keine Schuld nachweisen. Der Freispruch war ein Freispruch zweiter Klasse. Der Makel würde ewig an ihm haften. Das aber störte Hauke nicht sonderlich. Wichtiger war ihm eine Frage, die er sich seither jede Nacht stellte: Wenn alle anderen tot waren, warum hatte Gott entschieden, ihn am Leben zu lassen?

Jetzt erhob Bahnsen sich. Er schien eine Entscheidung getroffen zu haben. »Bis auf Weiteres werden Sie im Dienst bleiben, Sötje. Aber Sie werden Schreibtischdienst verrichten.« Er legte Haukes Akte zurück in die Schublade. »Und ich werde Sie in die dunkelste Ecke des Gebäudes setzen. Am besten in den Keller. Dort können Sie Ihre Insubordination Revue passieren lassen. Vorher waschen Sie sich aber, Mann! Sie stinken!«

Hauke salutierte und schickte sich an, den Raum zu verlassen. Als er fast auf dem Flur war, drehte er sich noch einmal um. »Darf ich fragen, wie mit dem Mörder des Sozialisten verfahren wird? Wird nach ihm gesucht?«

»Es gibt keinen Sozialistenmörder, Sötje! Den haben Sie erfunden. Raus!«

Der fehlende Schlaf und der unbändige Hunger hatten in Haukes Körper eine gewisse Taubheit ausgelöst. Dumpf, die Beine kaum spürend, ging er die Stufen ins Parterre der Direktion am Martensdamm hinunter.

Die Tür zur Wachstube stand offen. Hauke hörte im Vorbeigehen, wie die Gespräche der Uniformierten drinnen erstarben, als sie ihn bemerkten. Er spürte ihre neugierigen Augen im Rücken. Hauke war nicht wütend auf diese Männer, die stets nur das Offensichtliche sahen und glaubten. Nein, er spürte brennende Wut, weil er sich von dem Dürren ohne

Ringfinger in diese Lage hatte bringen lassen. Er musste den Mann finden.

Hauke meldete sich beim Wachhabenden ab, um sich gründlich zu waschen, umzuziehen und eine Kleinigkeit zu essen. Ein leerer Magen und ein leerer Kopf waren die besten Kampfgenossen für falsche Entscheidungen, wusste Hauke.

Gerade wollte er das Präsidium verlassen, als er die Stimme Wachtmeister Kehrs hörte. »Sötje!«

Hauke drehte sich um. Da flog ein dunkler Stofffetzen in hohem Bogen auf ihn zu. Mit einer knappen Bewegung riss er ihn aus der Luft.

»Ihre Jacke«, rief Kehr.

Kurz schaute Hauke die Jacke in seiner Hand an. Es war nicht seine. Das hätten diese dummen Kerle merken müssen, denn er trug die eigene stinkende Jacke ja noch am Leib. Dennoch ließ die Jacke in seiner Hand ihn aufmerken. Es war jene, die er dem Mörder bei seiner Flucht abgenommen hatte!

Sofort war Hauke hellwach. Er ging zu einem Tisch und schob die Papiere darauf wortlos zur Seite. Der Diensthabende protestierte. Hauke brachte ihn mit einer knappen Handbewegung zum Schweigen. Dann begann er, die Taschen der Jacke zu durchsuchen. Sie war die einzige Verbindung, die Hauke zum Täter hatte. Und die einzige Möglichkeit, den Mann zu finden, der Antworten wusste.

Die Taschen aber waren leer. Enttäuscht wollte Hauke die Jacke schon einem der Männer zuwerfen, als er etwas zwischen Stoff und Futter fühlte. Papier. Er griff zu einem Brieföffner, der auf dem Tisch lag, und schlitzte das Innenfutter vom Kragen bis zum Saum auf.

Jemand in der Wachstube hinter ihm schnauzte, ob er nun gänzlich übergeschnappt sei.

Hauke griff mit der Hand zwischen die Stofflagen und beförderte einen Brief heraus. Er lächelte. Vielleicht war doch noch nicht alles verloren.

KIEL. (LEICHENFUND) DIE SEIT DEM 16. NOVEMBER VERMISSTEN BEIDEN DIENSTMÄDCHEN DES HERRN HAUPTMANN, MIT NAMEN BEHM UND RATHJE, WURDEN GESTERN MITTAG VON DEM ARBEITER TIEDEMANN IM WASSER TREIBEND GEFUNDEN. DIE LEICHEN WAREN MIT EINEM TASCHENTUCH ANEINANDER GEBUNDEN UND SCHON STARK VERWEST. DIE LEICHEN WERDEN IN DIE LEICHENHALLE DES PATHOLOGISCHEN INSTITUTS ÜBERFÜHRT, UM HIER DIE GERICHTLICHE UNTERSUCHUNG VORZUNEHMEN.

Originalauszug: Kieler Zeitung 1894

Nachdem er sich in seinem Zimmer gewaschen und umgezogen hatte, ging Hauke in die Küche seiner Vermieterin, aus der es köstlich duftete.

»Speck, Eier, Kaffee, Butter und süßes Brot«, zählte Fräulein Bender die Herrlichkeiten auf dem Tisch auf. »Für Sie, Herr Kapitän.«

Hauke, der eine Scheibe graues Brot mit Schmalz erwartet hatte, blickte die kleine Frau mit den weißen Haaren überrascht an. »Aber warum denn das?«

»Weil ich von all dem, was die Meier'sche beim Bäcker über Sie gesagt hat, kein Wort glaube.« Mit entschlossenem Gesicht goss sie ihm den starken Kaffee in eine Tasse. »Setzen Sie sich, sonst wird er kalt.«

Langsam ging Hauke zum Tisch und nahm Platz, während Fräulein Bender trotzig ihr Kinn reckte und sich ihm gegenüber auf den Küchenstuhl setzte.

»Suff! So ein Unsinn. Wenn jemand säuft, dann der Mann von der Meier'schen. Das sag ich ja man nur.« Sie verschränkte ihre Arme über dem breiten Busen. »Und darum habe ich ordentlich für Sie eingekauft, Herr Kapitän.« Sie beugte sich ein wenig über den Tisch. »Nach der Nacht bei Vater Streich müssen Sie doch ausgehungert sein.« Ihren Mund missbilligend zu einem schmalen Streifen gezogen, schnaufte sie vor sich hin. »Einem Ehrenmann wie Ihnen so etwas zu unterstellen, ist eine

Frechheit. Suff! Wenn Sie es mit dem Suff hätten, dann hätte ich das ja wohl als Erste bemerkt. Das habe ich der Meier'schen auch gesagt.«

Zufrieden beobachtete sie, wie Hauke nach der Wurst griff.

»Demütigend ist das«, murmelte sie.

Noch nie hatte Fräulein Bender Hauke so gierig essen sehen. »Was werden Sie denn jetzt gegen diese Verleumdungen tun, Herr Kapitän? Da muss man doch vor Gericht gehen. Das können Sie sich nicht bieten lassen.«

Fräulein Bender weigerte sich, Hauke einen Kriminalhilfssergeanten zu nennen, zumal sie nicht so richtig verstanden hatte, was die neue Polizei denn anderes machte als der schmucke Wachtmeister Scheller von der Polizeistation am Exerzierplatz. Nein, sie blieb lieber bei der viel ehrbareren Berufsbezeichnung des Kapitäns. Bei ihrer Nachbarin wohne ja nur ein Schuster zur Untermiete, hatte sie Hauke erst kürzlich erklärt. Bis zu einem Kapitän hätte es noch keine der Vermieterinnen in der Straße gebracht.

»Vor allem denke ich an Ihre reizende Verlobte, das Fräulein Struwe. Was soll sie nur von Ihnen denken, wenn sie diesen Unsinn hört!«

»Noch ist Fräulein Struwe nicht meine Verlobte.«

Fräulein Bender riss ihre Augen auf. »Was? Noch immer nicht? Ja, wie lange wollen Sie denn noch warten?« Sie wies mit dem Zeigefinger zur Küchendecke, über der Haukes Kammer lag. »Sie haben den Ring doch schon lange genug in Ihrem Nachtschränkchen liegen.«

»Woher …?« Doch Hauke brauchte nicht zu fragen. Seine Vermieterin war grundsätzlich über alles bestens informiert. Leugnen hatte bei Frauen wie ihr keinen Zweck. »Ich habe noch nicht die rechte Gelegenheit finden können, um ihr …«, brummte Hauke.

»Aber das Fräulein Struwe ist schon Mitte zwanzig! Sie wird auch nicht jünger.« Sie hob warnend den Zeigefinger. »Und bedenken Sie, dass auch ein anderer Mann sie fragen könnte. Auch wenn sie keine große Aussteuer mit in die Ehe bringen wird, ist sie doch ein äußerst hübsches Ding. Und klug soll sie ja auch sein, obwohl …«

Hauke seufzte leise. Die Sache war schwieriger, als Fräulein Bender es ahnte. Er stellte die Tasse auf den Tisch zurück, damit Fräulein Bender nicht bemerkte, wie sehr er zitterte. Sophie zu verlieren, war für ihn ein schrecklicher Gedanke.

»Wann kommt denn das Fräulein Struwe mal wieder nach Kiel?«

»Morgen Nachmittag um fünf läuft der Zug aus Lübeck am Bahnhof ein.«

Fräulein Bender klatschte in die Hände. »Wunderbar! Sie holen das Fräulein Struwe natürlich ab?«

Er nickte.

»Und dieses Mal werden Sie sie fragen?« Streng schaute sie ihn an.

Gern hätte er ein weiteres Mal genickt, aber Sophies Besuch in Kiel galt nicht ihm. »Sie wird sich um eine Anstellung als Privatlehrerin im Hause Konsul Winters bewerben«, murmelte er mit trockenem Hals.

»Was? Bei dem Konsul von der Kanonengießerei Winter, drüben am Ostufer? Aber dann können Sie und das Fräulein ja gar nicht …?« Fräulein Bender schnappte nach Luft. »Das müssen Sie verhindern, Herr Kapitän!« Sie beugte sich über den Tisch. »Weiß sie denn nicht, dass Sie sie heiraten wollen?«

»Nun ja …«

Fräulein Bender warf die Hände flehentlich gen Himmel. »Grundgütiger! Er hat es nicht einmal angedeutet!«

Tatsächlich galt es als unschicklich, wenn eine verheiratete Frau einer bezahlten Arbeit nachging. Derartiges fand man nur bei einfachen Leuten. Anständige Frauen hatten mit Haushalt und Kindern genug zu tun, da musste nicht noch nebenher gearbeitet werden. Dennoch wusste Hauke, dass für Sophie eine Anstellung mehr war als nur die Möglichkeit, Geld zu verdienen. Nach dem unehrenhaften Tod ihres Vaters und der Enteignung des Familienvermögens hatte Sophie weinend in seinen Armen gelegen und geschworen, niemals wieder von einem Mann abhängig sein zu wollen. Damals war Hauke das Herz schwer geworden, denn er wusste, er würde sie um keinen Preis vor die Wahl zwischen einer Ehe mit ihm und einem Beruf stellen, der ihr so sehr am Herzen lag. Zumal er sich auch nicht sicher war, dass ihre Wahl auf ihn fallen würde.

»Arbeiten!«, schnaufte Fräulein Bender. »Wozu gibt es Männer? Oder ist sie so eine von diesen neumodischen Frauen, die mit kurzen Röcken Schilder hochhalten und das Wahlrecht verlangen?«

Hauke schüttelte den Kopf.

Erleichtert seufzte sie. »Na, dann heiraten Sie sie bloß schnell, bevor ein anderer kommt und sie Ihnen wegschnappt.« Während sie Hauke zuschaute, wie er den Speck schnitt und auf der Gabel zum Mund führte, bat sie ihn ein letztes Mal: »Versuchen Sie es wenigstens, Herr Kapitän.«

Hauke kaute zu Ende. Dann legte er seine große schwielige Hand auf ihre faltigen Finger. »Ich werde es versuchen. Versprochen.«

Zufrieden nickte sie.

Er nahm noch einen Schluck von dem würzigen Kaffee. »Aber vorher muss ich zu den Heilanstalten rüberfahren.«

»Heilanstalten? Warum denn das? Sind Sie krank?« Besorgt musterte sie ihn von oben bis unten.

»Nein. Ich gehe nur ins Pathologische Institut.«

Er hatte sich entschlossen, den Beweis zu liefern, dass der erste Tote durch eine andere Waffe als das Gewehr eines Infanteristen gestorben war. Nur so konnte er nachweisen, dass es tatsächlich einen Mörder gab, dem er wiederum gefolgt war. Und nur so konnte er sich rehabilitieren. Selbst, wenn eine Rehabilitation ohne Sophie an seiner Seite sinnlos war. Aber er fühlte sich beim Aufklären von Kriminalfällen wohler als beim Stottern von Heiratsanträgen.

»In die Leichenhalle?« Fräulein Bender schüttelte sich. »Ja, aber da kann man doch nur Tote sehen«, überlegte sie laut.

Hauke schwieg und aß weiter.

»Oh«, hauchte Fräulein Bender da. »Sicherlich eine geheime

Kriminalsache wegen dieses sozialistischen Gesindels vom Markt. Habe ich recht?«

Als Hauke nicht antwortete, erhob sie sich langsam von ihrem Stuhl. »Verstehe, verstehe«, murmelte sie vor sich hin. Dann nahm sie ihr Tuch vom Haken an der Tür und warf es über ihre Schultern. »Es geht um etwas Größeres. Sie haben nicht die Befugnis, darüber mit einer alten Frau zu plappern, Herr Kapitän. Verstehe, verstehe. So etwas geht uns kleine Leute ja auch gar nichts an.«

Mit einem verschwörerischen Lächeln verließ sie die Küche.

Das alles musste sie so schnell es ging ihrer Nachbarin erzählen. Und natürlich der Meier'schen.

KIEL. DER IN KIEL WOHLBEKANNTE ENGLISCHE
GEDANKENLESER CHEVALIER STUART CUMBERLAND WIRD,
BEVOR ER SICH NUNMEHR VOM ÖFFENTLICHEN LEBEN
ZURÜCKZIEHT, NOCH EINMAL DIE GRÖSSEREN STÄDTE
DEUTSCHLANDS BESUCHEN UND AUCH IN KIEL IN
»WRIEDT'S ETABLISSEMENT« EINE VORSTELLUNG GEBEN.

Originalauszug: Kieler Zeitung 1894

Nachdem er ausgiebig gefrühstückt hatte, nahm Hauke den
Pferdeomnibus Richtung Heilanstalten. Ein leichter Nieselregen
hatte eingesetzt, als Hauke die Stiege zu den Holzbänken auf
dem Dach emporklomm, während die anderen Fahrgäste unten lieber im Trockenen blieben. Den Kragen hochgeschlagen,
schaute er in das Griesegrau über der Kieler Bucht. Regentropfen perlten von seinen Haaren auf die gewachste Seemannsjacke
herab. Mit dem dahingehenden Sommer schienen die Menschen
in der Stadt um einiges mürrischer geworden zu sein. Über
ihren Köpfen hielten sie die schwarzen Schirme, während ihre
Blicke auf den nassen Boden geheftet waren. Die Leichtigkeit
des Sommers war mit den Stimmen der Vögel verschwunden.

Hauke griff in seine Jackentasche, um zu prüfen, ob der Ring
noch dort war. Morgen Nachmittag würde er sie fragen. Ein
vorsichtiges Lächeln huschte über sein Gesicht. Er würde beweisen können, dass der Redner auf dem Marktplatz von einem
Fremden ermordet worden war. Ihm fiel der mysteriöse Brief
des Mörders ein, den er noch nicht hatte öffnen können. Das
aber würde er erledigen, sobald er wieder am Martensdamm
war. Hauke hoffte sehr, darin einen Hinweis auf die Identität
des Mannes finden zu können.

Gemächlich trottete das Pferd die Dänische Straße entlang
bis hinunter zum Schloss, wo die meisten Fahrgäste ausstiegen.
Zwei Haltestellen weiter lag das Hauptgebäude der Universität.
An der Ecke zur Hospitalstraße stieg er aus und ging die letzten
Meter zum Pathologischen Institut zu Fuß.

Der Pförtner führte Hauke zu den Räumen, in denen der

Direktor des Instituts, Professor Heller, soeben einer Gruppe von jungen Studenten eine Einführung in die Vorgehensweise bei Leichenschauen gab. Das Alter der Studenten, aber auch ihre verunsicherten Gesichter, sagten Hauke, dass es sich um ihren ersten Besuch in der Pathologie handeln musste. Noch fehlte es den jungen Männern an dieser gewissen Überheblichkeit, die bei einigen Vertretern des medizinischen Berufsstandes zu finden war. Hauke blieb am Eingang zum Saal stehen und wartete. Er wollte Heller nicht in seinen Ausführungen unterbrechen.

Gekleidet in einen schweren Lederschurz, das Hemd mit Ärmelschonern versehen, die Hände in schwarzen Gummihandschuhen versenkt, hatte sich der Herr Professor vor den rund zwanzig Studenten aufgebaut. Im Halbrund standen die jungen Leute in zwei Reihen um den metallenen Tisch, auf den sie mit blassen Gesichtern hinunterstarrten. Heller, der auf der anderen Seite stand, hielt mit seiner rechten Hand eine Säge und mit der linken eine Spreizzange in die Höhe. Streng taxierte er seine Studenten der Reihe nach, die ihren Blick nur schwer von dem weißen Tuch lassen konnten, unter dem sich die Umrisse eines Körpers abzeichneten.

»Meine Herren!«, begann Heller mit sonorer Stimme. »So mancher unter Ihnen darf sich später einmal von der Welt als klug bezeichnen lassen. Jedoch unterliegt auch Klugheit früher oder später der Notwendigkeit einer praktischen Beweisführung. Und damit fangen wir heute an. Wie Sie unschwer erahnen können, meine Herren, ist der vor mir liegende Korpus *mortuus*. Also tot.«

»Darum befinden wir uns ja auch im Pathologischen Institut, Herr Professor«, meinte ein Vorwitziger mit Nickelbrille in der hinteren Reihe.

Heller musterte den vorlauten jungen Mann. »*Claude os, aperi oculos*, mein ungestümer Freund«, meinte er dann.

Einige kicherten. Hauke bemerkte, wie sich einer der Studenten in der letzten Reihe dem angesprochenen Kommilitonen zuwandte. »Was hat der Herr Professor gesagt?«, raunte er.

»Schließe den Mund, öffne die Augen«, übersetzte der Gefragte kurz.

Heller fuhr fort. »Als angehende Pathologen werden Sie gelegentlich Obduktionen im Auftrag der Gerichtsbarkeiten oder der Polizei durchführen müssen. Wir sind keine dahergelaufenen Gerichtsmediziner, was bedeutet, dass man von uns fundierte Analysen erwartet.«

Ein paar Studenten nickten eifrig.

»Wenn Sie nun annehmen, dass Tote tot sind, unterschätzen Sie, wie viel diese Toten noch sprechen können, selbst wenn ihre Seelen nicht mehr unter uns weilen. Anders als der gemeine Gerichtsmediziner, der nur das Offensichtliche sieht, brauchen wir Pathologen die Toten, um die Wahrheit hinter dem Offenkundigen zu finden, denn unser Ziel ist es, die Lebenden zu retten. Diese Suche nach dem Verborgenen haben Sie in Gänze auch anzuwenden, wenn Ihnen Opfer vorgeführt werden, deren Todesursache unklar ist oder von stumpfer Gewalt herrührt. Die Toten kennen die Wahrheit. Und sie sind nur allzu bereit, sie Ihnen zu sagen.«

Jetzt hielt er die Instrumente in seinen Händen dem Publikum entgegen. »Und darum beginnen wir jetzt. *Capiat qui capere possit.*«

Erschrocken traten die Studenten einen Schritt zurück.

»Und was hat er jetzt gesagt?«, wollte der aus der hinteren Reihe wissen.

»Es greife zu, wer greifen kann.«

»Igitt.«

Heller wiederholte seine Aufforderung, einer der Studenten möge mit der Leichenschau beginnen. Keiner der Anwesenden trat vor. Einer lief aus dem Saal, wobei er sich die Hand vor den Mund presste, während er an Hauke vorbeieilte.

Da wandte sich Heller plötzlich Hauke zu, der mit verschränkten Armen am Türpfosten lehnte und grinste. »Darf ich wissen, wer Sie sind?«

»Hauke Sötje, Kriminalhilfssergeant.«

»Und Ihr Anliegen ist? Ah, lassen Sie mich raten! Sie möchten mir zur Hand gehen, richtig?« Heller schien sich köstlich zu amüsieren.

Kurz zögerte Hauke, dann ging er hinüber. Der Tod ängstigte Hauke schon lange nicht mehr, ganz im Gegenteil. Größe und Bedrohlichkeit von Sein und Nichtsein hatten ihre Schrecken seit dem Untergang seines Schiffes verloren. Es gab Zeiten, da waren die Toten ihm vertrauter als die Lebenden. Sie waren ihm nur um einen kleinen Schritt voraus, und er hätte noch im letzten Jahr jederzeit diesen einen kleinen tröstenden Schritt tun können.

Heller drehte sich zu seinen Studenten. »Sehen Sie, meine Herren, es gibt Wissbegierige, die freiwillig den Weg zu uns finden.« Und wieder an Hauke gewandt: »Ich nehme an, Sie haben schon einmal an einer Sektion teilgenommen?«

Hauke nickte.

»Wohlan, dann wollen Sie bitte so nett sein, diesen dummen Kindern zu erklären, wie sie im Falle einer rechtsmedizinischen Untersuchung den Vorschriften entsprechend zu verfahren haben.« Er hielt Hauke Säge und Zange hin.

Hauke schüttelte den Kopf. Er spürte, dass die Studenten ihn aufmerksam beobachteten.

»Liegt der Mensch, wie er geschaffen«, begann Hauke, »sonder Kleider, sonder Waffen, vor dir auf dem Tisch des Hauses, sieh, ob Sarah oder Mauses er geheißen haben möcht … das heißt: Sieh nach dem Geschlecht.«

Mit einer knappen Bewegung riss er das Tuch von dem Toten fort. Erschrocken traten die Studenten einen weiteren Schritt zurück.

Ein wächserner, nackter Männerkörper kam zum Vorschein. Ein langer Y-Schnitt ging von den Schlüsselbeinen des Toten zur Mitte des Körpers. Offenbar hatte man die Sektion bereits durchgeführt und das Fleisch wieder ordnungsgemäß zugenäht.

Die Studenten japsten auf, und ihr Professor lachte laut los.

»Wunderbar! Der Polizist kennt den ›Prosector‹! Was für ein Tag!«

An seine Studenten gewandt meinte er nun ernst: »Wie ich

Ihnen bereits in der letzten Vorlesung mitteilte – und was Ihnen offenbar zur Gänze entfallen zu sein scheint –, beginnt eine gerichtsmedizinische Untersuchung immer mit einer einfachen, äußeren Leichenschau. Erst wenn Sie wissen, wer vor Ihnen liegt, wenn Sie das Äußere bestens kennen, beginnen Sie mit der inneren Leichenschau, also der Sektion.« Er wedelte mit Spreizzange und Säge vor den Nasen der Studenten herum.»Und erst dann kommen diese hier zum Einsatz. Was treiben Sie eigentlich während meiner Vorlesungen, meine Herren?« Betreten schauten die Studenten zu Boden.

»Gehen Sie! Und lesen Sie Ihre Unterlagen der letzten Vorlesung noch einmal durch. Vielleicht hilft's. Danach werden Sie die Verse meines geschätzten Freundes Professor Virchow von der Berliner Charité auswendig lernen, die so trefflich die Vorgehensweise bei einer Sektion ausführen. Er fasste sie so hübsch in seinem Büchlein ›Der Prosector in der Westentasche‹ zusammen.«

Streng wie Thor, der Donnergott, blinzelte Heller seine Studenten mit funkelnden Augen an.»Ich erwarte, dass Sie bis zum nächsten Mal diese Verse auswendig rezitieren können! Und Gott gnade Ihnen, wenn Sie scheitern!« Er fuchtelte mit dem Zeigefinger drohend gen Himmel. Aber so plötzlich das Gewitter begonnen hatte, so schnell endete es. Lächelnd schloss er:»Und dann, meine Herren, fangen wir noch einmal frischen Mutes von vorne an.«

Erleichtert schauten die Studenten auf. Für heute war ihnen eine eklige Sektion eines Toten erspart geblieben. Eilig verließen sie den Saal.

Als auch der Letzte gegangen war, legte Heller seine Schürze über einen Stuhl, zog die Ärmelschoner ab und ging, offensichtlich bestens gelaunt, zum Garderobenständer hinüber, wo seine Jacke hing.

»Darf ich fragen, Herr Professor«, wollte Hauke wissen,»ob Sie mit den Erstsemestern immer so verfahren?«

Heller grinste, während er die Jacke zuknöpfte.»Oh ja, das

tue ich. Wer sagt, dass nur Studenten Spaß am Studium haben dürfen?« Er legte seine Hand auf Haukes Schulter. »Also, was treibt Sie zu mir und den beredten Toten?«

»Mich interessiert eine ganz bestimmte Leiche. Es ist der Mann, der als Erster auf dem Marktplatz starb.«

Heller wiegte seinen weißhaarigen Kopf hin und her. »Soweit mir bekannt, hat Dr. Brandt die Obduktion durchgeführt.«

Hauke blickte ihn fragend an. »Nicht Sie, Herr Professor?«

»Bedauerlicherweise nein. Ich bin erst heute Morgen aus Berlin zurückgekommen. Dr. Brandt hatte zu diesem Zeitpunkt nicht nur die Obduktion durchgeführt, sondern auch die Berichte geschrieben und diese bereits per Kurier an die zuständigen Stellen versandt. Ein sehr fleißiger Mann, unser Dr. Brandt. Manchmal zu fleißig.«

Verschwörerisch kniff der Herr Professor ein Auge zu. »Nun ja, die Stelle des stellvertretenden Institutsdirektors soll demnächst neu besetzt werden.«

Hauke nickte verstehend. »Ich möchte mir den Toten trotzdem noch einmal ansehen, sofern er noch im Haus ist.«

»Warum?« Hellers Miene verdüsterte sich. »Vermuten Sie etwa Ungenauigkeiten?«

Hauke schwieg.

Sie verließen den Vortragssaal und gingen in einen Raum am Ende des Flurs, wo sich ein untersetzter Mann in weißem Kittel über das Okular eines Mikroskops beugte. Auf dem Tisch neben ihm standen unzählige flache und runde Schälchen, in denen mehr oder minder pelzige Substanzen zu sehen waren.

»Das ist unser Dr. Brandt«, stellte Heller den kleinen Mann mit dem runden Gesicht vor. »Er ist Bakteriologe und studierte unter Professor Robert Koch in Berlin. Dr. Brandt führte die Obduktion der Leichen vom Marktplatz durch.«

Brandt fuhr herum. »Oh, Herr Professor.« Eilig kam er näher, wobei er sich die schweißnassen Hände an seinem Kittel abwischte und die Brille auf der Nasenwurzel höherschob. »Ich habe nicht gewusst, dass Sie ... Man hat mich nicht informiert, dass Sie bereits heute …« Er nickte zackig wie ein Offizier. »Ich beglückwünsche Sie zu Ihrer neuen Aufgabe, Herr Sanitätsrat«, sagte Brandt unterwürfig, während er Hauke einen kurzen, abschätzenden Blick zuwarf.

»Danke, mein lieber Brandt, aber der Titel eines Geheimen Sanitätsrates ist ein schmückendes Beiwerk. Mehr nicht.«

Brandt widersprach untertänigst. »Soweit mir bekannt, Herr Professor, obliegen Ihnen nun wichtige beratende Aufgaben im Gesundheitsministerium.«

Heller lächelte. »Ob diese wirklich so wichtig sein werden, wird die Zeit zeigen.« Er drehte sich zu Hauke. »Kriminalhilfssergeant Sötje hätte ein paar fachliche Fragen bezüglich der toten Sozialisten.« An Hauke gewandt fügte er hinzu: »Sogar in Berlin haben wir von dem Aufmarsch und den Toten gehört. Eine unschöne Sache. Sehr unschön.«

»Fragen? Was für Fragen denn? Ich habe die Sektion ob ihrer Wichtigkeit persönlich und sofort vorgenommen. Sie wurde ordnungsgemäß durchgeführt.« Brandt schluckte.

»Sie waren äußerst schnell.«

»Aber natürlich, Herr Professor. Meine Untersuchungen am Tuberkulin befinden sich in einem kritischen Stadium.« Er wies zu den vielen Schälchen. »Es gelang mir —«

»Sind die Leichen noch hier?«, unterbrach ihn Hauke.

»Warum? Den Bericht haben Sie doch bereits heute früh erhalten. Er ging ebenso an die Admiralität, an die Stadtverordneten, an den Bürgermeister, an den Vize-Admiral höchstselbst, an —«

»Sind sie noch hier?« Haukes Ton wurde ein wenig schärfer.

»Soweit mir bekannt ist, haben die Verwandten sie noch nicht abgeholt.« Fragend blickte Brandt seinen Vorgesetzten an.

»Gut gemacht«, sagte Heller und klopfte ihm, den er um mindestens einen Kopf überragte, schwer auf die Schulter. »Dann wollen wir sie uns mal ansehen.«

Gemeinsam gingen die drei Männer in einen Raum im Keller, wo die Toten zur Kühlung lagen.

Als zwei Assistenten die Bahren der fraglichen Leichen auf Tischen abgelegt hatten, hob Hauke die Tücher nacheinander hoch, bis er jenen Leichnam mit dem vollen Bart gefunden hatte.

Der Mann hatte alte Narben von Schusswunden und Striemen über den ganzen Körper verteilt. Mindestens zweimal musste sein rechter Arm in der Vergangenheit gebrochen gewesen sein. Dem Toten fehlte ein Teil der hinteren Schädelhälfte.

Hauke begann mit der Untersuchung, wobei Heller mit aufmerksamer Miene seinem Tun folgte.

Als sich Hauke nach einiger Zeit aufrichtete, ging er auf Brandt zu, der mit verschränkten Armen ein wenig abseits stand. »Mit welcher Art Kugel wurden die Männer getötet, Herr Doktor?«

»Natürlich mit Gewehrkugeln«, antwortete Brandt schroff.

»Alle?«

Mürrisch griff Brandt zu einem Aktendeckel, der auf seinem Tisch lag. Er blätterte darin herum, obwohl, und da war Hauke sich sicher, er die Antwort bereits wusste. »Ja, natürlich alle. Es stand sogar in der Zeitung, dass die Infanteristen kurzen Prozess mit diesem arbeitsscheuen Gesindel gemacht haben.«

»Dieser Mann hier«, Hauke zeigte zu dem Toten mit dem Vollbart, »warum fehlt ihm der halbe Hinterkopf? Die anderen haben Einschüsse im Leib ohne Austrittswunde.«

Verwirrt sah Brandt zu Heller. »Nun, er wird wohl zu dicht an den Mündungen gestanden haben.«

»Nein, der Mann wurde nicht durch die Gewehrkugeln getötet, sondern durch die Kugel eines Revolvers.«

Brandt fuhr auf. »Woher wollen Sie das wissen? Zweifeln Sie etwa meinen Bericht an? Ich werde mich über Sie beschweren. Haben Sie überhaupt einen Befehl, hier hereinzuplatzen, Sie Hilfssergeant?« Zustimmung heischend blickte Brandt zu Heller hinüber.

Der aber schien nachzudenken. Stumm kam er näher und schaute sich den Kopf des Toten an, so wie Hauke es getan hatte. Er schob die Haare des Mannes zurück. »Ein Einschussloch vorne«, murmelte er. »Der Durchmesser ist zu groß für eine Gewehrkugel.«

Jetzt nahm er einen dünnen Bleistift aus seiner Jackentasche und führte ihn in die Wunde ein. Deutlich konnte man den von schräg unten kommenden Einschusswinkel der Kugel erkennen. »Wo stand der Mann?«

»Auf dem Sockel eines Kandelabers«, erklärte Hauke. »Sein Rücken war den Soldaten zugewandt. Hätten die Gewehrkugeln ihn getötet, müsste das Einschussloch also hinten sein und nicht vorne.«

»Sie waren dabei?«

Hauke nickte. »Ich sah ihn sterben.«

Mit steinerner Miene richtete sich Heller auf.

Gerade hob Brandt zu einer Tirade der Rechtfertigung an, als Heller ihn unterbrach. »Ich denke, Sie werden nicht umhinkommen, die Untersuchung noch einmal durchzuführen. Und dieses Mal, werter Herr Kollege, werde ich dabei sein. Der Bericht muss korrigiert werden. Danach erwarte ich Sie in meinem Arbeitszimmer.«

EDDELAK, BRUNSBÜTTELKOOG. GESTERN NACHMITTAG
WURDE AUS DEM NORD-OSTSEE-KANAL BEI KUDENSEE
DIE LEICHE EINES SEIT ACHT TAGEN VERMISSTEN
ARBEITERS, 20 JAHRE ALT UND AUS BROMBERG GEBÜRTIG,
HERAUSGEZOGEN UND NACH DER ÄRZTLICHEN
UNTERSUCHUNG, WELCHE KEINEN ANHALT ZU EINER
POLIZEILICHEN UNTERSUCHUNG ERGEBEN HAT,
NACH DER HIESIGEN ARMENANSTALT GEBRACHT.

Originalauszug: Kanalzeitung 1894

Sie hatten die Leiche im Morgengrauen in einer der beiden
Schleusenkammern gefunden. Die aufgehende Sonne stand im
milchigen Weiß hinter den Männern, die schweigend am Rand
der Kaimauer standen und hinunter in die Schleusenkammer
starrten.

Karl, ein kaum sechzehn Jahre alter Junge, versuchte sich
zwischen die Arbeiter zu drängeln, um besser sehen zu können.
Keiner ließ ihn durch.

Jemand rief:»Und? Wer is es?«

»Der Ingenieur Strasser!«, rief ein anderer zurück.

»Tot?«

»Jo!«

»Recht geschieht's dem Schinder!«, kommentierte der Fra-
ger, und die Arbeiter nickten.

Der Ingenieur war tot? Karl suchte sich einen besseren Aus-
sichtspunkt als die Kaimauer der Nordschleuse. Er lief hinüber
zum neuen Schleusentor, das die Arbeiter erst im letzten Monat
für die eine der beiden Kammern eingebaut hatten. Auf der
schmalen Kante könnte er bis zur Mitte des Schleusenbeckens
kommen. Wenn er sich auf den Bauch legte, würde ihn niemand bemerken.

Er schlich ans Ende des Kais, wo er sich hinkniete. Als er das
Tor erreicht hatte, rutschte Karl vorsichtig auf die obere Kante,
die keine drei Hand breit war. Zu beiden Seiten ging es fast
zehn Meter in die Tiefe. Rechts von ihm lag der alte Deich, den

man bereits angefangen hatte abzutragen. Von hier würde das Elbwasser schon bald in die Schleusen fließen. Im trägen Grau zog die Elbe unterdessen Richtung Nordsee und scherte sich nicht darum, was an diesem Morgen auf der größten Baustelle des Reiches passierte.

Links von Karl lag eine der beiden gemauerten Schleusen, die schon sehr bald geflutet werden würden. Hier sollte im nächsten Sommer die Jacht des Kaisers durchfahren, auf ihrem Weg zu den Einweihungsfeierlichkeiten des längsten Kanals für Seeschiffe in ganz Europa. Dieser Kanal würde die lange und gefährliche Reise der Schiffe um das Skagerrak, das Kattegat, den Großen und Kleinen Belt mitsamt dem Öresund von einigen Wochen auf nur wenige Stunden verkürzen. Er würde der kaiserlichen Kriegsmarine und dem Handel kurze Wege bescheren, und er würde zeigen, wozu das junge Deutsche Kaiserreich fähig war.

Karl wusste Bescheid, denn er hatte alle großen Reden seines Kaisers in der hiesigen Kanalzeitung gelesen. Karl war stolz, weil er bei dieser ganz großen Sache, wie der Kaiser gesagt hatte, mitarbeiten durfte. Unten, bei den Männern in der Schleuse, stand Karls Onkel, Hermann Mehlert. Er war der Vorarbeiter an der Schleuse und damit ein wichtiger Mann, wie Karl fand.

Jetzt hatte Karl das Ende des einen Schleusentores erreicht. Ein schmales Brett bildete eine Art Brücke zum anderen Tor hinüber. Unter Karl lag das wasserleere Schleusenbecken. Dort, zwischen den meterhohen Ziegelmauern, ging Unternehmer Jennings auf und ab. Seine Firma hatte die Bauarbeiten an den Schleusen von Brunsbüttel zu erledigen, ebenso wie die Baggerarbeiten bis Taterpfahl und das Aufstellen der dortigen Drehbrücke sowie den Bau der Anlegestellen für die Fähren. Für Jennings arbeiteten in diesen nassen Herbstmonaten des Jahres 1894 über tausend Männer. Sie kamen aus Dithmarschen und Thüringen, Bayern und Italien. Karl glaubte, auch Schwaben und Franzosen ausgemacht zu haben, aber er war sich nicht sicher.

Jennings war wohl der einflussreichste Mann am Kanal, mit besten Kontakten nach Berlin, wie es hieß. Doch vor allem war er reich, was er auf seine Art auch stets zeigte. Er fuhr ein Automobil, das er vor einem Jahr mit Zug und Pferdegespann hierher hatte bringen lassen, weil es damals noch keine ordentliche Straße gab, wie er sagte. Nur wenige Leute waren so einem Gefährt bisher begegnet. Doch jetzt sah man den Unternehmer Jennings ab und zu die Kanalstrecke abfahren, wobei die Arbeiter darauf zu achten hatten, dass der Weg am Kanal entlang immer gut befahrbar war. Jennings gehörte die einzige Villa in der ganzen Gegend, die er für sich und seine zwei Töchter hatte bauen lassen. Das Haus war noch üppiger ausgestattet als das Doosche Palais in Wilster.

Jetzt lauschte Karl der donnernden Stimme von Jennings, der auf und ab lief, während das Echo seiner Worte zwischen den gemauerten Wänden hin und her hüpfte. »Wo ist Wilkens?«

Sergeant Wilkens war einer von zwei Sergeanten, die für den Kanal zuständig waren. Er patrouillierte den Abschnitt von hier bis Taterpfahl auf und ab, kümmerte sich um kleinere Vergehen und Prügeleien unter den Arbeitern. Karl aber hatte Bedenken, dass der Mann in der Lage sein könnte, etwas wie das da unten aufzuklären.

Gelassen folgte der Blick von Amtmann Barthold Christian Feil, einem stattlichen Mann um die fünfzig mit mächtigem Bauch, dem wütenden Unternehmer. »Wilkens ist in Kudensee. Der kommt erst in ein paar Stunden wieder«, brummte er. Neben ihm stand Bauamtsvorsteher Ludwig Schulze, auf dessen Stirn sich eine steile Sorgenfalte gebildet hatte.

»Der Kerl muss hier raus«, schnauzte Jennings. »Wie soll ich den Zeitplan einhalten, wenn der hier noch länger liegen bleibt? Ich bezahle die Leute fürs Arbeiten, nicht fürs Herumstehen.«

»Man könnte ihn ins Zeughaus schaffen lassen«, überlegte Feil, nahm die Pfeife aus dem Mund und schlug sie gegen die Hacke seines Stiefels, bis rot glühende Tabakreste zu Boden fielen. »Tot ist er ja, sagt Dr. Schesel.«

Bauamtsvorsteher Schulze, der sich trotz seiner Jugend bereits Kaiserlich-preußischer Regierungsbaumeister nennen durfte, nickte. »Wir müssen Meldung in Kiel machen.«

Er hatte die Worte kaum ausgesprochen, als Jennings sich ruckartig zu ihm umdrehte.

»Kiel? Sind Sie des Teufels, Mann?«Jennings Stimme prallte gegen die Wände der Schleuse, brach sich, flog zurück und blieb über den Köpfen der Männer hängen wie eine dunkle Wolke. »Das Hauptkanalamt hat nichts mit der Sache zu tun. Ein einfacher Unfall war das. Dazu bedarf es nur eines Berichts für die Akten.«

»Vorschriften, Herr Jennings: Größere Vorkommnisse sind nach Kiel zu melden.«

Jennings baute sich vor Schulze auf. »Es handelt sich hier um einen Unfall, Mann! Mehr nicht! In den letzten Monaten sind über vierzig Männer verunglückt. Haben Sie etwa jeden nach Kiel gemeldet?«

Karl glaubte, ein Lächeln im vollen Bart von Feil zu sehen, der schweigend, ja fast schon genüsslich dem Schauspiel folgte.

»Nur die Toten, Herr Jennings«, sagte Schulze und verschränkte die Arme vor der Brust. »Nur die Toten.«

Jennings wirkte verärgert. »Das hier«, begann er von Neuem und machte eine ausladende Bewegung mit den Armen, »das hier ist die größte Sache, an der wir alle teilnehmen dürfen. Der Kaiser persönlich hat mir den Auftrag … Ach, was!« Er machte eine wegwerfende Handbewegung, als wäre der Mann vor ihm seiner Worte nicht würdig.

Feil sprach zu Jennings mit ruhiger Stimme: »Wir bringen Ihren Herrn Ingenieur dann mal ins Zeughaus rüber. Wenn die Herren sich einig sind, können sie den Mann dort abholen.« Er nickte kurz, und vier Männer aus dem Dorf kamen herbei.

Mit einer Leiter gingen sie zu dem Toten hinüber, dessen Kopf halb in einer lang gestreckten Pfütze lag. Das Wasser darin hatte eine rötlich-braune Färbung, wohl von all dem Blut, das aus einer Wunde am Hinterkopf gekommen sein musste. Das rotbraune Wasser zog sich wie ein Bach am Boden der Schleuse entlang.

Karl wusste, dass immer wieder Wasser in die neuen Schleusenbecken sickerte. Das Wasser war der größte Feind für Mensch und Kanal. Seit dem ersten Spatenstich vor sechs

Jahren machte es den Leuten die Arbeit zur Hölle. Tag und Nacht liefen Pumpen, um das dreckige Nass der Marsch aus der Baustelle zu befördern. Doch es kam immer wieder. Auch jetzt hörte Karl vom Pumpwerk das gleichmäßige Stampfen der Turbinen. Trotz modernster Technik war es erst kürzlich wieder passiert: Ein Teil der Außenmole zur Elbe hin rutschte ins Kanalbett. Dabei nahm es einen der vielen Italiener mit, die die neue Mole gebaut hatten. Der Mann erstickte unter den Massen von Schlamm.

Jetzt zogen die vier Männer ihre Mützen vom Kopf, hielten gerade so lange inne, wie es der Anstand erlaubte, und hievten Ludwig Strasser an Armen und Beinen auf eine Leiter, die als Bahre diente.

Jennings fluchte unterdessen weiter. »Der Mann war Österreicher! Wissen Sie, was das bedeutet? Die werden wissen wollen, was hier passiert ist. Schreibkram, nichts als Schreibkram. Vielleicht steht sogar die ganze Baustelle still! Wollen Sie das etwa?« Er stierte Schulze an.

Offenkundig gedachte Schulze, den Sturm von Jennings schweigend über sich hinwegziehen zu lassen.

»Es wird diplomatische Schwierigkeiten geben. Das wird Kaiser Wilhelm nicht gefallen. Ganz und gar nicht.« Jetzt bohrte Jennings seinen Finger in Schulzes Brust. »Und Sie sind schuld!«

Schulze nickte. »Sie haben recht, Herr Jennings. So recht. Und gerade weil der Vorfall Probleme machen wird, muss ich ihn melden. Vorschrift ist Vorschrift.«

Jennings schnaubte. Dann schrie er zu den Arbeitern, die oben am Kai standen und neugierig herunterblickten: »Haltet keine Maulaffen feil! Los, arbeitet!« Abrupt drehte er sich um. »Mehlert!«

Ein großer, breitschultriger Mann löste sich aus einer Gruppe Arbeiter, die nahe der Leiter standen, die zum Kai hinaufführte. Mit großen Schritten kam Mehlert näher, nickte seinem Arbeitgeber kurz zu. »Jo, Herr Jennings.« Seine Stimme war tief.

Karl, der noch immer aufmerksam die Vorgänge in der Schleuse unter sich beobachtete, hielt die Luft an. Sein Onkel war einer der Vorarbeiter zwischen hier und Holtenau. Jennings hatte ihn dazu gemacht, weil er wusste, dass Hermann Mehlert größtes Vertrauen bei den Arbeitern besaß. Ansonsten konnte Jennings weder Mehlert noch einen anderen Arbeiter leiden.

»Mehlert, sobald der da«, er wies mit dem Finger zum Toten, den man gerade fortbrachte, »weg ist, sollen die Männer weitermachen. Ich will keinen Tratsch haben. Die ausgefallenen Stunden ziehe ich euch vom Lohn ab.«

Mehlerts Gesichtsausdruck verfinsterte sich. »Das halte ich für keine gute Idee, Herr Jennings«, sagte er im brummigen Ton, der gerade noch als unterwürfig genug gelten konnte.

»Das interessiert mich nicht«, schrie Jennings ihn an. »Ich habe es einmal gemacht, und ich tue es wieder, wenn die Männer sich weigern! Seien Sie also gewarnt, Mehlert!« Mit diesen Worten drehte sich Jennings um und verließ die Baustelle.

Wütend starrte Mehlert ihm nach.

Karl wusste, was Jennings gemeint hatte: Vor einigen Wochen hatte der Unternehmer einen Teil der Arbeiter an der Schleuse grundlos entlassen. Als der Vorarbeiter wissen wollte, warum er das getan habe, meinte Jennings nur, dass die Männer eines anderen Abschnitts schlampig gearbeitet hätten. Sie seien daran schuld, dass andere ihre Anstellung verloren hätten, nicht er. Die neuen Arbeiter hatte Jennings für einen niedrigeren Lohn eingestellt.

Plötzlich kam Bewegung in die Arbeiterschaft oben auf der Kaimauer. Die Männer zogen ihre Mützen von den Köpfen und machten zwei eleganten jungen Frauen Platz, die nun an die Kante der Mauer traten. Der Wind zerrte am Saum ihrer Kleider. Karl erkannte Jennings' Töchter Elisabeth und Margarete. Elisabeth stützte ihre ältere Schwester, die mit entsetzten Augen auf den toten Verlobten hinunterstarrte, während sie sich ein Taschentuch auf den Mund presste. Ingenieur Strasser und Margarete Jennings sollten am Tag der Feierlichkeiten zur Kanaleröffnung heiraten, hieß es.

SCHLESWIG. NACH EINER LETZTHIN GETROFFENEN VERFÜGUNG DER KÖNIGL. REGIERUNG ZU SCHLESWIG SIND ZUR AUFRECHTERHALTUNG DER ORDNUNG UNTER DEN ARBEITERN DES NORD-OSTSEE-KANALS ZWEI GENDARMEN AUS SCHLESWIG UND FLENSBURG NACH SÜDERDITHMARSCHEN BEORDERT. DER EINE, EIN BERITTENER GENDARM, WIRD IN BRUNSBÜTTELHAFEN, DER ANDERE, EIN FUSSGENDARM, WIRD NACH TATERPFAHL STATIONIERT.

Originalauszug: Kieler Zeitung 1894

Bahnsen hatte Wort gehalten und ihn in die dunkelste Ecke im Keller der Polizeidirektion gesetzt. Ein wackeliger Holztisch mit einer Petroleumlampe darauf und ein schäbiger Hocker waren nun Haukes Arbeitsplatz. Vor ihm stapelten sich Akten, die gesichtet und in den Regalen des Archivs verstaut werden sollten. Hauke rührte die Fälle nicht an. Er starrte auf den Brief, den er in der Jackentasche des Mörders gefunden hatte und der nun vor ihm lag.

In zierlicher Handschrift geschrieben, las er auf dem Umschlag die Worte »Bonum Emperor«. Dem guten Kaiser. Aber es war kein Schreiben an Kaiser Wilhelm, so viel war klar. Die Schreiberin sorgte sich auf den eng beschriebenen Seiten um den Sohn, der anscheinend Soldat in der kaiserlichen Marine war. Sie fragte nach seinem Wohlergehen, ob er genügend esse und schlafe, ob seine Kleider warm waren und die Kameraden gute Freunde. Allerdings änderte sich der Inhalt schon nach wenigen Zeilen. Zunehmend schien der Absender den Verstand zu verlieren. Da war die Rede von einem Büblein, das sich nicht waschen wollte, von einem Esel mit Zwergenmütze und einer blauen Flamme, listigen Raben und einem Sonnenkringel.

Seit gestern grübelte Hauke nun schon über dem Papier, aber die Zeilen wollten keinen Sinn ergeben. Wer auch immer diese geschrieben hatte, musste tatsächlich verrückt gewesen sein. Doch vielleicht war genau das die Absicht des Schreibers. Er oder sie wollte verrückt wirken, um die wahre Nachricht zu verbergen. Warum sonst sollte ein Mörder diesen Brief in das Futter seiner Jacke einnähen, wenn der Inhalt nicht von Bedeutung war? Die wilden Hunde, die Hauke beim Betreten des Kellers noch überfallen hatten, ließen immer mehr von ihm ab, je tiefer er sich in die Zeilen des Textes grub.

Hauke, der sich berufsbedingt in den letzten Monaten mit Fragen der Kryptografie beschäftigt hatte, kannte mittlerweile alle gängigen Verschlüsselungsarten. Schon früher hatten ihn geheime Schriften fasziniert. Damals, wenn sein Schiff in irgendwelchen Häfen festlag, war es für ihn ein Zeitvertreib gewesen, das mittelalterliche »Alphabetum Kaldeorum« zu studieren, um daraus chiffrierte Texte zu machen.

Jetzt lagen vor ihm diese Seiten, deren Worte allzu plump daherkamen. Ihnen mangelte es an der mathematischen Eleganz eines Leon Battista Alberti, der schon im 15. Jahrhundert eine Chiffrescheibe erfunden hatte, mit der jeder Text übersetzt und später decodiert werden konnte. Und gerade die Unbeholfenheit in den Zeilen verärgerte Hauke. Sie zu enträtseln, konnte eigentlich nicht so schwer sein. Dennoch bedurfte es dazu des Schlüssels, mit Hilfe dessen die geheime Nachricht in diesen Wust befremdlicher Metaphern übersetzt worden war. Es kam ihm so vor, als habe man hier nicht nur einzelne Buchstaben verschlüsselt, sondern ganze Worte mit einem neuen Sinn versehen. Der wirre Text vor ihm war sinnlos ohne sein erlösendes Gegenstück.

Hauke stand auf und ging zu einem Schrank hinüber, in dem Hunderte von Karteikarten lagen, die die Namen und Daten von Verhafteten enthielten. Er öffnete die erste Schublade und begann Karte für Karte aufmerksam durchzublättern.

Seit einigen Jahren baute man in Kiel eine Verbrecherkartei auf. Jedes Dokument enthielt neben dem Namen und den begangenen Verbrechen des Verhafteten sowie seines letzten Aufenthaltsortes auch eine äußerst detaillierte Beschreibung seines Aussehens. Ein Franzose mit Namen Alphonse Bertillon entwickelte dieses recht umständliche Verfahren, mit dessen Hilfe die Polizei glaubte, verdächtige Personen identifizieren zu können. Hierfür fertigte man zwei Fotografien an und hielt aufs Genaueste verschiedene Körpermaße der überführten Verbrecher fest. Dazu gehörten neben der Körpergröße auch Armspannweiten, die Länge eines jeden Ohres, Kopflänge und -breite, Sitzhöhe und vieles andere mehr. Hauke überflog die Zahlen. Er suchte einen einzigen Mann, dem der rechte Mittelfinger fehlte.

Hauke blätterte die Kästen durch. Sein Rücken begann zu schmerzen, aber er gönnte sich keine Pause. Höchstens, dass er sich leise stöhnend hin und wieder reckte. Mit jeder Karte, die er zur Hand nahm, hoffte Hauke dem schmalen Gesicht des Mörders zu begegnen. Allerdings befürchtete er, dass der Mann bisher noch nicht in Kiel verhaftet worden und damit auch nicht in diesem Keller zu finden war.

Irgendwann musste Hauke zugeben, dass diese Aktion ihn keinen Deut weitergebracht hatte. Er setzte sich an den Tisch zurück und schloss die Augen. Noch einmal holte er das Bild des Mannes aus seiner Erinnerung hervor, prägte es sich ein und fragte sich, wie viele Menschen der Kerl schon erschossen haben könnte. Denn dass dieser Mord nicht sein erster war, stand für Hauke außer Frage. Revolver waren dafür bekannt, nicht sonderlich zielsicher zu sein. Der Mann aber hatte es geschafft, über die Köpfe anderer hinweg, aus zwanzig Metern Entfernung den Sozialisten zu erschießen.

Ein Soldat vielleicht? Soldaten waren das Töten gewohnt. Allerdings hatte Hauke keinen Zugang zu den Personalakten der Kieler Marine oder der vor Ort stationierten Infanterie, und er ging nicht davon aus, dass Bahnsen ihm eine entsprechende Genehmigung besorgen würde. Abgesehen davon konnte der Mörder von überallher nach Kiel gereist sein, um den Sozialisten umzubringen.

Den toten Redner vom Marktplatz zumindest hatten sie mittlerweile als einen gewissen Anton Gieb aus Hamburg identifiziert. Seine Partei, diese Sozialdemokraten, hatten bei der letzten Reichstagswahl über zwanzig Prozent aller Stimmen erhalten. Gemeinsam mit anderen sozialistischen Parteien kamen sie inzwischen auf fast die Hälfte sämtlicher Wählerstimmen. Eine beunruhigende Entwicklung für die herrschenden Schichten im Reich. Diese Sozialisten veränderten das Land, und Hauke wusste nicht, ob zum Besseren oder zum Schlechteren. Fragen dieser Art waren allerdings in diesem Moment unerheblich, denn er hatte einen Mörder zu finden.

Haukes Kopf begann zu schmerzen. Er presste die Fäuste gegen seine Stirn. Es wurde Zeit, endlich dieses Kellerloch zu verlassen. Doch statt hinauszugehen, nahm Hauke den Brief ein weiteres Mal zur Hand. Er musste den Mörder ausfindig machen.

Jetzt aber hatte er Zweifel, ob wirklich eine Frau die Zeilen geschrieben hatte. Die Bögen waren dafür ein wenig zu eckig, außerdem fielen die Großbuchstaben leicht nach rechts ab. Hauke hielt das Papier dicht unter den Schein der Lampe. Vierzehnmal erschienen Zahlen im Text. Da war von sieben Brüdern die Rede oder von drei Gaunern. Auch wenn das eine oder andere Wort Hauke an die Märchen seiner Kindheit erinnerte, wollte der Rest absolut keinen Sinn ergeben. Wer war der Absender? Und wer der Adressat?

»Sötje!«, blaffte da plötzlich eine Stimme hinter seinem Rücken.

Hauke war so vertieft gewesen, dass er Kriminalsergeant Lehmann nicht hatte kommen hören.

Neugierig blickte Lehmann über Haukes Schulter. »Der Herr Kommissar will Sie sehen. Was ist das?«

»Nichts.« Schnell faltete Hauke den Brief zusammen und ließ ihn in seine Jackentasche gleiten. »Was will er von mir?«

Lehmann schaute Hauke spöttisch an. »Ich glaube, er weiß jetzt, was er mit Ihnen machen soll.« Das selbstgefällige Grinsen in seinem Gesicht ließ Hauke nichts Gutes ahnen.

Hauke erhob sich, nahm die Jacke von der Stuhllehne und verließ den Keller.

Seit gestern war einiges passiert. Der Stadtrat hatte eine Untersuchung der Vorkommnisse auf dem Marktplatz angeordnet, nachdem man sich allenthalben unter den Bürgern, ja sogar öffentlich in der Zeitung fragte, warum der Aufmarsch nicht verhindert worden war. Hatte wirklich niemand der Verantwortlichen von dieser linken Zusammenrottung gewusst?

Immer wieder tauchte das Gerücht auf, jemand innerhalb der Polizei sei inkognito informiert worden.

BERLIN. (AUS DER UMSTURZ-KOMMISSION) GESTERN WURDE DIE BERATHUNG VON § 112 DER REGIERUNGSVORLAGE BEGONNEN. DANACH SOLL MIT GEFÄNGNIS BIS ZU ZWEI JAHREN BESTRAFT WERDEN, WER EINEN ANGEHÖRIGEN DES HEERES ODER DER MARINE ODER DER POLIZEIGEWALT ZUM UNGEHORSAM AUFFORDERT ODER ANREIZT.

Originalauszug: Kieler Zeitung 1894

Bahnsen hob den Blick von seinen Akten. Ohne Umschweife kam er zum Thema. »Meine Aufgabe ist es, die neue Kriminalpolizei des Kaisers in ganz Schleswig-Holstein als schlagkräftige Truppe gegen das Verbrechen aufzubauen. Das aber geht nur mit genügend Männern, Ausrüstung, Kompetenzen und Geld. Begreifen Sie, welch Schaden die Untersuchung des Stadtrates dem Renommee der hiesigen Kriminalpolizei antun könnte?«

»Gewiss, Herr Kommissar.« Hauke sah Bahnsen direkt in die Augen. »Und ich verstehe auch, dass Sie Polizeidirektor Lorey nichts von dem Aufmarsch sagten, um ihn als inkompetent dastehen zu lassen. Sie haben die Eskalation auf dem Platz billigend in Kauf genommen.«

Hauke konnte Bahnsens Taktieren nicht leiden. Seinem politischen Spiel waren Menschen zum Opfer gefallen. Eigentlich war es nicht an ihm, seinen Vorgesetzten zu maßregeln. Andererseits hätte er selbst ein derartiges Verhalten auf seinem Schiff niemals durchgehen lassen, sondern hart bestraft.

Bahnsens Gesicht lief rot an. »Was fällt Ihnen ein?«, polterte er los. Dann aber schwieg er überraschenderweise, obwohl er in seinem Inneren vor Wut zu kochen schien.

Verwirrt schaute Hauke Bahnsen an. Er hatte eine Standpauke erwartet, die seinem vorlauten Ton angemessen gewesen wäre. Aber Bahnsen mahlte nur mit den Zähnen. Dabei hatte Hauke ihm gerade eben die Möglichkeit gegeben, ihn mit sofortiger Wirkung zu entlassen.

Stattdessen lächelte Bahnsen ihn jetzt schief an. »Wie auch

immer, Sötje. Meine Probleme sollen nicht die Ihren sein. Ich habe über Sie nachgedacht, mein Lieber.«

Bahnsen beugte sich über den Tisch, stellte die Ellenbogen auf die vor ihm liegenden Akten und legte die Fingerspitzen aneinander. »Sie haben sich gelegentlich recht passabel angestellt, trotz Ihrer renitenten Art. Diese mag in Ihrer Vergangenheit angemessen gewesen sein, heute aber sind Sie nur ein kleines Licht. Ein tiefer Fall, an dessen Folgen Sie sich noch gewöhnen werden.« Er räusperte sich, als fielen ihm die nun folgenden Worte besonders schwer. »Ich bin geneigt, Ihnen trotz der Vorkommnisse auf dem Marktplatz vorerst Ihre Stellung zu lassen. Vorerst!« Er hielt inne, um die Wirkung seiner Worte zu prüfen.

Das erste Gefühl einer vagen Erleichterung in Haukes Magen machte dort allerdings schnell der Ahnung Platz, dass dieses Entgegenkommen seines Vorgesetzten mit einer Gegenleistung verbunden sein könnte.

»Ich habe einen Auftrag für Sie, Sötje. Sie werden den tödlichen Unfall eines Ingenieurs an der Schleuse des Nord-Ostsee-Kanals untersuchen und aufs Akkurateste protokollieren.«

»In Holtenau?«

»Nein, am anderen Ende des Kanals. An der Elbe, nahe Brunsbüttel.«

»Ich verstehe.«

»Sie verstehen? – Was verstehen Sie?«

»Nun, ich nehme an, meine Abberufung hängt mit der Untersuchung des Stadtrates zusammen.«

Hauke war sich sicher, dass Bahnsen ihn aus dem Weg haben wollte. Entlassen konnte er ihn derzeit nicht, weil er befürchten musste, Hauke würde aus Rache dem Vize-Admiral, den Mitgliedern der Untersuchungskommission und dem Stadtrat von Kiel die Wahrheit über das Taktieren seines Vorgesetzten mitteilen. Stattdessen schickte er ihn dorthin, wo der unliebsame Untergebene am weitesten von Kiel entfernt war.

Bahnsens Gesicht verfinsterte sich. »Werden Sie nicht frech, Sötje, oder ich überlege es mir noch einmal anders«, drohte er.

Hauke wusste, dass sich Bahnsen vollkommen darüber im

Klaren war, dass es seine Schuld war, wie die Dinge sich auf dem Marktplatz entwickelt hatten. Er hatte den äußerst wichtigen Hinweis auf eine Demonstration aus niederen Gründen nicht weitergegeben, um seinen persönlichen Nutzen daraus ziehen zu können. Darum hatte der Aufmarsch nicht verhindert werden können. Darum waren Schüsse gefallen. Darum hatte es Tote gegeben. Selbst, wenn es in den Augen vieler »nur« Sozialisten gewesen waren, die starben.

Im Zuge der Untersuchung würden auch die Kriminalsergeanten und Hilfssergeanten befragt werden. Und genau hier lag Bahnsens Problem. Zwar konnte er sich der Loyalität seiner Männer gewiss sein, Hauke Sötje aber traute er nicht.

Bahnsen griff zu einer ledernen Mappe, die vor ihm lag. »Besagter Unfall«, begann er mit leicht gepresster Stimme, »ereignete sich gestern früh. Ein gewisser Ludwig Strasser, Ingenieur, stürzte zehn Meter in die Tiefe.« Bahnsen fixierte Hauke mit harter Miene. »Ein Österreicher! Ich bin mir nicht sicher, ob Ihnen klar ist, was das kurz vor der Eröffnung des Kanals bedeutet.«

Hauke schwieg.

»Der Kaiser wird den Schlussstein zu diesem glorreichen Werk hier in Kiel-Holtenau legen. Man rechnet mit den wichtigsten gekrönten Häuptern aus England, Russland, Dänemark und … Österreich. Kaiser Franz Josef wird erwartet.« Bahnsen beugte sich zu Hauke vor. »Die Augen der Welt sind seit Jahren auf den Bau unseres Kanals gerichtet. Und dieser Blick ist nicht immer wohlwollend.« Er lehnte sich wieder zurück. »Im Gegenteil. Jedes kleine Malheur beim Bau wurde in der internationalen Presse mit Häme kommentiert und als Scheitern verurteilt. Sollten diese Schmierfinken von dem Vorfall erfahren, wird man im Ausland anderes als einen gewöhnlichen Unfall vermuten, so viel steht fest. Der Tod dieses Österreichers darf nicht zum diplomatischen Thema werden. Haben Sie das verstanden?«

Bahnsen seufzte, als müsste er nun etwas besonders Unangenehmes erledigen. Er zog aus der Mappe vor sich einen

Briefumschlag und schob ihn zu Hauke hinüber. Der Umschlag trug das kaiserliche Wappen und darunter den Schriftzug des Preußischen Innenministeriums in Berlin.

Fragend blickte Hauke Bahnsen an.

»Wir müssen zeigen, dass wir den Vorfall an den Schleusen mit dem nötigen Ernst bearbeiten werden, Sötje.« Bahnsen ließ seine Hand auf den Umschlag fallen. »Hierin finden Sie Ihre zeitweise Beförderung zum Kommissar – natürlich nur für die Dauer der Untersuchung.«

»Wird damit gerechnet, dass es sich um etwas anderes handeln könnte als einen Unfall?«, wollte Hauke wissen, der sich wunderte, warum die Kriminalpolizei für diese einfache Aufgabe hinzugezogen wurde.

»Es ist ein Unfall! Das haben Sie zu protokollieren. Nichts anderes.«

Bahnsen hatte nicht auf seine Frage geantwortet. Wieder glaubte Hauke, er könne in den geheimen Überlegungen Bahnsens lesen wie in einem Buch.

Er lächelte. »Ich verstehe. Sie haben von dem Unfall erfahren und großzügig angeboten, einem höheren Mitarbeiter die Angelegenheit zur Überprüfung zu geben, um ihr die nötige Bedeutung vor kritischen Gemütern im In- und Ausland zu verleihen.«

Bahnsen sagte nichts, darum fuhr Hauke fort: »Da Sie mich loswerden müssen, um meine Aussage vor der Kommission zu verhindern, lassen Sie mich kurzerhand befördern und schicken mich ans andere Ende von Schleswig-Holstein.« Hauke nickte anerkennend. »Chapeau, Herr Kommissar. Diese List wäre nicht jedem eingefallen.«

»Politik, Sötje. Das nennt man Politik«, flüsterte Bahnsen und blinzelte Hauke selbstgefällig an. »Zurück zum Thema. Sie protokollieren den Unfallhergang minutiös, schicken mir den Bericht per Eil-Depesche und nehmen sich noch ein paar Tage frei. Wenn Sie zurück sind, sprechen wir über eine feste Anstellung als Sergeant in meinem Kommissariat.«

Hauke begutachtete den Umschlag. Er dachte an Sophie, die

sich sehr über die Beförderung freuen würde, selbst wenn es nur eine vorläufige war. Aber etwas in Hauke wehrte sich. Sein Vorgesetzter erpresste ihn, machte ihn zu einem Nutznießer, einem seiner Handlanger. Er würde Hauke für diese falsche Freundlichkeit eines Tages die Rechnung präsentieren. Und Hauke war überzeugt, dass diese hoch ausfallen würde.

Schon wollte Hauke den Umschlag zurückschieben, als Bahnsen sich wütend erhob. »Ich glaube, Sie haben nicht verstanden, Mann! Dies hier ist ein Befehl des Unterstaatssekretärs des Innenministers in Berlin persönlich.« Er hob seinen Finger und tippte auf Haukes Brust. »Sie werden zu dieser gottverlassenen Baustelle reisen, und Sie werden diesen verdammten Bericht schreiben. Wenn Sie sich dazu nicht in der Lage sehen, ist das Befehlsverweigerung!«

Hauke musterte Bahnsen, der mit seinen feurigen Schweinsäuglein und der kleinen runden Brille vor ihm stand. Er spürte, wie ätzende Wut in ihm hochkroch. Nach einer Weile steckte Hauke mit knirschenden Zähnen den Umschlag in seine Jackentasche.

»Ich kann aber erst morgen abreisen.« Mit Schrecken dachte er an Sophie, die ihn heute Nachmittag am Bahnhof erwartete. Dieser Abend sollte für beide entscheidend sein.

Bahnsen schrie nur: »Insubordination! Überlegen Sie es sich, Sötje! Ich habe keine Hemmungen, Sie sofort zu Vater Streich zurückzuschicken. Sie reisen sofort ab!«

Hauke ballte seine Fäuste. Bevor er allerdings den Raum verließ, hielt er kurz inne. Noch einmal drehte er sich zu Bahnsen um. »Ich habe mir die Toten —«

»Das ist mir bekannt, Herr … Kommissar«, schnauzte Bahnsen. »Dr. Brandt informierte mich über Ihren nicht genehmigten Besuch.«

»Nun, dann sagte er Ihnen sicherlich auch, dass die Eintrittswunden bei dem Sozialisten —«

»Auch das ist mir bekannt. Der Doktor änderte seinen Bericht entsprechend.«

Hauke sah Bahnsen ein Stück Papier von einem Stapel zu

seiner Rechten nehmen. Es war Haukes Bericht, den er in der Arrestzelle geschrieben hatte.

»Wie Sie sehen, Sötje«, sagte Bahnsen in säuerlichem Ton, »kümmere ich mich persönlich um die Angelegenheit. Ich habe bereits veranlasst, dass der Täter in der Stadt gesucht wird.« Hauke hatte Bedenken, dass der Fall bei seinem Vorgesetzten in guten Händen war. Andererseits würde Bahnsen sich jetzt keine Inkorrektheiten mehr erlauben, da er unter Beobachtung durch die Untersuchungskommission stand.

Grußlos schloss Hauke die Tür.

Die Kirchturmuhr schlug zehnmal, als Hauke auf den Martensdamm trat. Die falsche Beförderung brannte in seiner Tasche. Am liebsten hätte er sie fortgeworfen. Jedoch hatte sich sein Leben geändert. Die Zeit war vorbei, wo er nach eigenem Gutdünken Dinge tun oder lassen konnte. Seine Vorstellung von Moral war in seiner neuen gesellschaftlichen Position als ein Niemand vollkommen unerheblich. Er musste dem Befehl gehorchen, mochte dieser auch noch so unsinnig sein.

Ein voll beladener Wagen mit Fässern rumpelte über das Kopfsteinpflaster, gezogen von vier kräftigen Brauereipferden. Dahinter fuhr eine elegante Droschke mit zugezogenen Vorhängen.

Noch immer zögerte er, überlegte, ob er nicht zurückgehen sollte. Dann aber fasste er einen Entschluss und machte sich auf den Weg in das Haus von Fräulein Bender, um seinen Seesack zu packen.

Der tote Ingenieur war zu einem denkbar schlechten Zeitpunkt in Haukes Leben gefallen, denn nun würde er Sophies Ankunft aus Lübeck verpassen. Er hoffte, seinen Aufenthalt an den Schleusen bei Brunsbüttel so kurz wie möglich halten zu können. Mit viel Glück würde er den kleinen Ort bereits am frühen Abend erreichen. Er würde eine Begutachtung des Unfallortes vornehmen, einige Leute befragen, seinen Bericht schreiben und umgehend nach Kiel zurückkehren. Vielleicht war er schon morgen Abend wieder hier.

Fräulein Bender würde er einen Brief auf den Küchentisch legen, mit der dringlichen Bitte, ihn Sophie zu überreichen, sobald der Zug einlief. Hauke hoffte inständig, Fräulein Bender möge den Brief rechtzeitig finden, denn ihre nachbarschaftlichen Besuche gingen manchmal bis weit in den Abend hinein.

Sollten Haukes Zeilen Sophie nicht erreichen, musste er damit rechnen, dass er sie nicht nur verärgert, sondern verloren hatte. Er versuchte, diesen schrecklichen Gedanken fortzuschieben.

NORD-OSTSEE-KANAL. DIE LIEFERUNG VON 70000 VERBLENDSTEINEN DES NORMALFORMATES 25 X 12 X 6,5 CM FÜR DAS MASCHINENGEBÄUDE DER DREHBRÜCKE BEI TATERPHAL SOLL VERGEBEN WERDEN. DIE BEDINGUNGEN LIEGEN ZUR EINSICHTNAHME AUS UND KÖNNEN GEGEN PORTOFREIE EINSENDUNG VON 0,50 MK. VON HIER BEZOGEN WERDEN. ANGEBOTE SIND UNTER BEIFÜGUNG DER VORGESCHRIEBENEN PROBESTEINE SPÄTESTENS BIS ZUM 1. MAI 1894, NACHMITTAG 3 UHR, VERSIEGELT UND MIT ENTSPRECHENDER AUFSCHRIFT VERSEHEN PORTOFREI EINZUREICHEN. KAISERLICHE KANALKOMMISSION. ABTEILUNGSBAUMEISTER 1 DES BAUAMTES II

Originalauszug: Kanalzeitung 1894

Man hatte den Kanal bereits streckenweise geflutet, sodass Haukes Reise recht bequem mit einem dampfbetriebenen Transport-Ewer begann, der ihn quer durch Schleswig-Holstein Richtung Elbe brachte. Diese flachbödigen Schiffe fuhren die fertig gestellte Strecke des neuen Kanals ab, um Material für den Bau von Anlegestellen und Uferbefestigungen zu liefern.

Hauke bemerkte, wie sich die Landschaft Richtung Westen mit jeder Stunde, die sie fuhren, veränderte. Waren anfangs noch dichte grüne Wälder zu sehen, ging die sandige Geest mit ihren sanften Hügeln abrupt in die tiefer liegende, erdschwere Marsch über. Die Erhebungen wichen nun weiten Ebenen, gezeichnet von abgeernteten Kohlfeldern. Die Bauernhöfe in der Marsch waren eindrucksvoll und auffallend prächtig. Der satte schwarze Boden sei das wahre Gold der Marschbauern, sagten die Leute. Man könne hier einen Stock in die Erde stecken, und im nächsten Frühjahr werde dort ein blühender Baum stehen. Die Bauern von Dithmarschen waren reich und scheuten sich nicht, die Stattlichkeit ihres Besitzes zu zeigen. Doch so fruchtbar die Marsch auch war, verlangte sie den Menschen sehr viel ab. Der dunkle, lehmige Boden war nur unter größter Kraft zu bewirtschaften. Bei jedem Stich klebte die kleiige Erde am Spaten fest. Und bei jedem Schritt blieb sie an den Sohlen der Stiefel haften. Sie machte Pflügen und Eggen zur Tortur für Mensch und Tier. Wer hier lebte und arbeitete, war von besonderem Schlag, das wusste Hauke.

Sie waren schon einige Zeit gefahren, als Hauke ein höchst erstaunliches Bauwerk entdeckte, das die eine Seite des Kanals mit der anderen verband. Je zwei gemauerte Türme bildeten die Enden dieser Brücke, zwischen denen sich aus Eisenträgern geformte Bögen befanden. Etwa auf halber Bogenhöhe lag eine Fahrbahn.

Der Schipper erklärte Hauke, dass dort oben auch die Eisenbahnstrecke zwischen Neumünster und Heide verlaufe. Und als wollte sie es bezeugen, hörte man in der Ferne das lang gezogene Pfeifen einer herannahenden Lokomotive.

Hauke legte seinen Kopf weit in den Nacken, als der Kahn langsam unter der Günentaler Hochbrücke entlangtuckerte. Er schätzte die Spannweite der Brücke auf mindestens hundertfünfzig Meter und die Höhe auf über vierzig. In den sichelförmigen Bögen, die sich zu ihren Enden hin verjüngten, lagen schmiedeeiserne Gefache, die die Brücke nicht nur von unten stützten, sondern ihr auch eine friedvolle Eleganz verliehen.

Als sie die Hochbrücke passiert hatten, warf Hauke einen letzten Blick auf diese architektonische Schönheit, die stolz gen Himmel ragte, als plante sie, bis in alle Ewigkeiten dort zu stehen. Hauke hoffte, sie bald wiedersehen zu dürfen.

Kurz darauf musste er den Ewer verlassen, denn ein quer durch den Kanal führender Damm verhinderte die Weiterfahrt. Hinter diesem Erdwall musste das Kanalbett noch weiter ausgebaggert werden. Hier schufteten Mensch und Material hart, um dem schweren Boden Zentimeter für Zentimeter das stolzeste Bauwerk des jungen Kaiserreiches zu entreißen.

Hauke kletterte die Böschung hinauf und schaute sich um. Unten, im brackigen Wasser, dümpelten dampfbetriebene Bagger auf Pontons. Sie stießen dunkle Wolken in den Himmel, während sie schaufelweise Schlamm aus dem Wasser unter sich holten, ihn in einer gleichmäßigen Bewegung, einem Ballett nicht unähnlich, in den Bauch flacher Schuten fallen ließen, die neben ihnen warteten. Mit jeder neuen Baggerschaufel sanken die Schuten tiefer ins schwarze Wasser, bis ihre Bäuche voll waren. Dann schob sie ein kleines Dampfschiff fort, und eine neue, leere Schute wurde herbeigeschafft.

Hauke bemerkte eine Gruppe von Männern, die damit beschäftigt war, entlang des Kanalufers meterhohe Pfähle im Boden zu versenken, die wahrscheinlich für die neue Telefonleitung nach Kiel gedacht waren.

Eine andere Kolonne war unterdessen dabei, einzelne Maschinen in ihre Teile zu zerlegen. Stück für Stück packte sie sie in Loren, die auf krumm verlegten Gleisen neben dem Kanalbett platziert waren. Eine kleine Dampflok stand schnaufend am Anfang des Zuges. Gerade hievten die Männer letzte Pumpen und Schläuche auf einen der Anhänger, als Hauke zu ihnen den Abhang hinunterrutschte.

»Moin«, sagte er, wie es hier üblich war.

Die Arbeiter blickten kurz zu ihm auf. Einer von ihnen kam näher. Er war der Älteste. »Guude Morgen«, entgegnete er, obwohl es bereits später Nachmittag war.

»Wie geht die Arbeit voran?«

Der Mann nahm seinen Hut vom Kopf und wischte sich den Schweiß von der Stirn. »Mir baue hier ab, dass die Schpuntwänd bei Kudensee gsichert werde könne. Sonscht saufe die ja bei jedem Rege ab.« Er machte eine Bewegung mit dem Kinn in Richtung Westen.

Hauke wusste, dass man aus allen Teilen Deutschlands Arbeiter für den Bau am Kanal verpflichtet hatte, um dem jungen Reich zu helfen, nicht nur auf dem Papier einig zu sein. Dieser Kanalabschnitt wurde wohl von Männern aus dem Badischen gebaut.

»Wie weit ist es noch bis zu den Schleusen?«

»Kommt druff a.«

»Worauf?«

»Wie schnell du gehe kansch.«

Hauke nickte. »Und wenn ich mit euch fahre?«

»Dann bisch schneller.«

Die Männer begannen jetzt, in die leeren Loren zu steigen.

Hauke und der Vorarbeiter folgten ihnen. Schnaufend setzte sich die Lok in Bewegung, wobei sie den Weg nach oben an den Rand zum Kanalbett nahm. Die Gleise waren nur in den Schlick gelegt und ächzten unter dem Gewicht des Zuges. Sie wirkten wenig vertrauenerweckend und ließen den Boden unter Haukes Füßen immer einen kleinen Satz machen, sobald ein Gleisstrang endete und der nächste begann.

Von hier oben konnte Hauke sehen, wie sich der Kanal vor ihm bis zum Horizont erstreckte. Erst hier wurde ihm die Größe des neuen Kanals bewusst.

Sie waren noch nicht lange gefahren, als Hauke durch das holprige Rattern der Räder noch ein anderes Geräusch wahrnahm. Es war ein dumpfes Stampfen, zu dem sich bald ein Pfeifen und Dröhnen gesellte, das aus der Hölle zu kommen schien. Kurz darauf ragten vor Hauke fast zehn Meter hohe Bagger am Kanalufer in die Höhe. Ihre eisernen Skelette beugten sich weit in den ab hier noch wasserlosen Schlund. Schaufel um Schaufel trugen sie den schweren Marschboden in weitere Loren, die sich hinter ihnen am oberen Kanalrand befanden.

Hauke, der eingezwängt zwischen den Arbeitern stand, starrte in das tiefe Tal hinunter, das die Bagger bereits geschaffen hatten. Unten setzten Männer Wände aus Holz an die unbefestigten Ufer und beschwerten sie mit großen Steinen und Findlingen, damit die massige Erde, die man hier Kleie nannte, nicht nachrutschte.

Jetzt hielt der Zug. Die Männer um Hauke sprangen einer nach dem anderen aus der Lore. Sie stapften durch den Matsch und begannen, die Pumpen, die sie eben erst eingeladen hatten, wieder auszuladen und aufzubauen, denn unten im Tal sammelte sich schon wieder neues Grundwasser.

»Immer de Kanal nach«, sagte der Vorarbeiter mit süddeutschem Akzent. »Noch a Stund un du bisch bei de Schleus.«

Hauke tippte an seine Mütze. »Wer ist dort der Vorarbeiter?«

»Den kenn ich nit. Jeder Abschnitt hat en eigene Vorarbeita. Suchsch Arbeit?«

»Nein. Wer ist denn für die Schleusen zuständig?«

»De Schinder isch au dort.«

»Der Schinder?« Hauke horchte auf.

»De Öschterricher, de Strasser. In dem sein Abschnitt sin mehr Leut krepiert wie in alle andere zsamme.«

»Du kennst ihn?«

»Es gibt Leut, die will ma gar nit kenne.« Er drehte sich um und ging zu seinen Männern.

Hauke warf seinen Seesack auf die Schulter und machte sich zu Fuß auf den Weg zur Schleusenbaustelle.

Fasziniert betrachtete er diese unwirtliche Welt, die so ganz anders war als alles, was er bisher gesehen hatte. Besonders beeindruckten ihn all die mächtigen Bagger. Ihre in den Himmel ragenden Ausleger schienen einem unsichtbaren Dirigenten zu folgen, der geduldig und mit ruhiger Hand dieses stählerne Orchester dem letzten Ton entgegenführte, der Fertigstellung der längsten künstlichen Wasserstraße des Reiches.

Ein rumpelndes Fuhrwerk riss Hauke aus seinen Gedanken. Er drehte sich um. »Moin«, rief er dem Kutscher zu.

Der Mann hielt den Gaul an und nickte. Langsam nahm der hochgewachsene Kerl mit dem Vollbart Hauke in Augenschein. »Moin«, antwortete er schließlich.

»Können Sie mich in Richtung Schleusen mitnehmen?«, fragte Hauke.

Der Mann antwortete nicht gleich. Und während er so überlegte, zog er eine silberne Taschenuhr aus seiner Weste, klappte den Deckel auf, prüfte die Zeit, schloss die Uhr wieder und steckte sie zurück.

»Schönes Stück«, versuchte Hauke das Schweigen zu überbrücken.

»Jo«, sagte der Kutscher und musterte Hauke ein weiteres Mal. »Fünfzig Pfennig.«

Die Fahrt verlief schweigsam. Nur das Schnaufen des Gauls vor ihnen und das Klirren unzähliger Bierflaschen in Holzkisten hinter ihnen war zu hören. Obwohl man die Flaschen mit Stroh geschützt hatte, klimperten sie die ganze Zeit besorgniserregend vor sich hin.

Immer wieder passierte das Fuhrwerk kleine Trupps von Arbeitern, die die neue Telegrafenleitung bauten, mit der selbst in diesen entlegensten Winkel Schleswig-Holsteins die Zukunft getragen werden sollte. Hauke hatte gehört, dass die Kaiserliche Kanalkommission in Kiel auch plane, den Kanal auf ganzer Länge mit elektrischem Licht zu versehen. Beidseitig. Es war erstaunlich, wie schnell sich die Welt in diesen Zeiten drehte. Kaum ein Tag verging, an dem nicht irgendwo eine neue Entdeckung gemacht, ein neues Gerät erfunden oder ein Rekord gebrochen wurde. Automobile begannen, die Kutschen von den Straßen der Städte zu verdrängen. Telefonapparate verbanden Menschen über Hunderte von Kilometern. Es hieß, man zähle bereits vierzigtausend Telefonanschlüsse allein in Berlin. In London fuhr eine Bahn unter der Erde. In Amerika baute man Häuser, so hoch, dass sie die Wolken fast erreichten. Dampfschiffe überquerten den Atlantik in weniger als sechs Tagen, statt in Wochen und Monaten. Ein Deutscher hatte eine Handfeuerwaffe erfunden, die C93, die er nun in Serie produzieren ließ und weltweit verkaufte. Jeder schien einer glorreichen Zukunft entgegenzustreben. Manchmal fragte Hauke sich, was mit all jenen geschah, die den Zug ins Morgen schon jetzt verpasst hatten. Und er fragte sich, ob er dazugehörte.

Er blickte vom Kutschbock zum Kanalbett hinunter, dem sie Kilometer um Kilometer folgten. Das Jahrtausendwerk des jungen Kaiserreiches grub sich wie eine Wunde durch das Land, teilte es in zwei Teile, die von nun an nur noch über Brücken und Fähren miteinander verbunden sein würden.

Auf der anderen Seite des Fuhrwerks hatte man hier und da den Aushub des Kanals abgelegt. Dahinter lagen leere Felder und baumlose Wiesen, auf denen Viehzeug graste.

Da entdeckte Hauke in einiger Entfernung eine halb verfallene schiefe Kate, die allein unter einem knorrigen Baum stand. Eine gebeugte Alte saß davor auf einer Bank. Vor ihr stand ein Spinnrad, das sich trotz des Nieselregens und der Kälte eifrig drehte. Ein breitschultriger junger Mann bearbeitete nicht weit vom Haus entfernt kraftvoll den sturen Boden. Er hob den Kopf und schaute mit dem Stumpfsinn der Debilen zum Fuhrwerk herüber.

»Dat ist de ole Mette un ihr biesteriger Enkel. De Rest vun de Familie is nach de Stadt hin. De Kaiser hett de ole Mette ehr Land wechnohm, domit de Kommission de Kanal bauen kunn, secht se. Ower ick sech, de ist obstinatsch.«

Hauke hatte schon gehört, dass viele Leute ihr Land nicht verkaufen wollten, obwohl die Kaiserliche Kanalkommission sie großzügig zu entschädigen gedachte. So mancher hatte nicht genug, um es überhaupt zu verkaufen. Und Geld konnte man nicht essen und nur einmal ausgeben. So kam es zu Zwangsversteigerungen, die die Leute in Armut stürzten und zwangen, mit Sack und Pack in die Städte zu ziehen.

»Arbeitet der Enkel nicht am Kanal, so wie all die anderen?«, wollte Hauke wissen.

In diesem Moment stieß der junge Mann das Blatt des Spatens bis zum Stil in den Marschboden hinein, wobei er Hauke einen hasserfüllten Blick zuwarf.

»För so een hebbt de keen Verwendung«, meinte der Kutscher nur. »De Arbiet an Kanal is hart, un de Jung is een beeten …« Er tippte mit dem Finger an seine Stirn, um zu zeigen, dass der junge Mann dort oben nicht so ganz richtig sei.

»Und wie verdient die alte Frau ihr Geld?«

»Wet ick nich. Deit mi ock nix angohn.«

Hauke glaubte nicht, dass sein Kutscher nicht wusste, womit die alte Frau ihr Geld verdiente. Hier wusste jeder alles über seinen Nachbarn. Aber er war in ihren Augen ein Fremder. Und Fremden sollte man nicht gleich alles auf die Nase binden.

Wortlos zuckelten Hauke und der Bierkutscher weiter.

Kurz vor Brunsbüttel sprang Hauke vom Bock. Von hier aus war es nicht mehr weit bis zur Schleusenbaustelle. Er reichte seinem schweigsamen Reisegefährten die vereinbarten fünfzig Pfennig für die Fahrt und wünschte dem Mann einen guten Weg. Der nickte nur stumm und trieb sein Pferd mit einem knappen Schlag der Zügel an, hinüber zu einigen Baracken, wo man das Bier bestimmt schon erwartete.

Als Hauke kurz darauf die Schleusen bei Brunsbüttel erreichte, schätzte er mindestens dreihundert Arbeiter, die ameisengleich im noch leeren Kanalbett auf den Beinen waren. Sie sicherten die Ufer, legten eine Anlegestelle für eine Fähre an, mauerten und gruben.

Fasziniert schaute er zu den hohen Schleusen hinüber, die den imposanten Hintergrund bildeten: zwei tiefe Kammern, getrennt durch eine Kaimauer, lagen dort. In die rechte Kammer hatte man bereits die diesseitigen Tore gehängt. Hauke sah mehrere Arbeiter auf einem hohen Gerüst letzte Nähte schweißen und Bolzen setzen. Die andere Kammer wartete noch auf ihr Schleusentor und gab den Blick frei in eine Schlucht aus Ziegelsteinen, hinter der ein hoher Deich auszumachen war, der den noch unfertigen Kanal von der breiten Elbe trennte. Hauke war überwältigt.

»Wen suchen Sie, mein Herr?« Ein Junge, vielleicht sechzehn Jahre alt, stand da und schaute Hauke neugierig an. Er war fast so groß wie Hauke und hatte struwweliges blondes Haar unter seiner Mütze. In der Hand hielt er eine Schaufel.

»Wie kommst du darauf, dass ich jemanden suchen könnte?«

Der Junge musterte Hauke von oben bis unten. »Ihre Stiefel sind nicht sehr schmutzig. Sie sind also noch nicht lange hier.« Er wies auf seine eigenen erdverkrusteten Stiefel, deren Schnürbänder unter einer dicken Schicht Dreck lagen, und deutete auf Haukes Seesack.

»Seeleute sind auf dieser Seite des Elbdeichs selten. Sie arbeiten meistens drüben bei den Ewern im Fluss. Die Ewer bringen den Sand für die Ziegel.« Er zeigte in Richtung einer Fabrik mitsamt hohem Schlot, die auf der anderen Kanalseite stand. Offenbar wurden dort die Ziegel für den Kanal gebrannt. Dann streckte er seinen Arm zu den Schleusen, hinter denen noch der alte Elbdeich lag. Sicherlich würde man ihn bald abtragen, damit das Wasser der breiten Elbe in die Schleusen fließen konnte und von dort in den letzten noch trockenen Teil des neuen Kanals.

»Wann ist der Deichdurchstich?«

Der Junge hob die Schultern. »Sie sagen kommende Woche, aber der Mörtel in den Kaimauern ist noch nicht trocken genug. Der Winter wird wohl recht hart werden.«

Der Blick des Jungen wanderte nun an Haukes derber Jacke hoch. Bei den Knöpfen stoppte er. »Sie sind kein Matrose.«

Hauke lächelte. »Nein.«

»Offizier bei der Handelsmarine? Wir hatten kürzlich eine Abordnung hier, die die Schleusen inspizierte.« Er begutachtete Hauke noch einmal. »Nein. Sie tragen keine Uniform.«

Es schien dem Jungen nicht zu gefallen, dass er nicht erraten konnte, was den Fremden hierhergebracht hatte.

»Wer ist der Vorgesetzte von Ingenieur Strasser gewesen?«

Der Junge schaute überrascht auf. »Wollen Sie seine Arbeit haben?«

»Nein«, lachte Hauke. »Ich werde seinen Unfall untersuchen.«

»Unfall?«, wiederholte der Junge ganz langsam, als müsste er darüber nachdenken.

Seine Miene hellte sich auf, jetzt, da er wusste, mit wem er es zu tun hatte, und er reichte Hauke die Hand. »Ein Polizist.« Er nickte zufrieden, als ergäbe nun alles einen Sinn. »Ich bin Karl Mehlert. Der Neffe von Hermann Mehlert.«

Er machte eine Pause, als müsste Hauke wissen, wer dieser Mehlert war. Ein wenig ungehalten erklärte der Junge: »Mein Onkel ist der Vorarbeiter bei den Schleusenkammern. Und Sprecher der Arbeiter in den Baracken drei bis zwölf«, fügte er nicht ohne Stolz hinzu.

»Gut, Karl, dann bringe mich zu deinem Onkel.« Hauke wollte mit der Arbeit so schnell es ging beginnen. Seine Rückreise nach Kiel duldete keine Verzögerungen.

VOM KANAL. IN ANLASS DER SCHLÄGEREI IN BRUNSBÜTTEL SIND HIER MEHRERE VERHAFTUNGEN VORGENOMMEN UND MAN GLAUBT, DASS DIE THÄTER ERFASST SIND. BEIM ZUSAMMENSETZEN VON PLATTEN DER SCHLEUSENTHORE WURDE EINEM IM INNEREN DES THORES SICH AUFHALTENDEN SCHLOSSER, DER NACHSEHEN WOLLTE, OB DIE NIETLÖCHER AUFEINANDER PASSTEN, EIN AUGE MIT EINEM SPITZEN BOLZEN, DER VON AUSSEN DURCH DIE LÖCHER GESCHOBEN, AUSGESTOCHEN.

Originalauszug: Kanalzeitung 1894

Ohne viel Hoffnung, noch Spuren des Unfalls finden zu können, kletterte Hauke die eiserne Leiter hinunter in die Schleusenkammer. Man hatte den Toten bald nach seinem Auffinden fortgeschafft, um mit den Arbeiten voranzukommen, wie der Junge ihm erklärte. Leider aber hatte man so auch mögliche Hinweise vernichtet, die Hauke bei seinem Bericht hätten helfen können, die Unfalltheorie zu untermauern.

Unten angekommen, glitt Haukes Blick beeindruckt die ziegelgemauerten Schleusenwände hinauf. Hinter ihm lag das äußere Schleusentor, das die Wassermassen der Elbe aufhalten würde, wenn der Deich erst einmal abgetragen sein würde. Etwa hundert Meter gegenüber wurden letzte Arbeiten am inneren Tor ausgeführt, das die Nordkammer der beiden Schleusen später zum Kanal hin öffnen würde.

»Sie da!« Eine Männerstimme riss Hauke aus seinen Gedanken. »Sind Sie der Kerl aus Kiel? Was tun Sie hier? Sie haben sich bei mir zu avisieren.«

Ein Mann kam mit weit ausholenden Schritten auf Hauke zu. An den Füßen trug er gewienerte schwarze Stiefel. Seine Jacke war aus besserem Stoff, als man es auf einer Baustelle erwarten durfte. Hauke überlegte, dass der Mann über die hölzerne Stiege vom Ufer heruntergekommen sein musste.

»Hatte nicht erwartet, dass die tatsächlich jemanden aus Kiel schicken.« Der Mann hatte Hauke erreicht und musterte ihn von oben bis unten.

»Kriminalkommissar Sötje.«

Sein Gegenüber stockte. »Kriminalpolizei? Was soll der Unfug? Ein Vertreter des Hauptamtes hätte gereicht.«

»Mit wem habe ich das Vergnügen?«, fragte Hauke.

Offenbar nicht gewohnt, so angesprochen zu werden, zögerte der Mann einen Moment. »Bauunternehmen W. Jennings, Berlin. Sicherlich bekannt?«

Als Hauke nicht reagierte, erklärte Jennings: »Uns untersteht der bedeutendste und längste Bauabschnitt am Kanal, von hier bis Kilometer einunddreißig, an der Grünentaler Hochbrücke.« Jennings begann, auf und ab zu gehen. »Wir können uns eine Verzögerung der Bauarbeiten nicht leisten. Der Kaiser erwartet, dass der Kanal —«

»Nun, dann sollten wir beginnen. Wir wollen doch nicht den Kaiser verärgern. Gibt es einen Sergeanten hier?«, fragte Hauke.

»Wilkens. Er ist für den Kanal zuständig. Da drüben kommt er.« Jennings wies zu einem Uniformierten hinüber, der eilig das trockene Kanalbett entlanggelaufen kam.

Ein wenig aus der Puste, erreichte Sergeant Wilkens sie.

»Sind Sie der Kommissar aus Kiel?«

Hauke nickte.

»Gott sei Dank«, entfuhr es Wilkens. Dann salutierte er.

Zufrieden stellte Hauke fest, dass es hier keine Kompetenzschwierigkeiten geben würde. Das war nicht überall so, denn viele alteingesessene Wachtmeister fragten sich, wozu eine Kriminalpolizei überhaupt gut sein sollte.

»Wo lag der Tote? Wer fand ihn?« Hauke begann den Boden der Schleuse abzugehen, an dessen tiefster Stelle eine Pfütze mit dreckigem Wasser stand.

»Das können Sie alles dem Bericht für die Kanalkommission entnehmen«, sagte Jennings.

Hauke ignorierte ihn. Stattdessen zog er einen kleinen Block und einen Bleistift aus seiner Jackentasche. Er begann, eine detaillierte Zeichnung der Schleuse anzufertigen, während er weiterfragte: »Wann wurde Ludwig Strasser das letzte Mal lebend gesehen? Was können Sie mir zu seiner Person und seiner Persönlichkeit sagen?«

Jetzt drehte Hauke sich zu dem überraschten Jennings um. »Oder ist es Ihnen lieber, wenn ich das Ministerium in Berlin informiere, dass es Ihnen nicht möglich ist, diese einfachen Fragen zu beantworten?«

Jennings schnappte nach Luft.

Da traten drei Arbeiter auf sie zu. Zwei von ihnen hielten den Kopf geneigt und ihre Mützen vor sich in den Händen. Der Größere aber, ein Kerl mit breiten Schultern, kantigem Gesicht und groben Händen, tippte nur mit dem Finger an die Krempe seines Hutes, ohne Hauke aus den Augen zu lassen.

Hauke vermutete nicht zu Unrecht, dass vor ihm ein Dithmarscher stehen musste. Diese Männer waren für ihren Freiheitssinn und Stolz bei der Obrigkeit gefürchtet. Als Hauke noch Kapitän war, sorgte er immer dafür, dass einige seiner Matrosen aus Dithmarschen oder von den Nordseeinseln kamen. Mit ihnen ließen sich Stürme meistern, die so manch anderem die Todesangst in die Knochen geprügelt hätten.

Lächelnd ging Hauke auf den Mann zu und reichte ihm die Hand. »Hauke Sötje.«

»Hermann Mehlert«, stellte der sich vor.

Sofort erkannte Hauke die Ähnlichkeit zwischen ihm und dem Jungen. »Sie sind der Onkel von Karl, richtig?

Mehlert nickte. »Jo. Guter Junge. Seit sein Vater tot ist, kümmre ich mich um ihn.«

Mittlerweile standen oben auf der Kaimauer ein paar Männer. Schweigend starrten sie zu der kleinen Gruppe in der Schleuse herunter.

»Los, Mehlert«, verlangte Jennings, »sag dem Kommissar, was er wissen will, damit er endlich seinen vermaledeiten Bericht schreiben kann.«

Er drehte sich um und schrie zu den Arbeitern hinauf: »Und ihr? Habt ihr nichts anderes zu tun? Los, zurück an die Arbeit, oder ich kürze euren Lohn!«

Nur zögerlich gingen die Arbeiter fort.

Mehlert stellte Hauke die beiden Männer hinter sich vor. Es waren zwei italienische Maurer, die man für den Bau der Kaimauern eingeteilt hatte. Radebrechend versuchten sie, Haukes Fragen zu beantworten.

»Wo lag der Tote?«

Die Italiener zeigten zur Kaimauer, aber Jennings widersprach: »Unsinn, der Mann lag weiter links. Etwa hier.« Er deutete zu einer Stelle, die fünf Meter entfernt war.

Hauke hatte schon oft erlebt, dass Zeugen unterschiedlichste Antworten gaben, in der festen Annahme, sie lägen richtig. Es waren keine Lügen im eigentlichen Sinn, sondern die interessante Tatsache, dass ein und dieselbe Sache von verschiedenen Menschen unterschiedlich gesehen wurde.

Hauke ging zur Kaimauer. Meter um Meter schritt er sie mit gesenktem Kopf ab. Die Männer beobachteten ihn aufmerksam. Da bemerkte Hauke eine Bewegung am oberen Rand des Tores. Er schaute auf. Schon verschwanden die flachsblonden Haare.

Hauke drehte sich zu Mehlert. »War der Junge dabei, als man die Leiche fand?«

Mehlert nickte. »Wir waren alle hier.«

»Karl«, rief Hauke zum Tor hinauf. »Karl, wo lag der Ingenieur, als man ihn fand?«

Vorsichtig lugte Karl über den Rand des Tores. Dann wies er an eine Stelle der Kaimauer, die nur knapp drei Meter von der Leiter entfernt war, die Hauke eben heruntergestiegen war.

»Zwischen der Leiter und den aufgestapelten Ziegeln dort.«

Hauke näherte sich einem Ziegelhaufen, der bei der Kaimauer stand. Hier begann er, noch einmal systematisch den Boden abzusuchen. Währenddessen setzte er die Befragung der Männer fort. »Wann fand man Ludwig Strasser?«

»Um kurz vor sechs. Die Maurer wollten gerade ihre Schicht beginnen, als die beiden hier den Strasser fanden.«

Erneut begann Jennings auf und ab zu gehen. »Der Mann muss kurz vor Schichtbeginn hergekommen sein. Es war dunkel, er stolperte und stürzte. Zweifelsfrei ein Unfall.«

Er drehte sich zu Hauke. »Nun machen Sie doch nicht so

ein Tamtam um die Sache! Schreiben Sie alles auf und erstatten Sie in Kiel Bericht!«

Hauke ignorierte ihn. »Haben Sie einen Bericht geschrieben, Wilkens?«

Dieser warf Jennings einen kurzen Blick zu. »Aber natürlich, Herr Kommissar.«

Jennings mischte sich ein. »Wilkens war nicht hier, als wir den Toten fanden.«

Beschämt blickte der Sergeant zu Boden.

Hauke horchte auf. »Verstehe. Ich nehme an, Herr Jennings, dass Sie aus diesem Grund den Bericht für Wilkens Vorgesetzte formulierten. Ist das korrekt?«

Keiner der beiden Männer widersprach, und Hauke ließ es vorerst dabei bewenden.

»Zurück zum Thema«, fuhr Hauke fort. »Machte Ludwig Strasser seine Arbeit ordentlich?«

»Der Mann war seit zwei Jahren für mich tätig. Er hatte die Arbeiter zu beaufsichtigen, das Material zu bestellen und die Kerle vom Stehlen abzuhalten. Da konnte man nicht viel falsch machen.«

Mehlert warf Jennings einen düsteren Blick zu.

Hauke bückte sich nach etwas Länglichem, das im Dreck zu seinen Füßen lag. »Herr Jennings, wie kommen Sie darauf, dass der Tote erst kurz vor Schichtbeginn in die Schleuse fiel? Warum nicht früher? Um Mitternacht, zum Beispiel.« Er nahm das etwa acht Zentimeter lange Stück in die Hand und wischte mit den Fingern darüber.

»Was soll der Mann denn mitten in der Nacht hier gemacht haben? Es liegt jawohl auf der Hand, dass er unmittelbar vor den Maurern hier gewesen sein muss. Die Sonne geht kurz nach sieben auf.«

Hauke nickte. Der Gegenstand in seiner Hand schien ein Schmuckstück zu sein. »Wie kamen Sie und Ihre Arbeiter mit Ludwig Strasser zurecht?«, wollte er von Mehlert wissen, denn er erinnerte sich, dass der Arbeiter an der Lore den Verstorbenen »Schinder« genannt hatte. Und so wunderte es ihn nicht, dass Mehlert zögerte. Die beiden Italiener schauten auf ihre dreckstarrenden Stiefel und schwiegen ebenfalls.

Wieder mischte sich Jennings ein. »Der Strasser teilte die Arbeiter auf der Baustelle ein. Er kontrollierte die Fortschritte und trieb sie an, wenn sie mal wieder faul herumstanden. Das machte ihn sicherlich nicht zum beliebtesten Mann am Kanal. Aber unter ihm wurden Zeitpläne eingehalten, und die Leute funktionierten. Das ist das Einzige, worauf ich Wert lege.«

»Man nannte ihn also nicht umsonst ›den Schinder‹?«, wollte Hauke wissen, während er den Gegenstand an seiner Jacke vom letzten Dreck befreite. »Kam es zu Streitigkeiten? Hatte er Feinde?«

Die Gesichtsfarbe von Jennings nahm eine rötliche Färbung an. Dann polterte er los: »Was soll das heißen? Denken Sie etwa, jemand wollte ihm an den Kragen? So ein Unsinn. Die Drohbriefe waren ein dummer Scherz. Wahrscheinlich ein entlassener Arbeiter, der Strasser Angst machen wollte.«

»Drohbriefe? Haben Sie es Sergeant Wilkens gemeldet?«

»Nein, natürlich nicht. Das geht niemanden etwas an.«

»Sie sagten, wir seien es gewesen«, erklärte Mehlert.

Jennings wollte etwas erwidern, aber Hauke machte eine knappe Handbewegung und bedeutete ihm zu schweigen. »Warum?«

»Herr Jennings entließ vor einiger Zeit eine Kolonne der Schleusenarbeiter. Die Männer unterstanden mir. Der Herr Ingenieur hatte behauptet, diese Arbeiterkolonne bei Taterpfahl wäre faul gewesen.«

»Und darum entließ er Ihre Männer?«

Mehlert warf Jennings einen wütenden Blick zu. »Die Neuen bekommen weniger Lohn. Und die Schichten wurden von elf auf vierzehn Stunden verlängert.«

»Pah«, unterbrach ihn Jennings, »am Ende habt ihr genauso viel Geld wie vorher!«

»Ich möchte die Drohbriefe sehen, Herr Jennings«, sagte Hauke ruhig.

»Strasser hat sie verbrannt.«

»Verbrannt?«

»Natürlich! Was hätte er mit dem Geschmiere denn sonst machen sollen?«

»Er hätte die Briefe Sergeant Wilkens geben können. Vielleicht wäre Ihr Ingenieur dann heute noch am Leben.«

»Unsinn! Es war ein Unfall. Das habe ich Ihnen bereits erklärt, Herr Kommissar. Ein Unfall.«

»Ob es ein Unfall war oder nicht, entscheide ich, Herr Jennings.« Haukes Stimme war so leise, dass nur die vier Männer, die bei ihm standen, seine Worte hören konnten.

»Gehörte das dem Herrn Ingenieur?« Hauke hob den Gegenstand, den er zwischenzeitlich vom Dreck befreit hatte, in die Höhe. Es war eine Krawattennadel. Deutlich konnte man einen Granatstein erkennen, um den sich die Initialen LS rankten.

»Woher soll ich das wissen?«, polterte Jennings.

»Die hat der Herr Ingenieur wohl verloren, als er herunterfiel«, vermutete Mehlert.

»Ist der Mann üblicherweise mit teurem Schmuck zur Arbeit gekommen?«

Jennings starrte noch immer auf die Krawattennadel. »Der Strasser wird wohl bei einem festlichen Anlass gewesen sein. Als meinen künftigen Schwiegersohn lud man ihn öfter —«

»Ihr Schwiegersohn?«

»Ja, das habe ich doch gerade gesagt. Ludwig Strasser war der Verlobte meiner Tochter Margarete. Sie wollten im Sommer heiraten.«

Hauke glaubte, ein gehöriges Maß an Groll in der Stimme des Brautvaters gehört zu haben. Er machte sich eine Notiz auf seinem Block. Dann drehte er sich erneut dem Schleusentor zu, auf dem oben Karl lag und zu ihnen hinunterschaute.

»Junge! Konntest du von da oben sehen, welche Kleidung Ludwig Strasser trug, als man ihn fand?« Hauke hielt Karl für einen weitaus besseren Beobachter als die Männer neben ihm.

Karl überlegte. »Eine Jacke mit zwei Reihen Knöpfen«, rief er herunter. »Das habe ich gesehen, als sie ihn auf der Leiter abtransportiert haben.« Karl schloss die Augen, wohl um sich besser erinnern zu können. »Um den Hals hatte er ein weißes Seidentuch.«

»War hier irgendwo ein Hut?«, fragte Hauke Mehlert und die Arbeiter.

»Nein.«

»Ein Mantel?«

Die Männer schüttelten den Kopf.

Hauke ließ die Nadel in seine Jackentasche gleiten. Wieder machte er sich Notizen. »Wie lag Strasser auf dem Boden?«

»Auf dem Bauch. Die Beine lang, die Arme angewinkelt neben ihm.«

»Konntest du von dort oben die Sohlen seiner Schuhe sehen?«

»Ja. Es waren Ledersohlen.«

»Keine Stiefel?«

»Nein. Ich hatte mich auch gewundert, warum der Herr Ingenieur mit so feinen Schuhen hierherkommt.« Noch bevor Hauke fragen konnte, hatte Karl Haukes nächste Frage bereits beantwortet. »Und sie waren vollkommen sauber!«

Hauke wandte sich um. »Ich nehme an, Herr Jennings, dass dieses Detail nicht in Ihrem Bericht steht.«

Jennings schnaubte verächtlich, wobei er mit der Hand in Richtung Karl wedelte. »Glauben Sie etwa diesem Lümmel?«

Hauke bedachte ihn nicht mit einer Antwort. Stattdessen wollte er von Mehlert wissen: »Untersteht der Junge Ihnen?«

Mehlert nickte. »Karl ist in meiner Kolonne. Zurzeit arbeiten wir beim neuen Fähranleger.« Er wies zu einem Trupp Männer, der ein Stück entfernt am Ufer mit großen Steinen das Fundament für einen Anleger baute. Eine hohe Ramme in ihrer Nähe trieb unterdessen eiserne Spundwände in den Boden.

»Mehlert, ich benötige jemanden, der sich auf der Baustelle auskennt und mich herumführen kann. Karl wäre der Richtige dafür.«

»Sollte nicht ich Sie …?«, fragte Wilkens vorsichtig.

»Ich brauche Sie für die Ermittlungsarbeit, Sergeant.«

Wilkens salutierte, allerdings war ihm das schlechte Gewissen ins Gesicht geschrieben. Dass er nicht zur Stelle gewesen war, als man die Leiche fand, nagte an seinem Stolz. Andererseits wirkte es auf Hauke, dass er sehr froh war, den Fall nicht bearbeiten zu müssen.

Mehlert widersprach. »Das geht nicht. Der Junge muss arbeiten. Er bekommt zwar nur die Hälfte für die gleiche Arbeit, aber er braucht das Geld. Seine Mutter und seine drei Schwestern wohnen allein auf dem Hof. Seit der Vater tot ist, ernährt Karl die Familie.«

»Ich verstehe. So werde ich Karl den Lohnausfall bezahlen, sofern er interessiert ist.«

»Sie bleiben?«, wollte Jennings ungläubig wissen.

Hauke seufzte. Er hatte so schnell wie möglich nach Kiel zurückkehren wollen. Jetzt aber zwang ein toter Ingenieur in feinem Zwirn und ohne Hut Hauke, länger als beabsichtigt bei den Schleusen zu bleiben.

»Erklären Sie mir, Herr Jennings, warum Ludwig Strasser im Gehrock, mit Seidenkrawatte und Schmuck, aber ohne Hut und Mantel an diesen Ort kam, ohne dass auch nur seine Schuhsohlen schmutzig wurden!«

Jennings schwieg.

»Ich hoffe, die Ungereimtheiten baldigst geklärt zu haben. Dann reise ich sofort ab.«

Gerade wollte Hauke sich der Leiter zuwenden, um wieder nach oben zu kraxeln, als ihm etwas einfiel. »Ach ja, Sergeant, bitte informieren Sie den hiesigen Amtmann, dass ich die Leiche sehen möchte.«

»Das geht nicht. Den Strasser hat man gestern noch beerdigt«, sagte Wilkens mit gesenktem Blick.

»Nun, Sie werden ihn eben wieder ausbuddeln müssen.«

Die Männer holten tief Luft.

Jennings wollte widersprechen, aber Hauke fiel ihm ins Wort. »Wenn das Probleme machen sollte, lasse ich Leute kommen, die diese Arbeit erledigen. Und natürlich mache ich eine entsprechende Eintragung über die Verzögerung in meinem Bericht.«

Jennings schäumte. »Das wird ein Nachspiel haben, Herr Kommissar! Ein Nachspiel!«, rief er.

Hauke seufzte. Dieser Fall gefiel ihm ganz und gar nicht.

EIN KRÄFTIGES, ÄLTERES MÄDCHEN ZUM ALLEIN DIENEN
SUCHT BEI HOHEM LOHN FRAU KGL. REG.-BAUMSTR. GILBERT,
BRUNSBÜTTELHAFEN, DIENSTGEBÄUDE.

Originalauszug: Kanalzeitung 1894

Als Hauke und Karl zur Villa des Bauunternehmers Jennings
gingen, plapperte Karl in einem fort. Er erzählte Hauke alles,
was dieser seiner Meinung nach über den Kanal und die Menschen, die hier lebten und arbeiteten, wissen musste.

Hauke schmunzelte. Er hatte recht getan, den Jungen in
seinen Dienst zu nehmen. Karl war ein hervorragender Beobachter, der nicht zum phantasievollen Ausschmücken seiner
Beobachtungen neigte, sondern sich an die Fakten hielt.

Sie liefen die Posadowskystraße hinter dem Elbdeich entlang,
die am Rand des neu gebauten Beamtenviertels lag. Die Straßen wirkten noch kahl, da man bisher keine Bäume gepflanzt
hatte. Sicherlich würden der Amtsvorsteher und die Herren
der Kanalkommission dies zur Eröffnung des Kanals im Juni
geändert haben. In einer Generation würden an dieser Stelle
Kutschen oder vielleicht sogar Automobile unter schattenspen-
denden Ästen fahren, junge Mädchen würden hier flanieren und
Mütter mit Kindern an der Hand spazieren gehen. Das kleine
Örtchen würde dank des Kanals zu einer Stadt heranwachsen.
Schon jetzt gab es ambitionierte Baupläne mit Chausseen, Parks
und Denkmälern.

Überall im Reich lebte man dieser Tage im Glauben an
unbegrenzte Möglichkeiten. Alles schien machbar. Manchmal
fragte Hauke sich, was von all den Träumen in Erfüllung gehen
würde und wie viele Träume in Enttäuschung enden würden.
Er hatte in seinem Leben lernen müssen, dass allzu große Un-
bedarftheit auch im Verhängnisvollen münden konnte.

Sie passierten halbhohe Zäune, hinter denen die Gärten der
kleineren und mittleren Beamten der Kaiserlichen Kanalkommission lagen. Anders als in den herrschaftlichen Parks baute
man hier Kartoffeln und Wurzeln an, pflückte man im Herbst

Äpfel und erntete im Sommer Beeren. In soliden Klinker-
häusern mit je zwei Eingängen und einem oberen Stockwerk
wohnte man recht komfortabel. Um den Staatsdienern den
Wegzug aus Kiel oder gar Berlin in die Provinz so schmack-
haft wie möglich zu machen, hatte die Kommission geräumige
Häuser mit großen Fenstern, Ofenheizung und eigenem Bad
errichten lassen. Man stellte sich darauf ein, viele Jahre hierzu-
bleiben.

Hauke und Karl passierten das Elblotsenhaus. Hier standen
die Häuser etwas enger beieinander, und auch die Gärten waren
nicht so großzügig angelegt. Umso mehr stach eine extrava-
gante Villa ins Auge, die ein Stück weiter in einer Kurve lag.

»Da ist es!«, rief Karl und deutete zu dem weißen Gebäude,
dessen Türme über ein paar junge Bäume hinweg in den
Himmel ragten. Eine breite Auffahrt führte im leichten Bogen
zwischen zwei schmiedeeisernen Toren hindurch auf die Villa
von Wilhelm Jennings zu.

»Es ist das schönste und größte Haus in der ganzen Gegend«,
erklärte Karl begeistert. »Herr Jennings hat allerhand Neuheiten
einbauen lassen.«

Er spuckte in die Hände und fuhr sich über seine Haare.
»Das Wasser wird von einem Kessel im Keller erwärmt. Drei
Bäder soll er haben!« Jetzt klopfte er die grobe Leinenjacke
vom Schmutz ab. »Für sein Automobil will er die Koogstraße
teeren lassen, heißt es.« Karl griff nach einem Stock, der an der
Straße lag, um den gröbsten Schlamm von seinen Stiefeln zu
entfernen. »Herr Jennings ist reicher als die Großbauern in der
Marsch. Da bin ich mir sicher.« Er warf den Stock ins Gebüsch
und prüfte noch einmal sein Aussehen.

Unterdessen ging Hauke durch das Tor. Er folgte der
Auffahrt, die links und rechts von Rasenflächen gesäumt
war. Büsche am Ende des Gartens zeugten von der Größe des
Anwesens, das bis zum Elbdeich reichte. Der Garten war erst
kürzlich angelegt worden, die Rosenbüsche eher zierlich und
die Apfelbäume noch schmächtig, aber auch das würde sich in
den kommenden Jahren ändern.

An den vier Ecken der Villa hatte der Architekt je einen hohen Erker gesetzt, dessen steil aufragende Dächer an die Türme eines kleinen Schlösschens erinnerten. Stuckornamente über den hohen Fenstern, ein großzügiger Balkon über dem Wintergarten, ein schmiedeeisernes Geländer auf dem Dach; all das sollte Eleganz und Wohlhabenheit ausdrücken. Leider nur wirkte dieser Prachtbau eigentümlich fehl am Platz zwischen all den bescheiden anmutenden Häusern.

Die Haustür der Villa öffnete sich, und ein Dienstmädchen mit grauer Arbeitsschürze und einem Lappen in der Hand trat vor. Offenbar hatte man Haukes Ankunft bemerkt. Sie machte einen Knicks und fragte den Besucher, was er wünsche.

»Ich möchte Fräulein Jennings sprechen.«

»Welches der beiden Fräuleins denn?«

»Fräulein Margarete.«

»Und wen soll ich melden?« Ihr Ton war eine Spur zu ungeduldig.

»Hauke Sötje, Kriminalpolizei Kiel.«

Für einen kurzen Moment erschrak das Mädchen. Dann ließ sie ihn ein und bat Hauke zu warten.

Karl maulte, weil er draußen warten sollte.

»Es wird nicht lange dauern, Junge.«

Im Flur roch es nach schwerem Bohnerwachs. Und tatsächlich schien Hauke das Mädchen beim Polieren des hölzernen Parkettbodens gestört zu haben. Neben einem dunklen Fleck lagen eine Bürste und eine offene Blechbüchse mit weißem Wachs darin.

Das Mädchen kam zurück. »Die Damen empfangen Sie jetzt.« Sie geleitete ihn in den Salon, knickste und schloss die Tür hinter Hauke.

Der Raum war üppig mit eichenen Möbeln ausgestattet, einer bis zur Decke reichenden Bücherwand und einem Flügel der Berliner Pianofortefabrik Bechstein. Die hohen Fenster gingen in einen trostlosen Garten hinaus und gaben den Blick auf die Elbe frei, die gemächlich hinter dem Deich dahinfloss.

Hauke legte die Hände auf den Rücken, während er zu dem

Gewirr kleinerer und größerer Schiffe hinübersah. Mit der Flut waren die meisten von ihnen aus der Nordsee hereingekommen, um die Elbe hinaufzufahren, wo im Osten Hamburg lag. Viele der Schiffe wurden neuerdings mit Dampfmaschinen angetrieben. Ihre rußigen Fahnen hüllten den Fluss in einen grauen Nebel. Hauke zählte kaum mehr als elf größere Segler. Es wurden immer weniger. Vielleicht noch fünfzig Jahre, überlegte Hauke, dann sind sie Vergangenheit. Plötzlich ging ein feiner Stich durch sein Herz. Sein Atem stockte, und ihm wurde schwindelig. Für einen kurzen Moment glaubte er, die »Revenge« dort draußen gesichtet zu haben. Tatsächlich zog soeben ein Viermastvollschiff in all seiner Eleganz und Erhabenheit vorbei. Doch schon beim nächsten Hinsehen bemerkte Hauke, dass der auffallend schlanke Schiffsrumpf nicht grau, sondern grün und rot gestrichen war. Auch wenn dieses Schiff, genau wie sein Schiff, ein Liverpoolhaus hatte, so waren hier die Außenwände von Back, Hochdeck und Poop weiß gestrichen und nicht schwarz wie bei seiner »Revenge«. Hauke holte tief Luft, um seine Sinne zu sammeln. Er kniff die Augen ein wenig zusammen. Nein, es war ein anderes Schiff. Dieses hier trug den Namen »Peter Rickmers«.

Da öffnete sich eine Seitentür, und zwei junge Damen traten ein. Die Ältere von beiden, sie war blass und um ihre Augen lagen dunkle Ringe, trug ein einfaches schwarzes Kleid. Hauke vermutete, dass dies Margarete Jennings sein musste. Sie wurde von einer jungen Schönheit gestützt, deren Familienähnlichkeit darauf schließen ließ, dass es sich hier um die jüngere der beiden Schwestern handeln musste. Ihr samtenes Kleid war aufwendig mit Spitzen an Ärmeln und Kragen verziert. Eine Brosche mit ovalem Rubin und kleinen Aquamarinen funkelte, obwohl kein Sonnenstrahl sie erreichte.

»Bitte, Herr Kommissar, nehmen Sie Platz«, sagte sie und deutete zu einem der zwei gegenüberstehenden Sofas, deren rote Seidenbezüge etwas Frivoles hatten.

Die beiden Frauen nahmen auf dem anderen Sofa Platz.

Während Margarete Jennings ein einfaches Taschentuch

mit gehäkeltem Saum zwischen ihren dünnen Fingern knüllte, begann ihre Schwester das Gespräch. »Ich nehme an, Sie sind wegen des Unfalls hier.«

»Es tut mir leid, die Damen stören zu müssen«, sagte Hauke, »ich benötige nur noch einige Angaben für meinen Bericht.« Margaretes Schultern begannen zu zittern, als könnte sie nur schwerlich ihre Trauer unterdrücken.

Mitfühlend legte die Schwester ihren Arm um sie. »Sie müssen verstehen, Herr Kommissar. Meine Schwester und Herr Strasser planten ihre Hochzeit im kommenden Sommer.«

Ein Schluchzen entfuhr Margarete.

Hauke wusste nicht, wie er die Befragung der Damen beginnen sollte. Weinende Frauen machten ihn unsicher. Er räusperte sich und zückte umständlich sein Notizbuch. »Und Sie heißen?«

»Elisabeth Jennings«, sagte die jüngere Schwester überrascht. Sie schien angenommen zu haben, dass ihm dies bekannt war.

Hauke notierte.

Er wandte sich Margarete Jennings zu. »Warum, glauben Sie, Fräulein Jennings, war ihr Verlobter in der Nacht auf der Schleuse?«

Sie blickte ihn aus verweinten Augen an. »Ich weiß es wirklich nicht.«

»Wann haben Sie Herrn Strasser das letzte Mal gesehen?«

»Am Tag zuvor, glaube ich«, flüsterte sie, und ein neues Schluchzen ließ ihre Schultern beben.

Anders als ihre weinende Schwester wirkte Elisabeth wie das blühende Leben. Aufrecht, ja fast schon herausfordernd, saß sie auf der Chaiselongue. Die Falten ihres blauen Samtkleides schmiegten sich sanft über ihre Knie.

»Ist Ihnen in letzter Zeit etwas Ungewöhnliches aufgefallen?« Es war eher die Intuition, die Hauke fragen ließ. Die Theorie eines Unfalls allerdings war durch Karls Anmerkung, die Sohlen Strassers seien auffallend sauber gewesen, erheblich ins Wanken geraten.

»Was meinen Sie damit?«, fragte Margarete erschrocken.

»Nun, ich habe gelernt, dass Frauen sehr viel aufmerksamer durch das Leben gehen, als wir Männer es zu tun pflegen.«

Das war nicht einmal gelogen. Sophie bemerkte immer wieder Dinge, die Hauke im ersten Augenblick gänzlich verborgen geblieben waren. Es seien die Kleinigkeiten, die Menschen verrieten, hatte sie einmal zu ihm gesagt.

Vielleicht, überlegte Hauke, während er auf eine Antwort wartete, sind Frauen manchmal die besseren Kriminalisten. Sophie wäre es bestimmt.

Margarete dachte nach, wobei sie ihr Taschentuch in den Händen immer weiter knüllte. »Ich bin mir nicht sicher ...«, begann sie.

»Erzählen Sie mir, was Ihnen auffiel. Ob es von Bedeutung ist, klären wir später.«

»Ludwig und ich gingen vor einigen Tagen seit Langem mal wieder spazieren. Früher waren wir öfter gemeinsam am Deich.« Sie schluckte. »Als wir an dem hohen Zaun am Anfang der Posadowskystraße vorbeikamen, hörten wir plötzlich diese Stimme.«

Hauke horchte auf. »Eine Stimme?«

»Ja, jemand in der Nähe nannte Ludwig einen Judas. Und rief, dass Ludwig gute Männer denunziere und dafür bezahlen müsse.«

»Was tat der Herr Ingenieur daraufhin?«

»Ludwig wurde sehr wütend. Er versuchte, den Feigling zu finden. Der aber war hinter dem Zaun. Ludwig ließ mich mitten auf der Straße stehen und lief dem Kerl nach.«

»Konnte er ihn einholen?«

Margarete schüttelte den Kopf.

»Hatte er eine Vermutung, wer der Unbekannte sein könnte?«

»Nein. Der Mann hatte wohl die Stimme verstellt. Ludwig meinte, er werde eine Untersuchung in die Wege leiten. Der Strolch solle nicht ungeschoren davonkommen, hatte er gesagt.«

Während Margarete schluchzte, machte sich Hauke Notizen.

»Ludwig war streng mit den Arbeitern. Er nannte sie arbeitsscheu und sagte, man müsse ihnen ab und zu die Peitsche geben, sonst wüssten sie nicht, wer Herr im Hause sei.«

Das Bild von Ludwig Strasser nahm für Hauke mehr und mehr Gestalt an. Eine Gestalt, die er nicht mochte. Ihm war klar, dass es seine Aufgabe war, frei von persönlichen Urteilen die Vorfälle zu begutachten und Antworten auf alle Fragen zu bekommen. Dessen ungeachtet wusste er aber auch, dass er Strasser nie und nimmer hätte leiden können, wäre er ihm jemals begegnet.

»Die Männer mochten Ludwig nicht.« Margarete schaute Hauke direkt in die Augen. »Denken Sie, dass jemand Ludwig in die Schleuse …?« Sie begann zu zittern. »Ich verstehe nicht, warum er dort war.«

»Beruhige dich, Schwesterherz«, mischte sich Elisabeth ein. »Wir wissen alle, was du durchmachst.«

Margaretes Kopf flog zur Seite. Schweigend starrte sie Elisabeth an, als würde sie erst jetzt begreifen, dass ihre Schwester neben ihr saß.

»Ich glaube nicht«, zischte sie, »dass du weißt, wie ich mich fühle.« Die Worte kamen leise und voll Hass aus ihrem Mund. Erschrocken fuhr Elisabeth zurück.

Schwankend erhob sich Margarete. »Ich kann nicht über … Ludwig … reden. Sie müssen das verstehen!« Dann verließ sie eilig den Raum.

Verwirrt blickte Hauke ihr nach und wünschte sich Sophie an seiner Seite. Sie hätte ihm sicherlich sagen können, ob er etwas falsch gemacht hatte. Der plötzliche Ausbruch der Frau irritierte Hauke.

Elisabeth aber hatte sich bereits wieder unter Kontrolle und lächelte ihn entschuldigend an. »Verzeihen Sie das ungebührliche Benehmen meiner Schwester. Sie war seit einem halben Jahr mit Ludwig Strasser verlobt. Die Hochzeit war für kommenden Sommer geplant. Für Margarete ist jetzt alles anders. Und bestimmt nicht zum Besseren.«

»Darf ich fragen, wie alt Ihre Schwester ist?«

Elisabeth warf ihm ein bezauberndes Lächeln zu. »Nein.«

Die Frau musste ihn für tollpatschig halten. Jedenfalls fühlte Hauke sich so. Am liebsten hätte auch er die Flucht aus dem Salon ergriffen. Stattdessen saß er einer bildhübschen jungen Frau gegenüber, die ihn amüsiert musterte. Auf einem kleinen runden Tischchen vor ihm stand eine Tasse Tee, die das Dienstmädchen unauffällig hereingebracht hatte. Hauke griff danach, um dem Blick des Fräulein Jennings zu entkommen. Er versuchte, den zarten porzellanenen Griff mit seinen groben Seemannshänden nicht zu fest anzupacken.

»Sie ist eindeutig älter als Sie, Fräulein Jennings«, fuhr Hauke fort und stellte die Tasse vorsichtig zurück auf den Unterteller, um beides zurück auf den Tisch zu balancieren.

»Da ich nicht besonders begabt darin bin, das Alter einer Frau zu schätzen, halte ich es lieber mit den Fakten. Und bevor ich Ihrer Schwester Unrecht tue und sie in meinem Bericht älter mache, als sie wirklich ist, wäre es hilfreich, wenn Sie —«

Jetzt griff auch Elisabeth zu ihrem Tee. »Ich weiß nicht, warum Margaretes Alter wichtig ist, Herr Kommissar.«

Elegant führte sie die hauchdünne Tasse an den Mund, während sie mit der anderen die Untertasse hielt. Leise sagte sie: »Margarete ist fast zweiunddreißig Jahre alt.« Ein entschuldigendes Lächeln huschte über ihr Gesicht. »Ihr erster Verlobter starb vor zehn Jahren bei einem Schiffsunglück. Sie trauerte lange und ausgiebig.« Sie lächelte erneut. »Ludwig Strasser war ihre letzte Möglichkeit …«

»Ich verstehe.« Hauke machte sich eine Notiz. Er dachte an Sophie. Sie war zwar erst fünfundzwanzig Jahre alt, aber dennoch auf dem besten Weg, eine Jungfer wie Margarete zu werden.

»Ludwig Strasser war älter oder jünger als Ihre Schwester?«

Verwirrt schaute Elisabeth ihn an, schließlich war das Alter eines Mannes unerheblich. »Es tut mir leid, aber ich weiß es nicht. Ich denke allerdings, er hatte die Vierzig bereits überschritten.«

Bevor Hauke weitere Fragen stellen konnte, die den Toten betrafen, sagte Elisabeth: »Margarete hätte in der Vergangenheit gute Partien machen können. Sicherlich.«

Sie nahm noch einen Schluck Tee. »Gleichwohl sind ihre

Nerven recht zart. Sie ist nicht sonderlich belastbar. Und nun das!« Sie schüttelte ihr akkurat frisiertes Haupt, als könnte sie die Sentimentalitäten der Schwester nicht verstehen. Das Leben schien für sie eine Aneinanderreihung von Herausforderungen zu sein, denen sie sich mit Kampfeslust widmete.

Mit ernstem Gesicht erhob sie sich von der Chaiselongue, stellte die Tasse auf das Tischchen und begann vor den hohen Fenstern auf und ab zu gehen.

Die Sonne brach durch die Wolkendecke und brachte die weichen Haare der Elisabeth Jennings äußerst vorteilhaft zum Glänzen. Kein Maler hätte das Leuchten der goldfarbenen Strähnen besser einfangen können. Allerdings vermutete Hauke, dass Elisabeth diese vorteilhafte Szenerie wohl gewählt hatte. Und er begriff, dass die junge Frau mit ihren Reizen etwas bei ihm erreichen wollte.

»Ich weiß nicht, ob Sie das verstehen. Wir Frauen haben nicht viele Möglichkeiten, auf dieser Welt etwas aus uns zu machen. Uns bleiben die Jugend, die Anmut und natürlich die Schönheit, um gesellschaftlich voranzukommen. Wenn wir uns an einen Mann binden, ist dies eine unumkehrbare Entscheidung. Die Auswahl eines Bräutigams ist für eine Frau nur einmal in ihrem Leben möglich. Dann sind die Würfel gefallen, und wir müssen auf Gedeih und Verderb mit dieser Wahl leben. Im günstigsten Falle hat die Frau ein Mitspracherecht bei der Auswahl eines Gatten. Zumeist aber sind es die Eltern, die diese Entscheidung für sie treffen. Margarete aber wird nie mehr —«

Hauke verstand. »Sie wollen mir sagen, dass Ihr Vater die Ehe arrangierte? Oder wollen Sie mir sagen, dass Ihre Schwester nicht nur um Ludwig Strasser trauert, sondern vor allem darum, dass sich ihre letzte Chance auf eine gesellschaftlich akzeptable Position mit seinem Tod erübrigt hat?«

Wieder lächelte sie. »Nein, ich will Ihnen sagen, dass ich nicht gedenke, Margaretes Fehler zu machen. Sie wartete brav, bis ein Kandidat sich ihrer erbarmte. Ich hingegen plane meine Zukunft und nehme sie in die Hand. Meine Verlobung mit dem Sohn des Grafen von Andeck ist nur noch eine Frage der Zeit.«

Hauke glaubte ihr jedes Wort. Sie war eine zielstrebige Person und würde später einmal für einen bedeutenden Mann eine große Hilfe sein. Oder sein Tod. Liebe spielte da vermutlich nur eine untergeordnete Rolle.

»Was können Sie mir zu Ludwig Strasser sagen, Fräulein Jennings?« Hauke war gespannt, was die Frau über den Ingenieur zu berichten hatte.

Sie setzte sich wieder auf das Sofa, denn die Wolken hatten sich vor die Sonne geschoben. Ohne den Zauber der Sonne war ihr Haar alltäglich.

Ihr Mund verzog sich zu einer fast schon kindlichen Schnute, während sie überlegte. »Nun, der Herr Ingenieur hielt unerwartet um Margaretes Hand an. Papa wirkte nicht sonderlich begeistert, aber ich habe ihm klargemacht, dass das Margaretes letzte Chance auf einen Mann sein würde.«

Hauke notierte. »Warum unerwartet?«

»Nun, ich hatte nicht bemerkt, dass Ludwig Strasser vorher Interesse an ihr gezeigt hätte.«

»Was hatte sich verändert?«

»Das weiß ich nicht genau. Ich hatte den Eindruck, er spekulierte darauf, mit einer Heirat in unsere Familie seine Zukunft sichern zu können. Immerhin hätte er nach Papas Tod dessen Erbe antreten und somit Eigner eines großen Bauunternehmens werden können.«

Da kam Hauke eine Idee. »Stecken Sie hinter der Verlobung?«

Ein verschmitztes Lächeln legte sich um ihren Mund. »Ich würde sagen, ich habe eine Situation geschaffen, die für meinen Vater und für Margarete von Vorteil hätte sein können.« Sie sagte ernst: »Strassers Tod ruiniert alles.«

»Ich verstehe. Eine alte Jungfer in der Familie zu haben, verbessert nicht gerade Ihre eigenen Heiratspläne.«

Wieder dieses Lächeln.

»Das bedeutet also«, fuhr Hauke fort, »dass weder Sie noch Ihr Vater noch Ihre Schwester vom Tod des Mannes profitiert hätten.«

»Nein, keiner von uns.«

In diesem Moment stieß jemand die Tür zum Salon auf. Der Hausherr trat ein.

»Sie?«, stellte Jennings überrascht fest. »Na, das nenne ich flott.« Er beugte sich zu seiner Tochter hinunter und gab ihr einen flüchtigen Kuss aufs Haar. Sie lächelte zu ihm hinauf.

Jennings schien jetzt bester Laune zu sein. Er entschuldigte sich sogar bei Hauke für sein aufbrausendes Benehmen zuvor. Hauke fragte sich, was sich seit ihrem ersten Zusammentreffen geändert hatte.

»Sie müssen verstehen, mein lieber Kommissar, dass die Kanalkommission strenge Vorgaben macht, wann welcher Bauabschnitt fertig zu sein hat. Wir hatten bereits mit größeren Verzögerungen zu kämpfen, als das Grundwasser die Mole einriss. Eine längere Unterbrechung der Bauarbeiten würde verheerende Folgen haben.« Er nahm sich eine frische Tasse und goss sich Tee aus einer Kanne ein, die auf einem Stövchen auf einer Anrichte stand.

Hauke fragte sich, ob Jennings ihm gerade eben unverhohlen gedroht hatte.

»Nun, wie weit sind Sie mit Ihrem Bericht, Herr Kommissar?«

»Ich werde länger bleiben als gedacht.«

Jennings blickte über den Rand seiner Tasse. »So? Warum das?«

»Es gibt Unklarheiten.«

Margaretes Hinweis auf eine Drohung machte diese Entscheidung notwendig, aber auch die Kleidung des Toten und die sauberen Sohlen. Hauke ließ sich nicht anmerken, wie wütend ihn diese Hinweise machten. Ein Unfall erschien ihm immer unwahrscheinlicher. Das aber hatte zur Folge, dass er nicht so schnell wie geplant zurückreisen konnte. Hoffentlich hatte Sophie den Brief von seiner Wirtin erhalten.

Jennings stellte die Teetasse auf den Kaminsims. Dann schritt er zu einer Kommode hinüber, die unter einem Ölgemälde stand. Darauf war eine repräsentative Villa, umringt von hohen Bäumen, zu sehen.

»Die Villa Jennings in Berlin. Von mir entworfen und gebaut«, sagte er stolz, als er Haukes Blick bemerkte. Er griff in einen Schellackkasten und beförderte eine Zigarre heraus. Als könnte Jennings Haukes Gedanken ahnen, erklärte er, dass seine Frau vor fünf Jahren verstorben sei. »Ich lebe hier mit meinen beiden Töchtern allein.« Er hob noch einmal den Deckel des Kästchens, als suchte er etwas.

Lächelnd stand Elisabeth auf, ging zu ihrem Vater und nahm aus seiner Westentasche den Cutter für die Zigarrenspitze. »Papa«, sagte sie mit gespielter Strenge. »Du sollst doch nicht im Salon rauchen.« Sie schüttelte mahnend den Kopf, nahm ihm die Zigarre aus der Hand, schnitt sie an und reichte sie ihrem Vater.

»Danke, mein Kind. Ich werde mich bessern.« Mit einem Streichholz zündete er die Zigarre an, während er paffend Hauke über die Flamme hinweg beobachtete. »Unklarheiten? Das kann ich mir kaum vorstellen.« Er nahm einen tiefen Zug. Jetzt prüfte er die Glut am anderen Ende der Zigarre. Zufrieden nickte er. Bald schon zog der würzige Tabakrauch durch den Raum. »Ich werde Ihnen eine Abschrift des Berichtes zur Verfügung stellen, den ich der Kanalkommission geschickt habe. Bin mir sicher, dass sich damit alle Ungereimtheiten aufklären lassen.«

Hauke lächelte. »Ich denke nicht, dass sich dadurch die Frage beantworten lässt, warum Ludwig Strasser in der Schleuse lag.«

Jennings lachte auf, während Elisabeth unauffällig dem Gespräch folgte. »Nun, er wird dort hingegangen sein«, meinte Jennings.

»Seine Schuhsohlen waren sauber.«

»Unsinn. Es hat geregnet. Der Regen wusch wahrscheinlich den Dreck von seinen Schuhen.«

Er trat auf Hauke zu und schlug ihm die Hand auf die Schulter. »Sehen Sie! Es gibt für alles eine einfache Erklärung.« Mit der Zigarre in der Hand wollte Jennings nun den Raum verlassen. »Sie müssen verzeihen, Herr Kommissar, aber ich habe noch viel zu tun. So ein Jahrhundertbauwerk baut sich ja nicht von allein.« Er lachte.

»Bevor Sie gehen, Herr Jennings, nur noch eine Frage: Wann haben Sie Ludwig Strasser das letzte Mal lebend gesehen?«

Jennings hielt die Türklinke in der Hand und überlegte. »Nun, das war am Tag, bevor man ihn fand. Er erstattete mir jeden Tag zweimal Bericht. Einmal um halb zwölf Uhr mittags und dann noch einmal am Nachmittag um siebzehn Uhr. Dazu kam er in mein Arbeitszimmer hier im Haus oder in Baracke eins, wo meine Sekretäre und Schreiber sitzen.«

»So auch am Tag vor seinem Tod?«

»Ja.«

»Wann verließ er Sie?«

»Herr Kommissar! Ich habe Wichtigeres zu tun, als sinnlose Fragen zu beantworten.«

»Wann?« Haukes Ton war höflich, aber bestimmt.

Jennings schien zu begreifen, dass er Hauke falsch eingeschätzt hatte. Er und seine Tochter warfen sich einen kurzen Blick zu.

»Wir waren nach gut zehn Minuten fertig. Also um zehn Minuten nach fünf. Und er trug Kleider, die für eine Baustelle gedacht waren.«

Hauke machte sich Notizen. »Haben Sie ihn danach noch einmal gesehen?«

»Nein. Ich bin anschließend zum Abschnitt zwei gefahren. Auf dem Rückweg kam mein Wagen vom Weg ab. Ich saß fest und musste ein paar Arbeiter holen, die mir den Wagen wieder aus dem Dreck zogen.«

»Wann kamen Sie zurück?«

»Gegen Mitternacht.«

»Wer waren die Arbeiter?«

»Woher soll ich das wissen? Sie arbeiten für mich. Ich verkehre mit diesen Leuten nicht privat. War das alles?« Jennings klang ungehalten.

»Darf ich mir die Bemerkung erlauben, Herr Jennings, dass Sie auf mich nicht den Eindruck machen, als ginge Ihnen der Tod von Ludwig Strasser sehr nahe? Immerhin sollte er Ihr Schwiegersohn werden.«

Für einen Moment zögerte Jennings. »Sie mögen mich für kaltherzig halten, Herr Kommissar, aber ich habe vorläufig nur einen guten Ingenieur verloren. Und Ingenieure sind ersetzbar.«

»Und Ihre Tochter Margarete? Wie sieht sie Strassers Tod?«

Jennings machte eine kurze Bewegung mit der Hand, als wollte er eine Fliege verscheuchen. »Sie wird drüber hinwegkommen und in meinem Haus bleiben.«

Elisabeth erhob sich vom Sofa, ging zu ihrem Vater und lächelte ihn an. »Papa, was hältst du davon, wenn wir Herrn Sötje bitten, heute Abend Gast unserer kleinen Gesellschaft zu sein? Es würde sicherlich seine Befragungen erleichtern, wenn er alle von uns an einem Tisch hätte.«

Jennings überlegte kurz, bevor er seiner Tochter zustimmte. »Prächtig, mein Kind. Wirklich prächtig.«

An Hauke gewandt sagte er: »Heute Abend um sechs Uhr. Eine kleine Gesellschaft. Amtmann Feil wird da sein, Regierungsbauinspektor Schulze, der zurzeit unserem Bauamt vorsteht, dann Dr. Schesel, Pastor Eggerstedt und Ziegeleibesitzer Festge nebst Gattin.« Er musterte Hauke von oben bis unten. »Nehme an, Sie haben keinen Cutaway oder wenigstens einen Frack dabei?«

Hauke verneinte. »So gern ich Ihre Einladung annehmen würde, Herr Jennings, doch ich möchte meinen Bericht so schnell es geht beenden.«

»Aber natürlich, mein Guter!«, nahm Jennings die Ablehnung seiner Einladung fast schon freudig hin. Gerade wollte er nun endgültig den Raum verlassen, als er ein letztes Mal innehielt. »Wo bleiben Sie überhaupt heute Nacht?«

»Ich werde im örtlichen Gasthof ein Zimmer nehmen.«

Da Haukes Vorgesetzter Bahnsen sicherlich nicht beabsichtigte, die Reisekosten zu begleichen, kamen nur einfache Gasthöfe für ihn in Frage. Karl hatte ihm besagten Gasthof am Hafen empfohlen.

Nachdem Jennings gegangen war, ließ Hauke Bleistift und Block in seiner Jackentasche verschwinden. Elisabeth geleitete Hauke hinaus.

»Wo wohnte eigentlich Ludwig Strasser?«, wollte Hauke wissen.

»Soweit mir bekannt, wohnte er erst zur Untermiete und später, nach einer angemessenen Gehaltserhöhung, im Hotel zur Post.«

Als sie die Haustür erreicht hatten, drehte sich Elisabeth mit ernstem Gesicht noch einmal zu Hauke. »Was, denken Sie, passierte mit Ludwig, Herr Kommissar?«

Hauke lächelte. Er würde ihr nichts von seinen Vermutungen sagen, bevor er nicht mehr Anhaltspunkte hatte. »Eine genauere Untersuchung des Toten wird hoffentlich Aufschluss geben.«

Elisabeth presste ihre Hand vor den Mund. »Mein Gott! Sie wollen ihn –«

»Ja, der Leichnam wird exhumiert werden, um anderes als einen Unfall ausschließen zu können. Eine reine Routinemaßnahme«, log er.

Elisabeth wurde kalkweiß im Gesicht. Sie schwankte. Schnell griff er nach ihrem Arm, denn er befürchtete, sie könnte ohnmächtig werden.

Sie stützte sich mit einer Hand an der Wand ab. »Natürlich. Sie haben recht. Es muss wohl so sein.« Ein mattes Lächeln ging über ihr feines Gesicht. »Ich bin derartige Nachrichten nur nicht gewohnt. Wäre es möglich, dass Sie davon nichts zu meiner Schwester sagen? Sie hat es schon schwer genug.«

Hauke nickte und verabschiedete sich. Auf einer der Treppenstufen vor der Tür wartete Karl ungeduldig auf ihn.

DIE GLÜCKLICHE GEBURT EINES KRÄFTIGEN UND GESUNDEN
KNABEN ZEIGEN HOCH ERFREUT AN LINDOW I. D. MARK,
DEN 27. DEZEMBER 1894, EW. DRESCHER UND FRAU.

Originalauszug: Kanalzeitung 1894

Hauke Sötje hatte sich ein einfaches Zimmer im ersten Stock
von Wagners Hotel am Hafen genommen. Das Fenster ging
zu den Ewern hinaus, die unten im flachen Wasser dümpelten,
denn mit der Ebbe war das Wasser auch aus der Braake gelaufen,
die in die Elbe mündete. Die Menschen hier hatten sich nach
Einbruch der Dunkelheit zur Ruhe begeben.
In Haukes Zimmer aber brannte noch Licht. Weit standen
die Fensterflügel auf, obwohl es zu regnen begonnen hatte.
Drinnen saß Hauke an einem einfachen Holztisch, den er vor
das Fenster gerückt hatte, um die Enge in seiner Brust bes-
ser ertragen zu können und die würzige Luft hereinzulassen.
Obwohl er erst wenige Stunden hier war, hatte er bereits den
Unfallort begutachtet und mehrere Befragungen durchgeführt.
Dass Karl die sauberen Sohlen des Mannes erwähnt hatte, war
Haukes bedeutendster Hinweis darauf, dass es sich hier um
keinen Unfall handelte. Jetzt stand noch die Leichenschau aus.
Von ihr erhoffte Hauke sich einen Hinweis, der handfester war
als saubere Schuhe, die nur ein Junge gesehen haben wollte.
Sollte Hauke morgen früh aber tatsächlich etwas finden, be-
deutete das, er würde eine Mordermittlung einleiten müssen.
Bahnsen würde toben. Schlimmer aber war, dass Hauke die letzte
Hoffnung verlor, Sophie vor ihrer Abreise noch sehen zu können.
Hauke starrte aus dem Fenster. Er könnte, wenn er von anderem
Schlag gewesen wäre, die bisherigen Hinweise ignorieren, den
Bericht für Bahnsen schreiben und so schnell es ging zurück nach
Kiel reisen. Doch Hauke war nicht von dieser Art. Und so blieb
er am Tisch und wartete auf den nächsten Morgen. Er überlegte,
ob er Sophie schreiben sollte. Einen Brief, der alles erklärte. Nur
wusste er nicht, welche Worte er wählen sollte, um die Zeilen
nicht nach Rechtfertigung und Lüge klingen zu lassen.

Bei diesem Gedanken fiel ihm ein ganz anderer Brief ein. Hauke schob den Stuhl zurück und bewegte sich zum Schrank hinüber, an dessen Tür seine Jacke hing. In ihrer Innenseite befanden sich die Zettel, die er bei dem Mörder aus Kiel gefunden hatte. Er wusste, dass es sinnlos war, aber er hatte noch viele Stunden zu überbrücken, bis die Sonne aufgehen würde. Und so setzte er sich wieder, um sich des Geheimnisses anzunehmen, das er aus Kiel mitgebracht hatte. Er legte Papier und Stift bereit, falls er Notizen machen musste. Dann klingelte er nach dem Wirt.

Als der Mann endlich an die Zimmertür klopfte, gab Hauke ihm eine Liste mit Dingen, die man ihm sofort bringen sollte.

Zögernd überflog der Wirt die Liste in seinen Händen. »Es ist recht spät, Herr Kommissar. Der Apotheker wird sicherlich schon schlafen. Könnte all das nicht auch morgen —«

»Nein. Wecken Sie den Mann. Ich will alles noch heute Nacht auf meinem Tisch haben.« Dann schloss Hauke die Tür.

Stunden später befand sich auf dem Zettel vor Hauke noch immer kein einziger Federstrich. Neben ihm standen Fläschchen und Tinkturen, die ein Bote geliefert hatte. Mit Hilfe einer Kerze, einem Pinsel und einigen Pasteurpipetten wollte Hauke jetzt das Schreiben auf eine mögliche unsichtbare Tinte hin prüfen.

Er hielt die einzelnen Briefbögen nacheinander dicht an seine Nase. Weder rochen sie nach Zitrone noch nach Zwiebeln. Beides waren die einfachsten Methoden, um unsichtbare Texte zu verfassen, über die der Schreiber dann einen sichtbaren und gänzlich unbedeutenden Text legte. Andere Flüssigkeiten wie Milch und Essig konnte Hauke durch die Geruchsprobe ebenfalls ausschließen.

Aus einer kleinen braunen Flasche träufelte er ein paar Tropfen Phenolphthaleinlösung auf einen bereitgelegten Löffel. Vorsichtig ließ er die Tinktur auf die linke obere Ecke des Papiers gleiten. Geduldig beobachtete er, wie das Papier die Flüssigkeit aufsog. Nach einigen Minuten und zwei weiteren Versuchen an anderen Stellen konnte Hauke einen verborgenen Text auf Basis von Soda ebenfalls ausschließen.

Er griff zu einer anderen Flasche, die Eisensulfatlösung enthielt. Mit ihr war es möglich, Rückstände von Gerbsäure nachzuweisen. Die Minuten vergingen, nichts geschah. Sinnierend lehnte Hauke sich zurück, während er einen tiefen Zug aus seiner Pfeife nahm, die er sich angezündet hatte. Der Tabak im Pfeifenkopf glühte auf. In kleinen Pirouetten kringelte sich der Rauch hoch, um sich schließlich wie eine Wolke aufzulösen und durch das Fenster in die Nacht hinausgetrieben zu werden.

Es schien ganz so, als wäre keine Botschaft auf dem Papier unter den wirren Zeilen versteckt. Vielleicht aber *in* ihnen. Sofern es überhaupt eine geheime Nachricht gab, denn selbst das war kaum mehr als eine Vermutung. Es wäre auch möglich, dass einfach nur ein verrückter Mensch einen ebenso verrückten Brief geschrieben hatte, dem nichts, aber auch gar nichts zu entlocken war. Doch warum sollte dann ein Mörder dieses Papier in das Futter seiner Jacke einnähen? Immer wieder stellte er sich dieselbe Frage.

Hauke hatte mittlerweile alle ihm bekannten Methoden zum Dechiffrieren von Nachrichten angewandt, aber er kam nicht weiter. Ohne den Schlüssel zu dieser Botschaft war es unmöglich, den eigentlichen Sinn des Textes zu entziffern. Dieser Schlüssel aber konnte alles Mögliche sein: eine Zeitung, ein anderes Schreiben, ein Buch, ein Gedicht.

Hauke schloss die Augen und stellte sich den Mann ein weiteres Mal vor, wie dieser in der kleinen Küche stand und den Revolver gegen ihn hielt. Das schmale, fast abgehärmte Gesicht, die blassen, eng beieinanderliegenden Augen, das kurz geschorene Haar. All das gab keinen Hinweis auf die Person. Einzig der fehlende Ringfinger der rechten Hand des Mörders könnte hilfreich sein. Verletzungen dieser Art fand man oft unter Seeleuten, die auf Segelschiffen fuhren. Allerdings war Kiel eine Hafenstadt, die mehr als nur einen Seemann beherbergte. Männer, die einen Finger verloren hatten, gab es viele.

Hauke überlegte, ob er in der Seemannsmission Erkundigungen einziehen könnte oder im Hafen selbst. Dazu aber müsste er jetzt in Kiel sein.

Seine Faust sauste auf den Tisch nieder, sodass die Gerätschaften darauf erzitterten. Er drehte sich im Kreis. Solange er hier war, konnte er in Kiel keinen Mörder finden.

Da fuhr ein stechender Schmerz durch Haukes Kopf. Er stöhnte leise auf. Die Pfeife rutschte ihm aus der Hand, hinunter auf den Brief. Glut fiel auf das Papier. Haukes Herz raste von einem auf den anderen Moment. Schweiß trat auf seine Stirn. Während er mit der einen Hand gegen den Schädel drückte, dorthin, wo der Schmerz seinen Ursprung hatte, wischte die andere die Glut von dem Brief auf dem Tisch. Nur knapp verfehlten seine Finger die Flasche mit den chemischen Lösungen.

Wieder einmal drohte Dunkelheit Haukes Geist zu überfallen. Rasselnd atmete er ein, während er nun beide Fäuste gegen die Schläfen presste. Er musste sich konzentrieren, um die Schwärze in seinem Kopf zu vertreiben. Er hörte das schnelle Pochen seines Herzens, die Luft wurde knapp, der Eisenring legte sich um seine Brust. Dieser Anfall hatte ihn völlig überrascht. Unfähig, sich der Besegelung seines Schiffes zu entsinnen, blieb ihm nur, abzuwarten.

Es dauerte Minuten über Minuten, bis ihm das Atmen ein wenig leichter fiel, das Herz sich beruhigte. So etwas durfte nicht wieder passieren. Sollte er sich nicht besser unter Kontrolle haben, würden sie ihn wieder in eine Anstalt stecken.

Die Minuten vergingen, bis er sicher war, dass der Anfall hinter ihm lag. Noch leicht benommen blickte er durch das offene Fenster in den Himmel hinaus, wo sich der volle Mond gerade einen Weg durch die aufreißende Wolkendecke bahnte. Er sog seine Lungen voll mit der würzigen Luft, die die Elbe von der Nordsee mitgebracht hatte.

Langsam, wie ein alter Mann, bückte Hauke sich, um die Pfeife vom Boden aufzuheben, als es an der Tür klopfte.

Hauke stemmte sich in den Stuhl zurück. »Ja?« Seine Stimme klang wie ein Reibeisen.

Zaghaft öffnete sich die Tür, und Karls nasse Haare lugten herein. »Verzeihen Sie die späte Störung, Herr Kommissar, aber ich habe einen Bericht zu machen.«

Schwankend erhob Hauke sich und ging zu Karl, der in der Tür stand. Der Junge war bis auf die Haut nass. Wassertropfen fielen aus seinem Haar. Zu seinen Füßen bildete sich bereits eine kleine Pfütze auf den Dielen.

Entschuldigend starrte Karl das Rinnsal zu seinen Füßen an. »Es regnet.«

»Was ist passiert, Junge?«

»Die …« Karl suchte ein Wort. »Diese …« Er schüttelte den Kopf, als könnte es helfen, das fehlende Wort zu finden. »In der Baracke haben sie eben gesagt, dass der Strasser doch nicht ausgebuddelt werden soll. Pastor Eggerstedt weigert sich, sagen die Männer.«

Hauke horchte auf. Keine Exhumierung? Er hatte Wilkens den Auftrag gegeben, dem Geistlichen der Evangelen eine Nachricht zukommen zu lassen, dass morgen früh um sieben Strassers sterbliche Überreste ausgegraben werden sollten. Hauke selbst würde sich einfinden, um die Leiche genauer in Augenschein zu nehmen. Danach war Hauke zu Dr. Schesel gegangen, der den Tod Strassers amtlich bestätigt hatte. Der Herr Doktor aber war außer Haus. Und so hinterließ Hauke auch für ihn die Nachricht, er habe sich für eine Totenschau am kommenden Morgen zur Verfügung zu stellen.

Hauke griff zum Haken, wo seine Jacke hing.

Karl fuhr mit dem Ärmel seiner klatschnassen Jacke über sein Gesicht. »Wollen Sie zu Pastor Eggerstedt gehen? Der ist bei Herrn Jennings.«

»Ich weiß.« Hauke warf sich die Jacke über und setzte seine Mütze auf. »Und dieser Dr. Schesel ist auch dort.«

»Ich komme mit«, rief Karl und wollte Hauke schon die Treppe hinunterfolgen.

»Nein, Junge«, widersprach Hauke, der mit großen Schritten den Flur entlangmarschierte und bereits an der schmalen Haustür war, wo er eine tragbare Lampe vom Haken nahm. »Du gehst zurück und ziehst dir trockene Sachen an. Ein kranker Helfer ist für mich nutzlos.«

Er trat in die Dunkelheit hinaus und zündete den ölgetränkten Docht an. Die Regenwolken waren Richtung Binnenland weitergezogen. Nun herrschte ein milchig-weißer Mond am Himmel und wies Hauke den Weg. Mit weit ausholenden Schritten marschierte Hauke die Koogstraße hinunter, bis er die hell erleuchtete Villa erreichte.

»Herr Jennings hat eine Gesellschaft.« Das Dienstmädchen spähte durch den Spalt der Tür zu ihm heraus. Sie hatte Hauke sofort erkannt, schien aber unschlüssig zu sein, ob sie ihn einlassen durfte.

Da schob Hauke die Tür auf. Erschrocken stolperte sie zurück. »Aber Herr Jennings hat Gäste. Sie dürfen ihn nicht stören!«, rief sie Hauke nach, der jetzt am Fuße der großen Treppe stand.

»Hol den Hausherren«, herrschte er sie an. Eilig verschwand das Mädchen durch eine doppelflügelige Schiebetür ins Esszimmer.

Hauke hörte das Blut in seinen Ohren rauschen. Mit schweren Schritten ging er in der Halle auf und ab.

»Herr Kommissar, haben Sie es sich anders überlegt?« Jennings stand in der jetzt offenen Tür zum Esszimmer. Seine polierten Schuhe blinkten im Schein der Lampen, die die Halle erleuchteten. Hinter ihm saßen die Gäste an einer langen Tafel und schauten neugierig herüber.

Hauke stellte sich vor Jennings. Er sah ihm in die Augen. »Ich bin es nicht gewohnt, Herr Jennings, dass man meinen Befehlen widerspricht.« Seine Stimme war gefährlich leise. »Wenn Sie weiterhin meine Untersuchung boykottieren lassen, werde ich prüfen müssen, welche Rolle Sie bei dem Tod des Ingenieurs spielten. Ihr Interesse, eine Untersuchung zu verhindern, ist auffallend. Gegebenenfalls muss ich neben meinen Vorgesetzten in Kiel auch die Kanalkommission davon in Kenntnis setzen.«

Jennings wollte gerade losschnauzen, da schob Hauke ihn zur Seite und trat auf die Gesellschaft am Tisch zu. Am äußersten Ende des Tisches saß ein Mann im schwarzen Anzug. Gabel und Messer in seinen Händen haltend, schaute er blass zu Hauke.

»Pastor Eggerstedt. Ich weise Sie hiermit an, die sterblichen Überreste des verstorbenen Ludwig Strasser morgen früh um sieben Uhr ausgraben und unter meiner Leitung zur Totenschau in die Leichenhalle bringen zu lassen.« Margarete Jennings, die neben dem Geistlichen saß, schrie auf. Fassungslos blickten sich die anderen Gäste an.

Jetzt richtete Hauke seine Aufmerksamkeit auf einen kleinen Herrn mit Zwicker und Ziegenbärtchen. »Dort werden Sie, Dr. Schesel, gemeinsam mit mir eine ordnungsgemäße amtliche Untersuchung des Toten durchführen.«

Margarete drohte ohnmächtig von ihrem Stuhl zu rutschen. Dr. Schesel, der neben ihr saß, fing sie gerade noch auf.

Doch Margarete sammelte sich schnell. Sie schlug die helfende Hand des Arztes fort. »Nein!«, rief sie. »Das dürfen Sie nicht!« Sie sprang auf, sodass ihr Stuhl polternd nach hinten fiel, und eilte, die Serviette vor ihren Mund pressend, schluchzend aus dem Raum.

»Sind Sie von Sinnen?«, schnauzte Dr. Schesel Hauke an. »Die arme Frau so zu erschrecken!«

Jennings setzte sich, von der Szene gänzlich unbeeindruckt, wieder an den Kopf der Tafel. Sorgsam faltete er die Damastserviette zusammen, die er zuvor neben den Teller gelegt hatte. »Elisabeth«, wandte er sich an seine jüngste Tochter. »Geh zu deiner Schwester und kümmere dich um sie.«

Elisabeth erhob sich. Mit entschuldigender Miene meinte sie: »Bitte nehmen Sie wieder Platz, meine Herrschaften.« Sie lächelte die Gäste an. »Ich bin mir sicher, es handelt sich hier nur um ein Missverständnis.«

Sie gab dem Dienstmädchen, das blass und sprachlos im Halbdunkel des Raumes stand, Anweisung, das Dessert zu servieren. Mit einem knappen Nicken zu Hauke verließ sie den Raum.

»Morgen früh um sieben Uhr.« Hauke schaute die Männer streng an. Dann verließ auch er die Gesellschaft. Manchmal war es besser, die Dinge direkt anzugehen und auf diplomatische Winkelzüge zu verzichten.

Mit weiten Schritten ging er durch die Halle. Er hatte noch nicht die Haustür erreicht, als er Elisabeths Stimme hinter sich hörte. »Herr Kommissar!«

Hauke drehte sich um.

»Ob ich Sie bitten dürfte, im Raucherzimmer kurz Platz zu nehmen? Mein Vater möchte mit Ihnen sprechen.« Sie wies mit ihrem Fächer zu einer Tür im hinteren Teil der Halle. »Ich denke, er ist Ihnen eine Erklärung schuldig.«

Das Raucherzimmer des Hauses war ein dunkel möblierter Raum mit ledernen Sesseln und einem großen Kamin. Die schweren Vorhänge hatte man bereits zugezogen. Elektrische Lampen warfen ein ruhiges Licht auf die Bilder an den Wänden. Am Ende des Zimmers befand sich ein bis unter die Stuckdecke reichendes Bücherregal.

Hauke beschloss, Jennings fünf Minuten zu geben, bevor er das Haus verlassen würde.

Da trat der Hausherr durch die Tür. »Bitte entschuldigen Sie, Herr Kommissar.« Er ging zu einer Anrichte.

»Was soll ich entschuldigen, Herr Jennings? Die Tatsache, dass Ihre Tochter auf die Mitteilung einer Exhumierung schockiert reagierte oder dass Sie Pastor Eggerstedt angewiesen haben, die Exhumierung abzulehnen?«

Jennings drehte sich zu Hauke. In der Hand hielt er eine Karaffe. Langsam, ja fast schon anerkennend, nickte er. Er löste den Stopfen der Karaffe und goss goldgelben Whisky in zwei geschliffene Gläser.

Dann kam er zu Hauke und wollte ihm eines der Gläser reichen. »Ich werde Ihnen erklären, warum ich den Herrn Pastor um diesen Gefallen bat.«

»Danke, aber ich trinke nicht.«

Lächelnd stellte Jennings das Glas auf ein Tischchen. Dann setzte er sich in einen der beiden tiefen Ledersessel. Mit einem Nicken deutete er an, Hauke möge ihm gegenüber Platz nehmen.

Hauke blieb stehen.

»Wie Sie wünschen, Herr Kommissar.« Jennings nahm einen tiefen Schluck aus seinem Glas.

Hauke ahnte, dass der Mann mit ihm ein Spiel spielen wollte. Und es gefiel ihm nicht.

»Ich überlege«, begann Jennings langsam, »wie ich es erklären kann, damit Sie den richtigen Eindruck bekommen.« Er betrachtete den Whisky in seinem Glas. »Wissen Sie, Sötje, diese Untersuchung ist nicht gut für den Kaiser. Und auch nicht gut für den Kanal. Und damit nicht gut für mich und schlussendlich für die Arbeiter.«

Hauke schwieg.

»Die Leute fragen sich, warum Sie hier sind, Herr Sötje. Für einen Unfall muss niemand aus Kiel kommen. Ihre Anwesenheit beunruhigt meine Männer. Sie beunruhigt meine Familie und auch mich.« Jennings erhob sich aus dem Sessel. »Wenn Sie in Ludwig Strassers Tod etwas anderes als einen Unfall sehen, mein Lieber, dann wird das nicht nur hier Aufsehen erregen. Die Welt blickt mit Neid und Missgunst auf unseren Kanal. Ein toter Österreicher würde als Skandal durch die internationalen Blätter gehen. Diplomatische Probleme sind zu erwarten. Verstehen Sie das?«

In Haukes Ohren klang Bahnsen Stimme, der mehr oder weniger genau das Gleiche gesagt hatte. »Sie vergessen nur eines, Herr Jennings. Ich bin kein Politiker. Ich bin Polizist. Meine Aufgabe ist es, die Wahrheit über den Tod Ludwig Strassers herauszufinden. Die Theorie eines Unfalls muss ich vorerst in Zweifel ziehen, bis gewisse Fragen geklärt sind. Und ich werde erst abreisen, wenn alle Antworten vor mir liegen.«

Jennings begann langsam im Raum auf und ab zu gehen. »Sie sprechen von den angeblich sauberen Schuhsohlen, nehme ich an.« Er nahm einen Schluck aus seinem Glas und stellte es auf einem kleinen Tischchen ab. »Nun, so wie es aussieht, glauben Sie einem kleinen Arbeiterlümmel mehr als mir.«

Fragend drehte er sich zu Hauke. »Sicherlich gibt es noch jemanden, der die sauberen Schuhsohlen von Ingenieur Strasser bezeugen könnte?«

»Das prüfe ich gerade.«

»Haben Sie sonst noch Anhaltspunkte für Ihr Misstrauen?«

»Mich interessiert, warum Ludwig Strasser in seinem besten Anzug vor die Tür ging. Ohne Hut, ohne Mantel. Wo wollte er hin?«

Jennings zuckte mit den Schultern. »Bei dieser Frage werden Sie auf meine Hilfe verzichten müssen, mein lieber Sötje. Ich selbst bin nach der Besprechung mit Strasser im Automobil die Kanalstrecke bis zur Grünentaler Brücke abgefahren. Ich verließ gegen sechs Uhr das Haus.«

»Wann kamen Sie zurück?«

Er lächelte. »Wie ich bereits sagte: gegen Mitternacht. Mein Wagen hatte eine Panne. Bei Taterpfahl bin ich vom Weg abgekommen. Die Vorderreifen steckten tief im Dreck. Ich musste in der Dunkelheit zu den nächsten Baracken gehen, damit die Arbeiter meinen Wagen herausziehen konnten. Man schleppte mich mit einem Pferdegespann hierher. Es muss gegen Mitternacht gewesen sein, als ich hier ankam.« Er lachte. »Gott sei Dank sind wir niemandem begegnet. Das Gespött der Leute hätte man bis Berlin gehört.«

»Wo ist der Wagen jetzt?«

»Wollen Sie etwa andeuten, dass ich lüge?«

»Warum sollte ich das annehmen, Herr Jennings? Sie haben eine hervorragende Reputation.« Hauke machte eine Pause. »Dennoch möchte ich einen Blick auf das Automobil werfen. Nennen Sie es ein rein persönliches Interesse an den technischen Errungenschaften unserer Zeit.«

Hauke hatte sich mittlerweile beruhigt. Seinen wütenden Auftritt im Esszimmer vor einigen Minuten bereute er. Solch ein Verhalten würde ihm kaum helfen, einen Mörder zu finden, sofern es einen gab. Und da er von Kiel keine Unterstützung im Fall Strasser erwarten konnte, musste er sich vorerst die Leute hier gewogen halten. Egal, wie sehr es ihn ärgerte.

Er schlug einen milderen Ton an. »Wer reparierte den Wagen?«, fragte er fast beiläufig und nahm nun doch das ihm vorhin angebotene Glas in die Hand. Er führte es an die Lippen, nahm einen Schluck Whisky und nickte anerkennend.

»Ich lasse einen Mann aus Itzehoe kommen. Dort gibt es bereits eine Handvoll Automobile.« Jennings beobachtete ihn aus den Augenwinkeln, während er sich selbst ein weiteres Glas einschenkte.

»Denken Sie nicht auch, dass diese Wagen eine unerhörte Zukunft haben werden?«, wollte Hauke wissen. Unterdessen schlenderte er gemächlich zu der stattlichen Bücherwand hinüber.

»Oh, da bin ich mir sicher. Berlin hat bereits Hunderte davon auf seinen Straßen«, meinte Jennings nicht ohne Begeisterung in der Stimme.

Hauke studierte die Buchrücken. Werke von Proust standen hier neben Homer und in feinstes Leder gebundenen, kyklischen Epen. Diese Bibliothek hatte rein dekorativen Charakter, wie so vieles andere in der Jennings-Villa auch.

Lächelnd drehte er sich zu Jennings. »In Wirklichkeit erkennen wir nichts; denn die Wahrheit liegt in der Tiefe.«

»Goethe?«

»Nein, Demokrit, der lachende Philosoph.« Hauke deutete auf einen der Buchrücken. »Lesenswert.«

»Dem stimme ich nicht zu«, ertönte da eine junge Frauenstimme. Elisabeth stand in der Tür. »Demokrit sagte nämlich auch, ein Weib sei viel mehr als der Mann darauf erpicht, Bosheiten auszuhecken. So etwas sagen nur schwache Männer.«

Das Licht in der Halle umfing sie wie der Heiligenschein italienischer Madonnen. Sie trat ein. »Wie sehen Sie das, Herr Kommissar? Ihre Erfahrungen mit den Geheimnissen der Menschen geben Ihnen bestimmt tiefe Einblicke in die Seele von Mann und Frau, oder?« Sie trat dicht an ihn heran.

Er konnte ihr Parfüm riechen, die Wärme ihres Körpers spüren. Tändelte sie etwa mit ihm?

Elisabeth schien seine Gedanken lesen zu können und lachte hell auf. Sie drehte sich zu ihrem Vater, der die Szene wortlos beobachtet hatte. »Margarete hat sich wieder beruhigt,

Papa. Ich werde mich jetzt mit unseren Gästen in den Salon zurückziehen und ein wenig Konversation machen. Bitte lass die Herren nicht zu lange auf ihre Zigarre warten.« Sie hauchte ihrem Vater einen Kuss auf die Wange und verließ den Raum.

Nachdem die Tür geschlossen war, bot Jennings eine Wiedergutmachung an.»Als Entschuldigung für mein eigenmächtiges Benehmen stelle ich Ihnen den Operationssaal in der Krankenbaracke für morgen zur Verfügung, Sötje. Dr. Schesel wird Ihnen natürlich gern assistieren. Er betreut meine Arbeiter und macht ein ordentliches Geschäft damit.« Er lächelte.»Nutzen Sie die Gerätschaften unserer Krankenstation. Ich werde ein Fuhrwerk zum Friedhof schicken, das den Leichnam zur Baracke bringt.«

Kurz überlegte Hauke, ob eine innere Leichenschau überhaupt nötig sein könnte. In diesem Falle wäre er tatsächlich auf die Instrumente des Dr. Schesel angewiesen. Nun, es würde sicherlich nicht schaden. Andererseits wusste Hauke auch, dass jede großzügige Geste auf der einen Seite ein ebenso generöses Entgegenkommen auf der anderen Seite notwendig machte. Und das gefiel ihm nicht.

Hauke nickte Jennings kurz zu und ging.

Vor der Jennings-Villa wartete Karl auf ihn. Sein Haar war mittlerweile trocken, ebenso die Kleidung, die ihm viel zu groß war. Die Ärmel der Jacke hingen weit über seine Hände, und die Hose hatte er mit einem Bindfaden zugebunden.

Karl bemerkte Haukes fragende Miene.»Das gehört dem Hannes. Er hat zwei Garnituren, und ich durfte eine von ihm leihen.«

Hauke, dem der eifrige Junge mehr und mehr gefiel, legte seine Hand auf Karls Schulter.»Du bist meine Ohren und meine Augen auf der Baustelle.«

Stolz nickte Karl.

»Vergiss nicht, Karl. Nur meine Ohren und Augen, nicht mein Kopf und auch nicht meine Hände. Hast du das verstanden? Keine Eigenmächtigkeiten.«

Kurz überlegte Karl, bevor sich ein breites Grinsen in seinem Gesicht zeigte.

»Gut, dann wollen wir zurückgehen. Dein Onkel wird sich schon Sorgen machen.«

In dieser Sekunde hörten sie einen erstickten Schrei über ihren Köpfen. Die beiden fuhren herum.

In einem der oberen Fenster sahen sie zwei Schatten vor dem offenen Fenster stehen. Es waren die beiden Schwestern.

Deutlich sah Hauke, wie Elisabeth ihrer älteren Schwester eine Ohrfeige gab. »Reiß dich endlich zusammen!«, hörte er Elisabeths Stimme durch die geöffneten Fensterflügel. »Willst du alles ruinieren?« Margarete jammerte auf.

Jetzt bemerkte Elisabeth, dass das Fenster offen stand.

Schnell zog Hauke Karl zwischen zwei Büsche. »Pst!« Er legte seinen Finger auf den Mund.

Durch die Zweige spähten sie hinauf zum Fenster.

Elisabeth beugte sich weit hinaus. »Ist da wer?«, fragte sie in die Dunkelheit. Sie horchte einen Moment lang. Dann schloss sie das Fenster und zog die Vorhänge vor.

»Ob das Fräulein Jennings uns gesehen hat?«, flüsterte Karl.

Hauke sagte kein Wort. Tief in Gedanken versunken, ging er mit Karl zu den Baracken zurück, wo er den Jungen abliefern würde, um dann seinen Weg ins Hotel anzutreten.

BRUNSBÜTTEL. 25 MK. BELOHNUNG. SEIT MEHREREN WOCHEN WERDEN DES NACHTS MEINE KÜHE IN DER WEIDE GEMOLKEN. WER MIR DIE PERSON SO NACHWEIST, DASS ICH SOLCHE DAFÜR GERICHTLICH BELANGEN KANN, ERHÄLT OBIGE BELOHNUNG. H. BIETSEN.

Originalauszug: Kanalzeitung 1894

Der siebte Schlag der Kirchturmuhr war noch nicht ganz über der Marsch verhallt, als Hauke durch ein schmales Gatter den Friedhof betrat. Noch lagen Nebelfetzen über den Gräbern. Irgendwo schrie ein Käuzchen. Einige Männer standen am äußeren Ende des Friedhofes, dort, wo man die Armen beerdigte. Unter den Wartenden war auch Sergeant Wilkens, den Hauke ebenfalls herbeordert hatte. Eine Uniform gab den Leuten die Gewissheit, dass alles mit rechten Dingen zuging. Und so stand Wilkens zwischen den Gräbern, die Daumen in den breiten Gürtel gesteckt, und beobachtete alles aufs Genauste.

»Moin«, grunzte Hauke. Er hatte kaum geschlafen.

Pastor Eggerstedt seufzte. »Es ist nicht Gottes Wille, Herr Kommissar.«

Hauke nickte den Männern zu, und sie begannen zu graben. Der Marschboden war schwer. Immer wieder klebten schwarze Klumpen an den schmalen Spaten. Aber schon nach einer halben Stunde lag der einfache Holzsarg frei. Gemeinsam machte man sich daran, die Kiste aus ihrem Grab zu heben.

»Gab es eine ordentliche Beerdigungsfeier?«

Der Pastor zögerte. »Nun, die Habseligkeiten des Mannes brachten genügend Geld ein, um ihm eine Andacht mit auf den Weg zu geben.«

»Trauergäste?«

»Nein, nicht einer.«

»Interessant«, murmelte Hauke und fragte sich, warum nicht einmal Margarete Jennings an der Beerdigung teilgenommen hatte.

Ein Pferdefuhrwerk transportierte den schmutzverkrusteten

114

Sarg vom Friedhof zur Krankenstation der Baustelle. Hauke saß neben dem Kutscher auf dem Bock. Vor ihnen ritt Wilkens auf seinem Dienstpferd. Langsam zuckelten sie die Koogstraße entlang. Sie hatten den Sarg mit alten Säcken zugedeckt. Die Leute am Wegrand aber schienen zu wissen, welch makabre Fracht an ihren vorbeifuhr. Schweigend sahen sie ihnen nach. Einige Arbeiter aber spuckten vor dem Wagen aus und ballten die Faust.

In der Krankenbaracke hatte man einen der beiden Behandlungsräume hergerichtet. Dr. Schesel, der Hauke heute Morgen etwas blass vorkam, stand in langem weißen Kittel neben einem Tisch.

Nervös schob er immer wieder seine Nickelbrille den Nasenrücken hinauf. »Guten Morgen.«

Hauke bückte sich und brach mit einem Kuhfuß erst die Nägel des Sarges und dann den Deckel auf. Gemeinsam mit zwei kräftigen Pflegern hob er den Leichnam auf den Tisch.

»Haben Sie schon einmal eine äußere und eine innere Leichenschau durchgeführt, Herr Doktor?«, wollte Hauke wissen, während er seine Jacke ordentlich an einen Garderobenständer hängte, der in der Ecke stand.

Dr. Schesels Stimme klang ein wenig trocken, als er antwortete, er habe im Studium ein wenig Erfahrung sammeln können. Ansonsten halte er sich lieber an die Lebenden.

Hauke war klar, dass Krankenärzte selten, ja wohl eher nie in die Situation kamen, eine innere Leichenschau durchführen zu müssen. Mit etwas Glück waren sie im Studium einmal Zeuge gewesen. Hauke aber wusste, dass schlecht durchgeführte, oberflächliche Leichenschauen zumeist nur den Mördern dienten, denn die meisten Taten blieben unerkannt.

»Wohlan, Herr Strasser«, sprach Hauke zu dem Toten, nachdem er sich eine grobe Schürze umgebunden hatte. »Erzählen Sie uns bitte, was in der Nacht geschah.«

Dr. Schesel warf Hauke einen irritierten Blick zu. »Sie sprechen mit den Toten?«

Hauke lächelte. »Nein. Es ist eher so, dass das, was ich jetzt zu sehen bekommen werde, mir hoffentlich einiges erklären wird. Vor allem, ob der Tote einen Unfall hatte oder Opfer eines Verbrechens wurde.«

Sie begannen Ludwig Strasser zu entkleiden.

»Ist das der Anzug, den der Tote trug, als man ihn fand?«, wollte Hauke wissen, dem die Schäbigkeit des Anzugs aufgefallen war. Er hielt dabei den Oberkörper des Toten aufrecht, damit Dr. Schesel die Jacke ausziehen konnte.

»Nein«, meinte er, während er keuchend den Arm des Toten aus dem Jackenärmel zog. »Der Anzug des Ingenieurs war vollkommen verdreckt. Pastor Eggerstedt wollte ihn so nicht beerdigen. Man hat einen anderen Anzug für ihn geholt.«

»Aus seinem Zimmer im Hotel zur Post?«

Hauke betrachtete kurz die verbleichenden Totenflecken auf Strassers Brustkorb. Beginnen wollte er – ganz wie es der »Prosector Poeticus« empfahl – am Kopf.

»Wo ist der Anzug des Mannes jetzt?«

Dr. Schesel zuckte mit den Schultern. »Das ist mir nicht bekannt. Ich nehme an, der Herr Pastor wird ihn reinigen lassen und dann an die Armen verschenken.«

»Bitte schicken Sie jemanden zu ihm. Ich möchte den Anzug so schnell es geht ungereinigt hier haben.«

Wieder warf Dr. Schesel Hauke einen fragenden Blick zu.

»Am Anzug könnten Spuren sein, die uns helfen, die Dinge zu verstehen«, erklärte Hauke, ohne von der Leiche aufzusehen.

Dr. Schesel nickte verstehend. »Herr Jennings war übrigens so freundlich«, begann er, während er das Oberhemd des Toten auf den Boden warf, »die Bewerbungsakte des Herrn Ingenieur herbringen zu lassen.«

»Ich höre.« Hauke untersuchte nun die Wunden am Kopf des Toten.

Dr. Schesel ging zu einem Tisch an der Wand, wo ein Aktendeckel lag. Er klappte ihn auf und begann darin einige Papiere hin und her zu schieben.

»Ludwig Strasser, geboren 1853 in Wien«, las er vor, »'77

bis '78 Militärdienst im Infanterieregiment Nummer 3, stationiert in Bosnien, erlitt bei einem Überfall eine –«

»Schussverletzung am linken Oberarm«, ergänzte Hauke, der eine schlecht verheilte Narbe gefunden hatte.

»Ähm … ja. Er erhielt die übliche Kriegsmedaille für Versehrte in Bronze und war für den weiteren Militärdienst untauglich. Anschließend begann er mit dem Studium der Ingenieurwissenschaften an der Polytechnischen Hochschule in Wien, die er vier Jahre später ohne Auszeichnung abschloss.«

»Familie?«

Dr. Schesel studierte die Unterlagen. »Nein. Vor vier Jahren kam Ludwig Strasser zum Bauunternehmen Jennings. Erst arbeitete er dort als Schreiber, später als Sekretär und seit einem Jahr als Ingenieur zur Kontrolle der technischen Arbeitsfortschritte.« Er klappte den Ordner wieder zu. »Mir scheint, der Mann war von eher einfachem Durchschnitt«, überlegte Dr. Schesel. »Kein anständiger Militärdienst, kein ordentlicher Abschluss, sogar bei Jennings fing er nur als kleiner Schreiber an.«

»Aber er arbeitete sich hoch«, sagte Hauke, der ein weiteres Mal die Wunden am Kopf betrachtete. »Schauen Sie mal hier, Herr Doktor.« Er drehte Strasser zur Seite.

Ein wenig zögernd kam Dr. Schesel näher. »Ein Loch.«

»Richtig. Und dies hier?« Hauke wies zu einer weiteren Verletzung, die unweit der ersten zu sehen war.

»Noch ein Loch.«

»Falsch. Es ist nicht rund wie das erste Loch, sondern scheint mir eher eckig zu sein.« Hauke richtete sich auf. »Drehen wir ihn um.«

Mit geübter Hand legten sie den Toten auf den Bauch. Dr. Schesel, dessen Neugier geweckt zu sein schien, holte eine Lupe aus einer Schublade und reichte sie Hauke.

»Was sehen Sie?«

»Eckig. Ganz eindeutig eckig. Sehen Sie selbst.« Hauke trat einen Schritt zurück.

Dr. Schesel beugte sich vor und betrachtete die Wunden am

Hinterkopf des Mannes. Er richtete sich auf und nickte. »Zwei ungleiche Wunden. Könnte der Ingenieur bei seinem Sturz an verschiedenen Stellen aufgekommen sein?«

»Ich glaube kaum.« Hauke nahm eine Pinzette aus einer Schale. »Die Wunden sind unterschiedlich tief. Die eckige Wunde zerstörte auf Höhe der *Sutura sagittalis* den Knochen. Der Schlag wurde mit sehr viel Wucht ausgeführt. Die Verletzung daneben ist anders. Eine Platzwunde, allerdings recht groß.

»Er muss stark geblutet haben«, vermutete Dr. Schesel.

Da stockte Hauke. »Warten Sie, da ist etwas.«

Er beugte sich näher zum Toten hinunter. Er brauchte nicht lange, um mit der Pinzette etwas Weißes hervorzuholen, das sich am Rand der Platzwunde und im Haar verfangen hatte.

Dr. Schesel schluckte. »Was ist das? Ein Knochensplitter?«

»Nein, es ist eine Scherbe.« Er legte den Splitter in eine Nierenschale. »Was würden Sie sagen, Doktor? Gebrannter Ton?«

Sie betrachteten die Ränder des Fragments, an denen noch deutlich Reste einer weißen Glasur zu erkennen waren.

Dr. Schesel prüfte kopfschüttelnd das Stück. Hätte er nicht gesehen, wie Hauke es aus der Wunde gezogen hatte, er hätte es nicht geglaubt.

»Haben Sie ein Mikroskop?«

»Leider nicht. Ich habe aber schon von diesen Apparaturen gehört.« Er schaute Hauke neugierig an. »Woher, um alles in der Welt, kennen Sie sich mit diesen Dingen aus? Erzählen Sie mir nicht, dass das zur Ausbildung eines Polizisten gehört.«

Sorgsam legte Hauke das Stück zur Seite. Dann widmete er sich wieder der Untersuchung des Toten. Neben den beiden größeren Verletzungen hatte Strasser noch eine ordentliche Beule am Schädel. Jetzt galt es, die Leichenflecken und ihre Lage zu prüfen und die Hautfalten zu untersuchen. Die Totenstarre hatte leider schon längst nachgelassen, sodass ein Rückschluss auf den Todeszeitpunkt nicht mehr möglich war. Abgesehen davon waren derartige Berechnungen meistens nur grobe Schätzwerte.

Hauke wusste, er war Dr. Schesel noch eine Antwort schuldig. Er hätte sagen können, dass die junge Kriminalpolizei speziell dafür ausgebildet wurde, Kapitalverbrechen aufzuklären, und dass dazu auch ein paar medizinische Kenntnisse gehörten. Doch das wäre nur die halbe Wahrheit, denn einen großen Teil seines pathologischen Wissens verdankte Hauke seinem Londoner Freund Thomas Bond, einem blassen Arzt mit schweren Ringen unter den Augen.

Die beiden Männer hatten sich kennengelernt, als Hauke vor einigen Jahren mehrere Todesfälle an Bord hatte und vermutete, auf seiner Reise eine unbekannte Krankheit eingeschleppt zu haben. Bond untersuchte Haukes Männer, wobei Hauke ihm assistierte. Bond war ein hervorragender Arzt am Westminster Hospital in London, der eine gewisse Berühmtheit erlangt hatte, als er im Auftrag von Scotland Yard eine Mordserie in der Stadt untersucht hatte, deren Opfer vor allem Frauen des schäbigen Stadtteils Whitechapel waren. Bond sagte einmal zu Hauke, dass er überzeugt sei, dass Tote »reden« könnten. Er war sicher, mit Hilfe wissenschaftlicher Methoden Mörder überführen zu können.

Hauke und Bond waren sich sehr ähnlich, denn sie suchten die Wahrheit, um den Lauf der Dinge verstehen zu können. Heute wusste Hauke, dass diese Suche einer Odyssee ähnelte, die einen guten Mann in den Wahnsinn treiben konnte. Und er wusste ebenso, dass er nicht anders konnte, als der Wahrheit dennoch nachzujagen.

Drei Stunden später saß Dr. Schesel an seinem Schreibtisch und unterschrieb den Bericht der äußeren und der inneren Leichenschau. Sie hatten Wasser in der Lunge des Mannes gefunden. Die Vermutung lag nahe, dass er noch gelebt haben musste, als er auf dem Schleusenboden lag.

Als Hauke seine Jacke anzog, sagte Dr. Schesel: »Sie haben vorher gewusst, dass es Mord war, richtig?« Er reichte Hauke die Mappe.

»Ich hatte es befürchtet, ja. Allerdings gebe ich offen zu, dass mir ein Unfall lieber gewesen wäre.«

Wahrscheinlich würde Bahnsen in Kiel einen Tobsuchtsanfall bekommen, weil Hauke den Fall des toten Ingenieurs nicht unter den Teppich gekehrt hatte. Mehr aber ärgerte Hauke, dass es immer unwahrscheinlicher wurde, den entflohenen Mörder vom Markt zu finden.

»Und was passiert nun?«

Hauke hoffte, eine Ablösung aus Kiel zu bekommen. »Warten wir es ab, Doktor.«

Kurz darauf verließ Hauke die Krankenbaracke, um zum Postamt nahe der Kirche zu gehen. Dort würde er per Boten seinen Zwischenbericht und das Ergebnis von Dr. Schesel nach Kiel schicken.

»Moin!«, rief Karl, der vor der Tür auf ihn gewartet hatte.

BERLIN. (POSTTARIFERHÖHUNG) DER 1895 IN DEUTSCHLAND GÜLTIGE POSTTARIF, GRÜNDEND AUF DIE GESETZE ÜBER DAS POSTTAXWESEN SOWIE AUF DIE POST-ORDNUNG VOM 11. JUNI 1892, SIEHT FOLGENDE NEUE GEBÜHREN FÜR DEN VERKEHR INNERHALB DEUTSCHLANDS SOWIE MIT ÖSTERREICH-UNGARN EINSCHLIESSLICH BOSNIEN UND HERZEGOWINA: BRIEFE: 10 PFG BEI GRÖSSEREM GEWICHT (AB 15 GRAMM): 20 PFG BEI UNFRANKIERTEN BRIEFEN ZUSCHLAGPORTO: 10 PFG POSTKARTEN (FRANKIERT): 5 PFG, MIT ANTWORT: 10 PFG
Originalauszug: Kieler Zeitung 1895

Der mehrseitige Zwischenbericht in Haukes Händen wog schwer. Er schob das Paket über den Tresen dem Postbeamten entgegen, der mit Ärmelschonern und tintenfleckigen Händen bereits das Formular ausfüllte.

Hauke hätte die Seiten auch in Brunsbüttelhafen über die Posthilfsstelle nahe den Baracken versenden können. Allerdings wurde Letztere von einem Freiwilligen betrieben, der auf Hauke nicht den flottesten Eindruck machte. Auf die Möglichkeit, die Sendung über den Herrn Amtsvorsteher nach Kiel bringen zu lassen, verzichtete Hauke, denn er war sich nicht sicher, wie weit der Einfluss Jennings reichte. Und dass dieser höchst interessiert an seinem Bericht war, konnte Hauke nicht ausschließen.

»Kiel?«

»Ja. Polizeipräsidium. Zu Händen dem Ersten Kriminalkommissar Ernst Bahnsen, Martensdamm.«

Der Postbeamte stotterte: »Polizei? Sind Sie der ...?«

Hauke tippte mit dem Zeigefinger auf das Formular. »Martensdamm. Bahnsen. Mit ›h‹. Der Brief muss per Eilboten sofort nach Kiel gebracht werden.«

»Eilboten, natürlich. – Sind Wertsachen enthalten? Geld oder Ähnliches?«

»Nein«, meinte Hauke nur knapp, obwohl die Seiten in dem Kuvert für ihn sehr wohl wertvoll waren. Sie würden belegen, warum er eine Mordermittlung führte – ohne Erlaubnis seines Vorgesetzten.

Er legte einen weiteren Brief auf den Tresen. »Und dieser geht ebenfalls per Boten nach Kiel.«

Der Postbeamte überprüfte die Adresse des Empfängers. »Staatsanwaltschaft Kiel.«

Er griff zu einem weiteren Formular, um auch dieses auszufüllen. Damit fertig, deutete er zu einer großen Uhr, die hinter ihm an der Wand hing. »Der Bote wird gegen Abend in Kiel ankommen und beides sofort überbringen. Sollen die Empfänger ausgewiesen sein?«

»Ja.«

Jetzt begann der Postbeamte, das Porto auszurechnen. »Eilzustellung: sechzig Pfennig; Brief mit Zustellungsurkunde: zwanzig Pfennig; Lieferung Landesbestellbezirk Kiel: sechzig Pfennig; Bote pro Kilometer: fünfzehn Pfennig zuzüglich Gebühr für eine versiegelte Tasche: fünfzehn Pfennig, mal zwei … macht …« Er schaute auf. »Dreiunddreißig Mark zehn.«

Hauke schluckte. Das Porto entsprach einem Monatsgehalt. Während er aus seinem Portemonnaie das Geld holte, hoffte er, man möge ihm diese Auslagen ersetzen. Was er allerdings bezweifelte. Sobald Bahnsen erfahren würde, dass Hauke auch die Staatsanwaltschaft informiert hatte, würde er derart aus der Haut fahren, dass Haukes Entlassung unausweichlich war. Gleichzeitig aber war der Brief an den Staatsanwalt für Hauke eine Versicherung gegen eine Entlassung, denn Bahnsen würde erklären müssen, warum er ihn vom Fall abzog und zum Teufel schickte. So hoffte Hauke jedenfalls.

Schwungvoll setzte der Postbeamte seinen Stempel in die untere Ecke des Formulars, klebte alle notwendigen Marken auf die Kuverts und nahm das Geld entgegen.

Sorgsam steckte Hauke die Quittungen in seine Jackentasche.

BRUNSBÜTTEL. DER PEGELTURM, WELCHER EINE HÖHE VON 18 METER ERREICHEN WIRD UND DURCH GROSSE WEITHIN ERKENNBARE ZEIGER SOWOHL DEN WASSERSTAND IN DER ELBE WIE IN DER SCHLEUSENKAMMER UND IM BINNENHAFEN ANZEIGEN SOLL, NÄHERT SICH DER VOLLENDUNG.

Originalauszug: Kanalzeitung 1894

Hauke verließ die Post. Karl, der an einen Baum gelehnt stand, stieß sich ab und eilte zu ihm hinüber.

»Was tun wir jetzt?«, wollte der Junge wissen. Dabei leuchteten seine Augen.

»Wir sehen uns noch einmal die Nordkammer an.«

»Die Schleuse, in der der Herr Ingenieur starb? Warum?«

Kaum hörbar murmelte Hauke: »Ich bin mir nicht sicher, ob wir nicht etwas übersehen haben.«

Die Schweißarbeiten am inneren Tor der Nordkammer hatte man fast beendet. Die Arbeiter hatten begonnen, das Holzgerüst abzubauen.

Hauke und Karl traten vom Kai auf das Tor, das nun mit einem sichernden Geländer versehen war. Die beiden lehnten sich darauf und blickten in die Tiefe.

»Wo hast du gelegen, Karl, als man den Strasser fand?«

Der Junge wies zu einer Stelle, die etwas weiter rechts lag.

Hauke stellte sich genau dort hin, dann kniete er nieder.

»Und der Tote lag dort drüben?«

»Ja«, antwortete Karl und schien zu ahnen, warum Hauke es so genau wissen wollte. »Seine Schuhsohlen zeigten direkt in meine Richtung.«

»Und die Männer unten standen wo?«

Mit ausgestrecktem Finger deutete Karl nach links.

Hauke nickte. Obwohl er nicht glaubte, dass es viel bringen würde, wollte er Jennings, die Italiener und Mehlert fragen, ob ihnen etwas an den Schuhsohlen des Toten aufgefallen war.

Er nickte zur gemauerten Wand der Schleuse hinüber, wo

akkurat aufgestapelte, schwarzrötlich glänzende Ziegelsteine lagerten. »Waren die schon hier, als man Strasser fand?«

»Ja. Die Mauer muss immer wieder ausgebessert werden, weil die Quelle dahinter alles unterspült, solange das Wasser nicht abgepumpt ist. Letztens ist ein großes Stück von der Mauer einfach zusammengebrochen. Einer von den Italienern wurde von den Ziegelsteinen erschlagen.«

»Wir gehen hinunter«, entschied Hauke.

Karl, der immer zwei Schritte neben Hauke war, beobachtete genau, wie dieser den Boden der Schleuse absuchte, dann ein weiteres Mal die Sprossen der Leiter begutachtete und zum Schluss zu dem Ziegelhaufen ging.

Hauke begann, Ziegel für Ziegel in die Hand zu nehmen. Er betrachtete jeden Stein von allen Seiten, bevor er ihn zurücklegte, um den nächsten zu nehmen.

»Heureka!«, rief Hauke plötzlich aus.

Mit der Fingerspitze tippte er auf den Ziegelstein in seiner Hand. Eine Ecke fehlte. Deutlich konnte man Blutspuren und Haarreste am Rand der Absplitterung erkennen. Bei oberflächlicher Betrachtung wäre die eigentümliche Färbung auf dem schwärzlich gebrannten Ziegel nicht aufgefallen.

Aber dann verfinsterte sich Haukes Miene. »Bedauerlich«, murmelte er.

Karl kam näher. »Was ist bedauerlich, Herr Kommissar?«

»Dass ich auf dieser rauen Oberfläche keine Fingerabdrücke finden werde.«

Irritiert blickte ihn Karl an.

Hauke lächelte. »Hast du schon einmal etwas von der Daktyloskopie gehört?«

»Was ist das?«

»Es handelt sich um ein neues Verfahren, mit dem Verbrecher überführt werden können. Die Linien an deinen Fingern und Füßen sind einmalig«, begann Hauke, während er den Stein in seiner Hand begutachtete, »es gibt keinen Menschen auf der Welt, der exakt die Linienform hat, wie du sie hast.«

Karl betrachtete ehrfürchtig seine Fingerkuppen.

»Wenn jemand einen Abdruck seines Fingers zum Beispiel auf einem Glas hinterlässt, ist es mit Hilfe des neuen Verfahrens möglich, denjenigen zu finden, zu dem der Abdruck gehört. Also auch denjenigen, der das Glas in der Hand hatte.«

Karls Augen wurden groß.

»Erst kürzlich konnte man in Argentinien mit dieser Methode einen Doppelmord aufklären. Ich bin mir sicher, dass die neue Fingerabdruckmethode der altmodischen Bertillonage vorzuziehen ist.«

»Berti…?«

»Die Bertillonage vergleicht die Körpermaße von bekannten Tätern mit jenen, die die Zeugen angeben. Doch die Archive bei der Polizei sind nicht umfangreich genug, um wirkliche Erfolge vorweisen zu können. Außerdem können sich die Körpermaße von Tätern im Laufe der Zeit ändern, oder die Angaben der Zeugen sind ungenau. Die Furchen in den Fingerkuppen von Menschen aber sind unumstößlich und individuell.«

»Dann können Sie also jetzt sagen, wer Ludwig Strasser tötete?« Er sah auf den Ziegelstein.

»Eben nicht, mein junger Gehilfe. Raue Oberflächen sind ungeeignet, um Fingerabdrücke aufzunehmen. Außerdem funktioniert das neue Verfahren nur, wenn man einen Vergleichsabdruck hat. In unserem Fall müsste ich von allen Leuten am Kanal die Fingerabdrücke nehmen, um diese mit etwaigen auf einem Ziegel zu vergleichen.«

»Das aber geht nicht, weil man keine … Fingerabdrücke auf dem Stein finden kann«, sagte Karl zaghaft, während er noch immer seine Fingerkuppen betrachtete, als sähe er sie zum ersten Mal. »Aber was hilft uns dann der Stein?«

»Nicht viel, nur dass wir jetzt wissen, wie groß der Täter gewesen sein muss.«

»Ja?«

»Ludwig Strasser war einen Meter siebzig groß. Er hatte also etwa deine Größe.« Hauke holte mit dem Ziegel in der Hand nach hinten aus, als wollte er zuschlagen.

Karls Arm schoss schützend über den Kopf. Da hielt Hauke

mitten im Schlag inne. Er ließ den Stein langsam niederkommen, sodass Karl dem Weg folgen konnte. Der Stein hätte Karl auf dem Scheitel getroffen.

»Ich verstehe! Der Mörder muss also kleiner gewesen sein als Sie!«

»Erheblich kleiner. Kaum größer als einen Meter fünfzig.« Jetzt stockte Karl. »So kleine Leute haben wir hier nicht«, überlegte er. »Das kann nicht stimmen.«

»Doch, Karl, nämlich wenn Ludwig Strasser bereits auf dem Boden lag oder kniete.«

»Oh!«

»Und nun, Junge, bringst du mich zu deinem Onkel. Es wird Zeit, dass ich mit den Arbeitern spreche.«

Karl zögerte. »Sie glauben aber nicht, dass es einer von uns war, oder?«

»Warum bist du so besorgt?«

Karl druckste ein wenig herum. »Na ja …«

»Also?«

»Der Herr Ingenieur war nicht sehr beliebt bei den Arbeitern.«

»Ich weiß.«

»Er kam jeden Nachmittag zu den Abschnitten und brüllte, dass wir nicht schnell genug gearbeitet hätten. Oder dass irgendetwas nicht ordentlich genug ausgeführt worden sei.« Karl schaute Hauke trotzig an. »Das stimmte aber gar nicht! Wir haben gute Arbeit abgeliefert. Jeder von uns.« Er schien über die Heftigkeit seiner Worte zu erschrecken.

»Und?«

Karl seufzte, als fiele es ihm schwer, weiterzureden. »Na ja, der Strasser schrieb dann immer irgendetwas auf und ging damit zu Herrn Jennings.«

»Und der?« Langsam wurde Hauke ungeduldig.

»Der kürzte unseren Lohn«, kam es kleinlaut.

Jetzt wusste Hauke, warum Karl so zögerlich gewesen war. Er hatte ihm gerade mehrere hundert Verdächtige geliefert.

»Was ist mit der Gruppe Männer, die Herr Jennings kürzlich entlassen hat?«

»Die meisten sind zurück nach Hause gegangen. Einige aber lungern noch in Marne herum, hat mein Onkel gesagt.«

»Wohlan, damit habe ich noch einen Grund, mit ihm zu sprechen. Du weißt, wo er heute arbeitet?«

Karl nickte.

»Gut, bring mich zu ihm.«

Karl führte Hauke nicht über die Leiter nach oben zur Schleuse, sondern zeigte ihm den Weg durch das noch trockene Kanalbett. »Onkel Hermann müsste jetzt beim Fähranleger sein.«

Sie gingen ein Stück, bis Karl mit dem Finger zu einer Dampframme zeigte, die in einiger Entfernung geteerte Baumstämme in den Marschboden rammte, um die Anlegestelle für die neue Fähre zu befestigen.

Noch konnten die Leute zu Fuß von einer zur anderen Seite des Kanals gelangen. Aber schon bald würde hier Wasser sein, und jeder wäre auf die Fähre angewiesen. Für seine Untertanen aber solle die Überfahrt kostenlos sein, hatte der Kaiser noch vor Beginn des Baus höchstselbst festgelegt. Das hatte die Gemüter damals ein wenig beruhigt, denn durch den Kanal wurden Familien getrennt und Höfe geteilt, und so mancher befürchtete, nicht mehr zum Markt nach Brunsbüttelhafen gelangen zu können. Überall entlang des Kanals sollten Fähren fahren. Auch hier bei den Schleusen.

Während sie auf die Dampframme zumarschierten, erzählte Karl allerhand von der Baustelle und den Menschen, die hier lebten.

Es war erstaunlich, wie aufmerksam der Junge seine Umgebung betrachtete. Hauke warf Karl einen anerkennenden Blick zu. Vielleicht würde auch er einmal einen Sohn wie Karl haben. Kurz dachte Hauke an Sophie, und ein feiner Stich ging durch sein Herz.

Schließlich hatten sie die Baustelle erreicht. Hermann Mehlert wuchtete gerade mit einigen Männern einen schweren Stamm hoch, den man aufstemmte und in ein vorbereitetes Loch gleiten ließ. Schnell wurden schwere Steine an die Seiten des Baumstammes gelegt und Sicherungen angebracht, um den fast zehn Meter hohen Stamm am Kippen zu hindern.

Unterdessen fauchte hinter ihnen eine haushohe eiserne Ramme. Wie ein Drache stieß sie den Rauch aus dem Schornstein. Ein greller Pfeifton erklang.

Schnell traten die Männer zurück, als auch schon ein tonnenschwerer Hammer auf das Ende des Stammes niedersauste. An Eisenseilen zog die Ramme den Hammer wieder hoch, um ihn gleich darauf wieder herabfallen zu lassen. Stück für Stück versank so der Stamm im Morast des Kanalufers. Mit jedem Schlag ging ein leichtes Beben durch den Boden, in die Füße und Beine der Umstehenden.

Karl lief zu seinem Onkel und zupfte an dessen Jacke.

Mehlert drehte sich um. Er nickte erst dem Jungen, dann Hauke zu. Laut schrie er seinen Männern gegen das Schlagen der Ramme ein paar Anweisungen zu.

Er schob Hauke ein Stückchen weiter fort. »Herr Kommissar«, schrie er gegen den Lärm an und tippte an den Schirm seiner Mütze.

»Moin, Mehlert«, brüllte Hauke zurück, denn auch hier war der Krach höllengleich. »Ich will noch einmal mit den beiden Italienern reden. Und mit Ihnen auch.«

»Jetzt?«

Hauke nickte.

In diesem Moment zerriss ein Kreischen die Luft. Hauke und Mehlert fuhren herum. Die Dampframme begann, sich langsam zur Seite zu neigen. Metall wetzte auf Metall, ein Knarzen ging durch die eisernen Träger, auf denen der Hammer saß. Der aber hing nun schief, verfehlte mit dem nächsten Schlag den Baumstamm und riss das Gestell zur Seite, das den Stamm in Position halten sollte.

Mit einem mächtigen Schlag fuhr der Hammer gegen den noch sieben Meter aus dem Grund ragenden Baumstamm und zersplitterte ihn in tausend fliegende Teile. Pfeilgleich schossen Splitter auf die Männer zu, die nicht weit entfernt gestanden hatten.

Ein Schrei. Jemand war getroffen worden.

Da sah Hauke, dass Karl nicht weit genug von der Ramme entfernt stand.

Entsetzt starrte der Junge zu einem Verletzten hinüber, der vor Schmerz schrie. Unfähig, sich zu bewegen, fixierte Karl den Mann, während die Ramme sich langsam über ihn beugte.

Hauke reagierte als Erster. Er schubste Mehlert zur Seite. Weniger als zwanzig Meter trennten Hauke von Karl.

»Weg da!«, brüllte er Karl zu und wedelte wild mit den Armen.

Karl aber glotzte nur regungslos auf den wie ein Streichholz gebrochenen Baumstamm, während hinter ihm die Eisenträger der stürzenden Dampframme immer näher kamen.

Jetzt hatte auch Mehlert bemerkt, in welcher Gefahr sich Karl befand.

Hauke hörte ihn hinter sich aufschreien.

Das eiserne Ungetüm verlor seinen letzten Halt. Mit einem gellenden Kreischen kippte es dröhnend zur Seite.

In letzter Sekunde griff Hauke nach dem Jungen, als er auch schon einen heftigen Schlag gegen seinen Oberschenkel spürte. Dann fielen beide in den Dreck. Hauke drückte Karl fest an sich.

Ein Zittern ging durch Karls Körper. Aus weit aufgerissenen Augen schaute er in Haukes Gesicht.

Endlich hatte Mehlert sie erreicht. Seine Stimme war brüchig. »Hast du dich verletzt, Junge?«

Er zog Karl am Ärmel der Jacke hoch und nahm ihn in die Arme. »Gott sei Dank«, murmelte er immer wieder.

Hauke wollte aufstehen, als ein Schmerz durch sein Bein schoss. Er stöhnte auf.

Das Hosenbein war zerrissen, und aus einer Wunde darunter blutete es stark. »Sie müssen in die Krankenstation, Herr Kommissar.«

»Unsinn, es geht schon.«

Er humpelte zu der Ramme hinüber. Sie lag, einem toten Tier ganz ähnlich, auf der Seite. Die Ofentür war aufgesprungen. Rot glühende Kohlen rollten in den schwarzen Matsch. Dampfend und zischend lief Wasser aus dem Kessel. Noch war das Tier nicht gänzlich tot.

Das splitternde Holz des Baumstamms hatte einige Männer getroffen. Einer schrie vor Schmerzen auf, während die anderen ihn aufhoben, um ihn auf einer Trage in die Krankenbaracke zu bringen. Weitere Arbeiter kamen von der Schleuse durch das Kanalbett herbeigeeilt, um zu helfen. Irgendwo schrillte eine Signalpfeife, woraufhin die Verantwortlichen sofort zur Unfallstelle zu kommen hatten und die Krankenstation vorbereitet werden musste.

Mehlert nahm seinen Neffen noch einmal kräftig in den Arm. »Mensch, Junge, deine Mutter hätte mich in der Elbe ersäuft, wenn dir auch noch was passiert wäre. Es reicht schon, dass dein Vater nicht mehr zurückgekommen ist.« Sie gingen zu einem Stapel Baumstämme hinüber, der nicht weit entfernt lag.

Da bemerkte Hauke einen Mann. Er hatte ihn schon einmal gesehen. Nur war es nicht hier an der Baustelle, sondern auf der anderen Seite des Kanals gewesen. Es war der junge Mann, der bei seiner Großmutter, die der Bierkutscher »Mette« genannt hatte, in einer halb verfallenen Kate am Kanalbett wohnte.

In der Hand hielt er einen großen Schlaghammer, den er immer wieder hin und her schwang. Er machte keine Anstalten, den Verletzten zu helfen, und schien auch sonst von dem schrecklichen Unfall vor seinen Augen wenig beeindruckt zu sein.

»Mehlert«, rief Hauke und deutete auf den jungen Mann, der jetzt Fersengeld gab. »Halten Sie ihn auf!« Hauke selbst musste die Verfolgung nach nur wenigen Schritten aufgeben.

Sofort rannten vier Arbeiter hinter dem Flüchtenden her. Der Mann war groß und erstaunlich schnell. Außerdem hatte er einen Vorsprung. Hauke konnte nur hoffen, dass die Männer ihn noch einholen würden.

BRUNSBÜTTEL. DR. MITTELHEUSER IST JEDEN TAG IN SEINEM HAUSE FÜR ZAHNLEIDENDE ZU SPRECHEN. KÜNSTLICHE ZÄHNE, BEI BEDARF VON MEHREREN, PRO ZAHN 3 MARK. UMARBEITUNG NICHT PASSENDER GEBISSE BILLIGST.

Originalauszug: Kanalzeitung 1895

Der Vernunft gehorchend, jedoch gegen seinen Willen, ließ sich Hauke in die Krankenstation bringen. Jetzt saß er auf einem Stuhl und schaute Dr. Schesel zu, wie dieser die Wunde nähte.

»Das wäre nicht nötig gewesen, Herr Doktor«, presste Hauke die Worte durch die Zähne.

»Mein Lieber, Sie mögen sich mit den Toten gut auskennen, aber die Lebenden überlassen Sie bitte mir.«

Dr. Schesel verknotete den Faden, nahm eine Schere und schnitt ihn ab. Als Nächstes verband er Haukes Bein. »So, das sollte vorerst halten.«

Er richtete sich auf und schaute Hauke mit ernster Miene an. »Mindestens eine Woche Ruhe, Herr Kommissar. Ansonsten platzt die Naht und ich habe Sie ein weiteres Mal hier sitzen. Ich gebe Ihnen noch Tropfen gegen die Schmerzen mit.«

Er drehte sich zu einem Regal und holte ein braunes Fläschchen herunter. »Da fällt mir ein, Sie baten mich, den Anzug von Strasser zu besorgen. Jenen, den er in der Nacht getragen hatte.«

Hauke horchte auf. »Ja, und?«

»Pastor Eggerstedt gab ihn einem Mann, der auf der Durchreise war. Eine milde Gabe, wie Eggerstedt sagte.«

Gerade wollte Hauke leise fluchen, als die Tür zum Behandlungszimmer aufgestoßen wurde.

Elisabeth Jennings rauschte herein. »Ah, da ist ja unser Held!« Mit einem leisen Stöhnen erhob Hauke sich von dem Stuhl und deutete eine Verbeugung an. Der Schmerz in seinem Bein aber ließ ihn sogleich wieder zurückfallen.

Hinter Elisabeth betrat Jennings den Raum. »Mein lieber Sötje!« Er nahm Haukes Hand und schüttelte sie kräftig. »Wie ich hörte, haben Sie dem jungen Karl Mehlert das Leben gerettet. Ausgezeichnet, ganz famos.«

Gerade wollte Hauke etwas erwidern, als ihm schwarz vor Augen wurde.

Dr. Schesel kam herbei, um ihn zu halten. »Sie haben eine Menge Blut verloren.«

»Ja, kann er denn überhaupt seinen Dienst verrichten?«, wollte Jennings wissen.

Bevor Dr. Schesel antworten konnte, hatte sich Jennings aber bereits zu Hauke gedreht. »Sie werden natürlich um Ihre Ablösung in Kiel ersuchen, Sötje.«

Hauke gedachte nicht im Geringsten, Jennings diesen Gefallen zu tun.

»Ich denke, es wird das Beste sein, Papa, wenn der Herr Kommissar vorerst bei uns wohnt.« Sie legte ihre Hand auf den Arm ihres Vaters. »In einem dunklen Gasthofzimmer wird er nur trübsinnig und wohl kaum genesen.«

Hauke wollte widersprechen, aber Dr. Schesel kam ihm zuvor.

»Sie sollten die Einladung beherzigen, Herr Sötje, denn ich werde Sie nicht in das Zimmer in Wagners Hotel zurückkehren lassen. Sie brauchen Pflege. Entweder Sie nehmen das großzügige Angebot für ein paar Tage an, oder ich weise Sie in die Krankenstation in Burg ein. Die Reise auf einem Fuhrwerk wird holperig, schmerzhaft und mindestens zwei Stunden dauern.«

Als Hauke verbissen schwieg, fuhr er fort: »Sie müssen achtundvierzig Stunden unter Beobachtung bleiben, damit ein Wundstarrkrampf ausgeschlossen werden kann. Seien Sie vernünftig, Mann. Wundstarrkrampf ist tödlich.««

»Tödlich, Sötje, sehr tödlich«, wiederholte Jennings. »Habe mal einen Arbeiter daran krepieren sehen.«

Elisabeth nahm Haukes Jacke von der Lehne eines Stuhls und legte sie über ihren Arm. »Sobald Sie wieder auf den Beinen sind, können Sie tun und lassen, was Sie wollen, Herr Kommissar. Bis dahin werden meine Schwester und ich Sie pflegen.«

Mein Vater ist Ihnen das schuldig.« Sie wandte sich an Jennings.
»Nicht wahr, Papa?«

Dieser nickte. »Natürlich stehe ich in Ihrer Schuld, Sötje. Wenn dem Jungen etwas passiert wäre…« Er sprach nicht weiter.

Hauke allerdings war sich ziemlich sicher, dass es Jennings nicht um das Leben von Karl ging. Vielmehr vermutete Hauke, dass die Arbeiter ihm ordentlich auf den Pelz gerückt wären, wäre dem Jungen etwas passiert. Eine umstürzende Ramme, die Karl tötete, hätte wie Öl auf dem Feuer ihrer Wut gewirkt. Ja, Jennings konnte ihm tatsächlich dankbar sein.

»Sie sehen also«, sagte Elisabeth strahlend, »dass es zwecklos ist, sich zu wehren.«

Bevor Hauke etwas erwidern konnte, lachte Jennings auf.

»Mein lieber Sötje, versuchen Sie nicht, sich gegen Frauen zu stellen. Sie werden mit Mann und Maus untergehen.«

Er schlug Hauke kumpelhaft auf die Schulter. »Niemals gegen den Sturm fahren, mein Guter. Das sollten Sie doch wissen.«

»Zwei Tage. Nicht mehr«, nahm Hauke das Angebot matt an. Allerdings hatte er nicht vor, sich in der Villa auszuruhen.

KIEL. 800 Telegraphenstangen sind hier aus den
Fürstlich Bismarck'schen Forsten wiederum
eingetroffen und in Schuten nach dem Nord-
Ostsee-Kanal geschafft, wo sie für die elektrische
Lichtanlage verwendet werden wollen.

Originalauszug: Kanalzeitung 1894

Man hatte für Hauke in der ersten Etage der Villa einen Raum hergerichtet. Am Ende des Flurs lag eines der drei Badezimmer mit fließend warmem Wasser, von denen Karl gesprochen hatte. Haukes Zimmer ließ es ebenfalls nicht an Luxus mangeln. Da stand eine Ottomane unter einem opulenten Ölbild, das ein griechisches Amphitheater zeigte. Das Bett war breit und schien mit all den Kissen recht bequem zu sein. Kein Staubkörnchen lag auf dem polierten Mobiliar.

Es roch ein wenig säuerlich nach Natron, einem Mittel, das Hausfrauen gern zum Reinigen von Silber nahmen oder zum Neutralisieren unangenehmer Gerüche. Alles war aufs Penibelste sauber. Dennoch bemerkte Hauke hinter einem runden Tischchen einige Stücke abgeblätterter Wandfarbe auf dem Fußboden. Ihm fiel ein, dass die Villa erst vor Kurzem fertiggestellt worden war. Wahrscheinlich waren die gemauerten Wände noch nicht ganz trocken. Das würde auch das Natron erklären. Sicherlich hatte man es gegen den Geruch von Feuchte in den Räumen verteilt. Ein ordentliches Feuer im Kamin hätte die Nässe bestimmt schnell aus den Wänden geholt. Allerdings gab es im Haus nur im Raucherzimmer einen Kamin. Sophie hätte gelacht, wenn sie seine Gedanken erraten hätte. Nichts könne er hinnehmen, ohne die Hintergründe erfahren zu wollen.

Haukes wenige Habseligkeiten hatte man in einem hohen Mahagonischrank untergebracht. Den Tisch hatte das Personal auf seinen Wunsch hin vor das Fenster gestellt. Hier saß er nun, die Flügel der Fenster weit geöffnet und das verletzte Bein auf einen Hocker gelegt. Stumm blickte er hinaus. Direkt an den Garten der Villa grenzte der Elbdeich, der das Land vor dem Fluss schützte. All das konnte Hauke in der Schwärze der Nacht nur erahnen, denn der Mond versteckte sich hinter dicken Wolken.

Hauke rieb sein schmerzendes Bein. Vor ihm auf dem Tisch stand das kleine braune Fläschchen. Hauke würde die Schmerztropfen darin nicht nehmen, auch wenn Dr. Schesel es befohlen hatte. Noch waren die Schmerzen auszuhalten. Hauke brauchte einen klaren Kopf.

Eine Brise kam vom Fluss herüber und wehte den Duft des Meeres in das Zimmer. Hauke schloss die Augen. Er sog den Hauch von Tang und salzigen Wogen tief in sich hinein. Erinnerungen exotischer Küstenlinien und ferner Häfen huschten an seinem inneren Auge vorbei. Er schmeckte das Salz in der Luft. Lachende Gesichter tauchten vor ihm auf, von Männern, die er einmal gekannt hatte und die seinetwegen nun tot waren. Schnell öffnete er die Augen.

Auf seinem Bett hatte er die Durchschläge des Berichtes abgelegt, den er nach Kiel geschickt hatte. Daneben lagen in Reihen Zettel, auf denen Hauke seine Beobachtungen und Notizen zum Fall Strasser notiert hatte, dem Mann, der mit einem Ziegelstein in der Nordkammer der Schleusen in der Nacht zum 12. ermordet worden war.

Jetzt aber war nicht die Zeit, um sich mit dem Fall Strasser zu beschäftigen.

Hauke starrte auf den Brief vor sich, dessen Zeilen ihr Geheimnis nicht preisgeben wollten. Noch immer war er mit dem Dechiffrieren keinen Deut weitergekommen. Noch immer hatte er keinen Hinweis, wer der Mörder des Sozialisten vom Marktplatz sein könnte.

So wie es aussah, hatte Hauke vor, zwei Morde aufzuklären, von denen der eine nicht seine Sache war und der andere ein Unfall hätte sein müssen. Bahnsen hatte ihn gewarnt, er solle den einfachen Weg nehmen, und Hauke wusste, dass er mal wieder den steinigen gewählt hatte. Er hätte den Mord in Kiel seinem Vorgesetzten überlassen und den Mord an der Schleuse einfach ignorieren können, so wie Bahnsen es gewünscht hatte. Aber das zu tun, war nun einmal nicht seine Sache. Er musste den Dingen auf den Grund gehen, bis alle Fragen beantwortet waren. Ein Segen und Fluch zugleich.

Es klopfte an die Zimmertür. »Herr Kommissar?«, hörte er eine leise Frauenstimme fragen.

Hauke griff nach dem Stock, den er an den Tisch gelehnt hatte. Mit einem leichten Stöhnen erhob er sich, humpelte zur Tür und öffnete sie einen Spaltbreit. »Ja, bitte?«

Margarete Jennings stand, im Licht zweier Gaslampen, auf dem Flur. In den Händen hielt sie ein Tablett, auf dem eine Tasse Schokolade mit ein wenig Gebäck lag.

»Ich dachte mir, Sie möchten vielleicht …« Ein dünnes Lächeln huschte über ihr blasses Gesicht. Unter ihren Augen lagen dunkle Ringe. Sie wirkte müde.

»Schokolade? Das wäre wunderbar«, sagte Hauke und öffnete die Tür, sodass sie eintreten konnte.

Zögerlich kam Margarete in Haukes Zimmer. Sie stellte das Tablett auf dem Schreibtisch am Fenster ab, während Hauke an der offenen Tür stehen blieb.

Aber anstatt den Raum wieder zu verlassen, verharrte sie am Tisch. Schweigend stand sie mit dem Rücken zu ihm und schaute in die schwarze Nacht hinaus, als müsste sie einen Entschluss fassen.

Unterdessen schlug unten in der Halle die Standuhr neunmal. Dann endlich drehte Margarete sich um. »Ich möchte mich für mein ungebührliches Benehmen entschuldigen, Herr Kommissar. Weder hätte ich Sie beschimpfen noch hinauslaufen dürfen. Selbstbeherrschung ist eine Tugend, die mir in letzter Zeit gänzlich zu fehlen scheint.« Sie versuchte ein Lächeln, das kläglich misslang.

Hauke räusperte sich. »Nun, in Ihrer Situation ist es nur zu verständlich, dass man sich … unpässlich fühlt.« Er fragte sich, wie Sophie auf die Nachricht seines Todes reagieren würde.

Beschämt blickte sie zu Boden. »Sind Sie mit Ihren Untersuchungen schon weitergekommen?«, wechselte sie eilig das

Thema. »Man versucht es vor mir geheim zu halten, aber ich weiß, dass Ludwig …« Sie schluckte. »Wissen Sie, wer es war?«

»Wir können einen Unfall ausschließen, Fräulein Jennings. So viel ist klar. Alles Weitere wird sich zeigen.«

Sie nickte und schritt in seine Richtung.

Als sie schon fast auf den Korridor getreten war, fragte Hauke: »War Ludwig Strasser am Abend vor seinem Tod noch bei Ihnen?«

»Bei mir?« Sie fuhr herum. »Warum sollte er bei mir gewesen sein?«

»Nun, er trug einen guten Anzug und hatte saubere Schuhe an. Es wirkte fast so, als hätte er sich für den Abend besonders hergerichtet.« Hauke dachte an die Krawattennadel.

»Vielleicht ging er zu einem Theaterabend im Hotel zur Post oder in ein Konzert?«

»Nein, an dem Abend gab es in der ganzen Gegend weder Theatervorstellungen noch Konzertabende. Könnte er jemanden besucht haben?«

»Wen denn?«

»Warum trug er seinen besten Anzug?«

Sie schaute auf ihre Hände hinab. »Seinen guten Anzug trug er damals, als er um meine Hand anhielt. Doch sonst nur zu Weihnachten und zum Geburtstag unseres Kaisers.«

»Dann muss der Anlass für Ludwig Strasser ein bedeutender gewesen sein.«

»Es scheint fast so.«

»Und Sie sind sicher, dass er nicht zu Ihnen wollte?«

»Glauben Sie mir, für mich hätte er sich nicht mehr so herausgeputzt.« Margarete verließ das Zimmer.

Grübelnd blickte Hauke ihr nach.

Auf dem ersten Treppenabsatz drehte sie sich nochmals um. »Herr Sötje, ich vergaß ganz, Ihnen diesen Brief zu geben.«

Sie kam zurück und reichte Hauke einen kleinen Umschlag. Als Hauke auf die zarte Handschrift schaute, setzte sein Herz für einen kurzen Moment aus. Eilig bedankte er sich und schloss die Tür.

Er schob das Tablett auf dem Tisch zur Seite und öffnete Sophies Nachricht.

Als die Sonne aufging, starrte Hauke noch immer auf die Zeilen in seiner Hand. Sein Bein war taub. Der Kopf leer. Er spürte das Blut in seinen Schläfen pochen, aber der Körper, in dem er sich befand, war nicht mehr seiner.

Er hatte die Zeilen in dieser Nacht hundertmal gelesen, gleichwohl wollten sie ihm nichts anderes sagen, als dass Sophie fort war.

Fräulein Bender hatte Sophie tatsächlich noch am Bahnhof erreicht. Mit vielen gut meinenden Worten habe sie den Brief überreicht, schrieb Sophie. Aber es war zu spät gewesen. Sophie hatte sich bereits entschieden, die Stellung bei Konsul Winter anzunehmen. Und nicht nur das. Glücklich berichtete sie in ihren Zeilen, dass die Familie vorhabe, zukünftig in Hamburg zu leben, wo man im feinen Uhlenhorst eine Villa gekauft habe. Sophie schrieb, die fünf Kinder des Herrn Konsul seien allesamt wunderbar. Besonders schien die jüngste Tochter des Hauses Winter, ein Wildfang von vier Jahren, es Sophie angetan zu haben. »Sie ist so klug und geschickt, so wissbegierig und lebendig, dass es mir eine Freude sein wird, sie zu unterrichten.«

Für Hauke war offensichtlich, dass Sophie schon jetzt ihr Herz an die Kinder des Herrn Konsul verloren hatte. Einem traurigen Mann, wie sie schrieb, der erst im letzten Jahr seine Gemahlin verloren habe und dessen Haushalt dringend einer Frau bedürfe.

Hauke wollte laut aufschreien.

Doch er hatte sich bereits in seinem tiefsten Inneren versteckt. Niemand hörte ihn nach Sophie rufen.

ACHTUNG!
IN WESTERBÜTTEL, DER TIEDEMANN PETER,
DIESER VERFLIXTE SCHWERENÖTER
EMPFIEHLT DEM LIEBEN PUBLIKUM
VON WESTERBÜTTEL UND SO RUNDUM
SEINE NEU ERRICHTETE VIEHWAAGE,
DASS ER RICHTIG WIEGT, IST KEINE FRAGE.
DIES WÄGEN KOSTET WENIG SEHR,
WEN SICH KÖFFT EN KÄM UN BEER.
DRUM LIEBEN LEUT, HALTET ES IM SINN,
GEHT STETS NACH TIEDEMANN ZUM WÄGEN HIN.

Originalauszug: Kanalzeitung 1894

Man hatte Hauke ein opulentes Frühstück auf das Zimmer gebracht: Weißbrot mit Marmelade, eingelegte Früchte, Kaffee mit Sahne, goldgelbe Butter, zwei Eier, Speck. Unberührt stand das Tablett auf dem Tisch, während Hauke übellaunig aus dem Fenster schaute. Die Geräusche der Baustelle drangen zu ihm. Das gleichmäßige Schlagen der Rammen mit dem schrillen Warnton einer Dampfpfeife und dem Stampfen mehrerer kleiner Lastschiffe war zu hören. Unten auf der Elbe fuhren sicherlich Schutenverbände voll Sand den Fluss hinauf, um noch mehr Material für die Ziegelei Festge herbeizuschaffen oder Felsblöcke für die Absicherung der Uferböschungen zu bringen.

Er hatte kaum mehr als zwei Stunden geschlafen. Der Brief in seiner Hand hatte so viel geändert. Und auch nicht. Sophies Zeilen hatten nichts weiter als einen Traum zerstört. Niemals hatte sie ihm etwas versprochen. Und er hatte ihr nie direkt gesagt, dass er sein Leben mit ihr verbringen wollte. Er wusste, er hatte kein Recht, wütend zu sein. Und doch war er es. Er hatte zu lange gezögert, zu lange auf den richtigen Moment gewartet, zu lange Dinge vorgeschoben, weil er Angst hatte, sie könne ihn abweisen. Und nun war es zu spät.

Hauke drehte sich um. Sein Blick glitt über die feinen Möbel, das unangetastete Frühstück, die Schüssel mit Äpfeln auf dem kleinen Tisch. Und plötzlich ärgerte es ihn, dass er sich hatte nötigen lassen, hierherzukommen. Seine körperliche Schwäche am gestrigen Tag schien ihm nur eine ungenügende Entschuldigung dafür zu sein. Er wusste, dass die Gastfreundschaft der Familie nicht ohne Hintergedanken war. Er wusste, dass Dankbarkeit und Schuldgefühle oft eng beieinanderlagen. Zu gegebener Zeit würde Jennings die Gegenleistung einfordern. Wie hatte er sich nur so überrumpeln lassen können? Von Jennings ebenso wie von seinen Gefühlen für Sophie.

Ihr Brief brannte in seinem Herzen, obwohl er sich entschieden hatte, sie gehen zu lassen. Er würde keinen Versuch unternehmen, sie zu halten. Er wusste, dass ihn dies mehr Überwindung kosten würde, als alles andere in seinem Leben es je getan hatte. Nein, er würde ihrem Glück nicht im Wege stehen. Das zumindest versuchte er sich einzureden, während das Echo seiner Schmerzen noch immer in seinem Inneren wütete. Diesen Schmerz, das wusste Hauke, konnte er nur durch Arbeit bezwingen.

Grimmig begann er, seinen Seesack zu packen. Er war noch schwach, aber nicht so schwach, dass er weiter im Haus hätte bleiben müssen. Und erst recht nicht so schwach, dass er seine Arbeit nicht hätte erledigen können. Er würde Karl bitten, ihm das Zimmer im Hotel wieder herrichten zu lassen. Der Junge war findig und flink. Er würde Hauke begleiten und unterstützen, bis der Fall gelöst war oder die Wunde verheilt. Beides, so hoffte Hauke, war nur eine Frage von Tagen.

Er warf sich seine Jacke über, griff nach dem Stock, den Dr. Schesel ihm gegeben hatte, und humpelte aus dem Raum. Es war an der Zeit, mit Mehlert zu sprechen. War der Vorfall am Fähranleger tatsächlich ein Unfall gewesen? Hatte man den Kerl bei den Baumstämmen noch erwischt?

Mit jeder Stufe, die er die breite Treppe hinunterpolterte, zog ein Schmerz durch sein Bein. Schwer stützte Hauke sich auf den Stock. Als er den Treppenabsatz zur Halle erreicht hatte, ließ er den Seesack von der Schulter gleiten, um kurz auszuruhen. Da hörte er durch die offenen Türflügel des Speisezimmers Elisabeths Stimme.

»Wir sollten Vize-Kommandant von Bentheim einen Präsentkorb zukommen lassen. Ich nehme an, er wird danach einer Besichtigung der kaiserlichen Jacht zugeneigt sein.«

»Mein Kind, hoffst du etwa, bei dieser Gelegenheit einem der Prinzen zu begegnen?«, wollte ihr Vater wissen.

Elisabeths helles Lachen war zu hören. »Nein, Papa, zu dieser Zeit wirst du dem Kaiser und den Prinzen die Fortschritte an der Baustelle zeigen. Und ich werde die Ehre haben, dabei zu sein.«

»Ja, aber wer soll eine leere Jacht besichtigen?«

Hauke, den diese Frage auch interessierte, hob leise den Seesack und schlich ein paar Stufen weiter. Unten angekommen sah er Familie Jennings am langen Tisch im Esszimmer sitzen.

Jennings hielt die Kanalzeitung in Händen, die er aufmerksam las. Elisabeth wiederum war in einen Brief vertieft, der wahrscheinlich heute Morgen mit der ersten Post angekommen war. Der leere Umschlag lag neben ihrem Teller.

Ohne den Blick vom Papier in ihrer Hand zu wenden, griff Elisabeth zur Tasse, führte sie mit abgespreiztem Finger zum Mund und nahm einen Schluck daraus. »Natürlich wird Margarete die Jacht besuchen. Ich werde Frau Dr. Schesel bitten, sie zu begleiten.«

»Ich? Warum denn ich? Du weißt, dass ich mich unpässlich fühle. Außerdem werde ich schnell seekrank. Was soll ich denn dort?«, fragte Margarete erstaunt.

Elisabeth lachte. »Meine Liebe, du bist so entsetzlich naiv. Vize-Kommandant Graf von Bentheim wird mit einem kleinen Teil der Mannschaft an Bord der Jacht bleiben, während der Kaiser mit Gefolge die Schleusen begutachten wird.«

Margarete begriff noch immer nicht.

»Der Graf ist Witwer, meine Liebe.«

»Ich verstehe«, murmelte Margarete und musterte ihre Hände, die sie in den Schoß gelegt hatte. »Du hast nicht einmal den Anstand, ein paar Wochen zu warten. Jetzt, so kurz nach …« Ihre Stimme brach.

Hauke, der nun fast in der Tür stand, bemerkte, dass kein Krümel auf ihrem Teller lag. Die Tasse vor ihr war noch randvoll mit Kaffee. Offenbar hatte sie nichts gegessen und getrunken. Aufmerksam beobachtete er die schwarz gekleidete Margarete, die nun trotzig den Kopf hob.

»Ich soll mich einem Witwer an den Hals werfen?«

Elisabeth schwieg.

An den Vater gewandt fragte Margarete leise: »Warum kann ich nicht hier bleiben?«

Jennings legte die Zeitung, deren Lektüre er anscheinend beendet hatte, zusammen. »Es ist nichts dagegen einzuwenden, dass du meinen Haushalt leitest, Margarete. Aber es wäre besser für den Ruf der Familie, wenn du endlich einen Mann finden würdest. Möglichst einen, der *nicht* vor der Hochzeit umkommt. – Denk an die Zukunft deiner Schwester.«

»So ist es«, mischte Elisabeth sich ein. »Und ein Vize-Kommandant aus dem Umfeld des Kaisers könnte für uns gesellschaftlich von größtem Vorteil sein. Ich hörte, er gehe öfters mit Marschall von Bieberstein zur Jagd.«

Jennings nickte anerkennend. »Famos, mein Kind. Der Vize-Kommandant und der Staatssekretär des Außenministeriums. Wie weitsichtig von dir.«

»Ja, man sollte meinen, nach unserem gesellschaftlichen Stand sei es nur gerecht, in diese Kreise zu kommen, doch der Adel ist noch immer … wie soll ich sagen … *vertueux*.« Sie lachte.

Sie wandte sich an ihre Schwester. »Graf von Bentheim ist zwar nur ein einfacher Adeliger, aber die Familie braucht Geld. Und in deinem Fall können wir nun wirklich nicht wählerisch sein. Eine bessere Partie als Ludwig ist er allemal.«

Margarete starrte ihre Schwester mit schmalem Mund an. »Und du? Wen bekommst du? Wie immer nur das Beste vom Besten.« Ihr Ton war scharf.

Als Elisabeth auf diese Provokation nicht reagierte, warf Margarete ihre Serviette auf den Tisch und erhob sich.

Jetzt erst bemerkte sie Hauke. »Haben Sie gelauscht?«

Elisabeth fuhr auf ihrem Stuhl herum. Jennings blickte erstaunt auf.

»Die Tür stand offen.« Hauke ließ seinen Seesack auf den Boden gleiten und trat ein. »Wann wird denn der Kaiser erwartet?«

Jennings faltete die Serviette auf seinem Schoß zusammen. »Nun, ich denke in zwei oder drei Tagen. Er plante wohl einen Besuch der Insel Helgoland. Man musste umdisponieren. Ich nehme an, der Grund ist entweder das Wetter oder die Politik.« Sein Blick fiel auf Haukes Gepäck. »Wollen Sie uns schon wieder verlassen?«

»Ja. Ich danke für die Pflege. Es geht mir sehr viel besser.«

»Sie gehen zurück ins Hotel?«

»Ja.«

Nach einigen Sekunden des Schweigens nahm Jennings seinen Gedanken an den Kaiser wieder auf. »Also, wie ich sagte: Er sollte eigentlich nach Helgoland. Disponierte aber um. Wir müssen vorbereitet sein, Elisabeth. Und: Diskretion, mein Kind.« Jennings ließ sich nicht anmerken, dass ihm Haukes Abreise nicht passte.

Elisabeth nickte.

Tatsächlich wurde allgemeinhin angenommen, dass Kaiser Wilhelm II. mit der Insel Helgoland etwas Größeres im Sinn haben könnte. Er hatte zugunsten der Briten auf alle kolonialen Ansprüche nördlich Deutsch-Ostafrikas verzichtet, um den Felsen in der Deutschen Bucht bekommen zu können. Der ehemalige Reichskanzler Bismarck hatte den Vertrag des jungen Kaisers immer wieder als schlechten Tausch abgetan. Man habe einen Rock gegen einen Knopf getauscht, hatte der Alte aus dem Sachsenwald immer wieder gesagt und machte verbiestert Stimmung gegen seinen Kaiser.

Aber Hauke war anderer Meinung. Helgoland lag strategisch perfekt zwischen Weser und Elbe. Wenn man ins Kalkül zog, dass Wilhelm das Deutsche Kaiserreich als militärische Seemacht aufzubauen gedachte, wozu auch der Bau des Nord-Ostsee-Kanals gehörte, war der Tausch mit den Briten ein guter.

Egal, was ein entlassener und darum beleidigt grummelnder Reichskanzler in seinem Altersruhesitz dazu sagte.

»Der Kaiser wird nicht lange genug bleiben, um am Abend an einer Soiree zu seinen Ehren teilzunehmen«, überlegte Elisabeth laut. »Ich hoffe jedoch, dass es sich einrichten lässt, einen kleinen Empfang an den Schleusen für ihn zu geben.«

Jennings nickte. »Sicherlich wird er auf der ›Hohenzollern‹ reisen. Einige Kanonenboote werden die kaiserliche Jacht begleiten. Man wird auf der Elbe anlegen und mit Beibooten an Land kommen, nehme ich an. Ich werde mit Festge reden. Er soll die Landungsbrücke vor der Ziegelei herrichten lassen.«

»Können wir den Kaiser am Morgen oder eher am Nachmittag erwarten, Papa?«

»Er wird mit auflaufendem Wasser von der Nordsee her kommen«, mischte Hauke sich ein, obwohl seine Gedanken bei einem anderen Problem waren. »Mit Beginn der Ebbe wird er dann wieder abreisen. Die Schiffe kommen also am frühen Nachmittag und werden wohl nach drei Stunden wieder abreisen.« Hauke runzelte die Stirn. »Halten Sie es für ratsam, Herr Jennings, dass der Kaiser die Baustelle besichtigt?«

»Sie meinen, weil Ludwig Strasser tot ist?« Jennings erhob sich von seinem Stuhl. »Glauben Sie mir, Herr Kommissar, unser Kaiser interessiert sich vorläufig nicht für einen toten Ingenieur.« Er gab Elisabeth einen Kuss auf die Wange. »Kümmere du dich um den Empfang für den Kaiser. Ich werde Schulze vom Bauamt bitten, den gesellschaftlichen Teil des Besuches in deine Hände zu legen, mein Kind.«

Elisabeth lächelte ihren Vater dankbar an.

Hauke bemerkte, wie Margarete unterdessen mit zusammengepressten Lippen zwischen den beiden hin- und herblickte.

In diesem Moment kam das Dienstmädchen mit Hut und Mantel für den Hausherrn herein. Jennings erhob sich, um den Arbeitstag zu beginnen.

»Ich hoffe, es ist dir recht, Papa, wenn ich nach Marne fahre. Die Helling'sche ließ bestellen, mein neues Kleid sei zur

Anprobe fertig. Es wäre wundervoll, wenn ich das Kleid zum Besuch des Kaisers tragen könnte«, flötete Elisabeth.

Jennings knöpfte den Mantel zu. »Aber natürlich, mein Kind. Wir müssen Eindruck machen. Da darf man nicht knausern.« Er drehte sich zu Hauke. »Sind Sie sicher, dass Sie in der Lage sind, Ihre Untersuchungen weiterzuführen, Herr Kommissar? Sollte man nicht lieber eine Ablösung für Sie in Kiel anfordern?«

»Ich denke nicht, dass das nötig sein wird. Heute Morgen werde ich die Arbeiter befragen. Ich bin auf dem Weg zu den Baracken.«

»Die Arbeiter?« Jennings setzte seinen Hut auf. »Das ist gut. Mein Ingenieur hatte schon lange den Verdacht, dass unter ihnen heimliche Sozialisten sind. Aufwieglerisches Pack, gegen das es mit Härte vorzugehen gilt. Ich denke, es wird Ihnen Arbeit ersparen, wenn ich von allen verdächtigen Subjekten einen Rapport anfertigen lasse.« Er wandte sich der Tür zu.

»Sozialisten? Wie kommen Sie darauf, Herr Jennings?«

Jennings hielt in der Tür inne. »Nun, ein Toter in der Nordkammer, ein Anschlag auf die Baustelle am Fähranleger. Wer anderes als diese Vaterlandsverräter könnte hierbei die Finger im Spiel haben? Ich bin froh, dass Sie sich um die Angelegenheiten kümmern. Wilkens wäre damit überfordert, glauben Sie mir das.«

»Gibt es denn Hinweise auf Sozialisten in der Gegend?«, wollte Hauke wissen.

»Dieses Gesindel lungert doch überall herum.«

»Einen Unfall am Anleger halten Sie also für unmöglich?«

Jennings überlegte. »Nun, falls die Männer bei der Sicherung der Ramme nachlässig waren, werden sie den Schaden übernehmen müssen. Mehlert wird dafür auf alle Fälle die Verantwortung tragen.«

»Werden Sie ihn entlassen?«

Jennings lachte auf. »Einen Teufel werde ich. Der Mann ist der Beste. Nein, er wird mir den Schaden ersetzen müssen.«

»Schaden?«

»Natürlich! Egal, ob seine Leute gepfuscht haben oder ob ein

Anarchist die Ramme beschädigt hat, Mehlert ist der Vorarbeiter. Er wird zahlen. Die Arbeit am Anleger musste einen ganzen Tag lang ruhen. Wir haben Termine einzuhalten.« Jennings hob theatralisch die Hände. »Außerdem fällt die Ramme vorerst aus. Ich musste in der Nacht eine andere von Taterpfahl holen lassen. Drei Arbeiter liegen verletzt in der Krankenbaracke. Natürlich zahle ich ihnen keinen Lohn für die Ausfallzeit, aber ich habe jetzt zu wenig Arbeiter. Das bedeutet, alles geht noch langsamer voran. Und da der Unfall passierte, während die Männer unter Mehlerts Aufsicht standen, muss er folglich die Verantwortung übernehmen.«

Als er Haukes Blick bemerkte, lächelte er. »Sie meinen, ich sei zu streng mit meinem Vorarbeiter? Nun, wenn er klug ist, wird er seinen Leuten sagen, dass sie den Schaden von ihrem Lohn zu begleichen haben. Ich wiederum werde einen Teil ihres Lohns einbehalten, bis alles bezahlt ist. Man muss diesen ungehörigen Arbeitern mit starker, aber gerechter Hand begegnen. Sehen Sie das nicht auch so?« Jennings erwartete keine Antwort.

BRUNSBÜTTEL. GESTERN GERIETEN IN DER HANDWERKERBARACKE EINIGE MAURER UND STEINMETZER IN STREIT, WOBEI EINER DER ERSTEREN DURCH MEHRERE MESSERSTICHE IN LEIB UND SCHENKEL VERWUNDET WURDE. DER SCHWERVERLETZTE WURDE INS KRANKENHAUS GEBRACHT UND 3 MANN, WELCHE DIE BRUTALE THAT VERÜBT, WURDEN IN HAFT ABGEFÜHRT.

Originalauszug: Kanalzeitung 1894

Wieder einmal bewies Karl seine besondere Findigkeit, als er Hauke von der Villa mit einem Pferdegespann abholte.

»Dachte mir, dass das Bein noch nicht in Ordnung sein kann«, murmelte er, als er vom Bock heruntersprang, um Hauke den Platz zu überlassen.

Dankbar nickte Hauke. Auch wenn der Weg zu den Baracken nicht sehr weit war, so gedachte er, Dr. Schesels Rat zu folgen und das Bein zu schonen, sofern es ging.

Während Hauke neben dem Kutscher Platz nahm, krabbelte Karl nach hinten auf die Ladefläche.

»Wohin wollen Sie, Herr Kommissar?«

»Ich will mit deinem Onkel und den Arbeitern reden.«

Karl gab dem Kutscher die Anweisung, zur Handwerkerbaracke zu fahren.

»Jo«, sagte der und schnalzte mit der Zunge. Gemächlich rumpelte das Gefährt auf die Schillerstraße und von dort zu den Baracken der Arbeiter. Diese standen in Sichtweite zur Schleuse. Es waren lang gestreckte, ebenerdige Gebäude aus Holz mit einer schmalen Tür an einem Ende.

Hauke und Karl traten ein. Der Raum war karg eingerichtet. Hochbetten boten Schlafplätze für etwa zwanzig Mann. Ein eiserner Ofen in der Mitte sorgte an kalten Tagen für ein wenig Wärme.

Sobald der Winter einbrach, würde man einen Teil der Arbeiter nach Hause schicken, denn das Wetter machte es schwer, am Kanal zu arbeiten. Erst im Frühjahr stockte man für gewöhnlich die Arbeiterschaft wieder auf.

Hauke sah sich um. Über dem Ofen hingen auf einer Leine Wollsocken und derbe Arbeitshemden zum Trocknen. Jeder Arbeiter hatte sein eigenes Essgeschirr, das auf einem Regal an der Wand verwahrt wurde. Auf zwei einfachen Holztischen, die von Stühlen umringt waren, standen Bierflaschen. Die Baracke war leer.

»Die Männer kommen gleich von der Nachtschicht«, erklärte Mehlert. »Warum wollen Sie sie befragen? Wegen der Ramme?«

Hauke setzte sich auf einen der Stühle an den Tisch.

Mehlert blieb stehen. Er wirkte besorgt.

»Warum fragen Sie?«

»Tscha«, druckste er, »der Unfall war meiner Meinung nach kein Unfall.«

»Sabotage?«

Mehlert schien unschlüssig. »Als wir die Ramme untersuchten, entdeckte ich, dass mehrere Keile nicht an Ort und Stelle lagen. Jemand hatte sie entfernt. Dadurch war die Maschine nicht mehr im Lot. Jeder Schlag auf die Pfähle ließ die Ramme mehr zur Seite neigen, bis sie …«

Die Arbeiter kamen von ihrer Schicht. Ihre Hosen waren dreckverkrustet und die Hemden schweißnass. Sie hatten vierzehn Stunden geschuftet. Erschöpft schlurften sie herein, nahmen sich jeder eine Flasche Bier aus einem der Kästen, die nahe Haukes Stuhl standen. Misstrauisch blickten sie Hauke an.

»Was macht der hier?«, wollte einer der Männer von Mehlert wissen.

»Er sucht den Mörder vom Ingenieur.«

Die Männer gingen zu ihren Betten.

»Ist dem Schinder recht geschehen«, meinte einer von ihnen.

Hauke drehte sich zum Sprecher um. Es war ein bulliger Kerl mit eckigem Gesicht und einer Narbe über dem rechten Auge, dessen Bett in der äußersten Ecke des Raumes lag.

»Wie kommst du darauf?«

»Weil der dem Herrn Jennings Falschheiten erzählt hat. Hat gesagt, wir hätten die Mole zu langsam gebaut, den Brunnen drüben nicht tief genug gegraben, die Nieten für die Tore nicht vorschriftsmäßig geschweißt. Und dann hat er dafür gesorgt, dass man uns den Lohn kürzt. So einer war das. Hundesohn.« Er nahm einen großen Schluck aus der Flasche.

Andere Männer stimmten ihm murmelnd zu.

»Beschimpft hat er uns, der Schinder!«, rief einer.

Die Männer waren zwar müde von der Arbeit, aber die Wut war trotz des Todes von Strasser noch immer da.

Der Redner kam zu Hauke herüber. Grimmig schaute er auf ihn herunter. »Und jetzt wollt ihr uns auch noch den Tod von dem Kerl unterjubeln, stimmt's?«

Aufmerksam beobachteten die Männer, wie Hauke seinen Stock nahm und sich erhob. Jetzt war er auf Augenhöhe mit dem Mann. »Wer von euch hat dem Strasser gedroht?«

Der Kerl hielt Haukes Blick stand. »Keiner.«

»Lügner! Einer von euch war es.«

Das Gesicht des Mannes kam näher. »Und darum sind wir Mörder?«

»Seid ihr?«

Ein schmaler Arbeiter mit schütterem blonden Haar sprang behänd vom oberen Bett, auf das er sich gerade erst gesetzt hatte. »Wir sind nicht faul, und wir sind schon gar keine Verbrecher.« Er ging und tauschte seine leere Flasche gegen eine volle.

Mehlert trat zwischen Hauke und den Hünen, dessen Mundwinkel auffallend zuckte.

»Setz dich, Alfred!« Der Mann bewegte sich nicht. »Setz dich, Alfred Boysen, oder du kannst deine Papiere abholen!«

Langsam löste Boysen seinen Blick von Hauke.

An Hauke gewandt sagte Mehlert: »Ich kann für jeden der Männer meine Hand ins Feuer legen. Keiner von ihnen hätte dem Herrn Ingenieur etwas angetan.«

»Aber gedroht haben sie, oder?«

Mehlert überlegte sich seine Worte gut. »Na ja, wir sind alle aus Dithmarschen. Wir nehmen kein Blatt vor den Mund, wenn es drauf ankommt. Und Unrecht von oben mögen wir nicht.«

»Jo«, rief Boysen von seinem Bett aus. »Und schikanieren lassen wir uns auch nicht.«

Hauke wusste, was er meinte. Doch würden die Männer so weit gehen, einen Menschen zu töten?

»Ich könnte euch alle in Haft nehmen lassen. Es wäre mir ein Leichtes, euch nach Kiel zur Befragung zu schaffen, bis euch wieder einfällt, was ihr mir sagen wolltet. Also, wer hat Strasser und seiner Verlobten gedroht?«

Erbittert schwiegen die Männer.

»Hermann Mehlert«, sagte Hauke, »Sie tragen –«

»Ich war's!«, rief da der Schmale mit dem schütteren Haar. »Ich habe den Strasser und die alte Jungfer gesehen. Sie gingen die Straße entlang. Da habe ich ihm gesagt, was ich von ihm halte. Mehr nicht.«

»Wann war das?«

»Weiß ich nicht mehr.«

Hauke humpelte auf ihn zu und ergriff die Bierflasche, die der Mann gerade wieder an den Mund führen wollte. »Wann?«

Ungehalten wollte der Arbeiter eine Frechheit sagen, riss sich aber im letzten Moment zusammen. »Vor einer Woche. Gegen sieben Uhr. Die zweite Schicht war gerade zu Ende.«

»Wo warst du, als Strasser in die Grube fiel?«

Mehlert trat neben Hauke. »Er war an der Drehbrücke bei Taterpfahl. Sie brauchten dort Männer für das Gerüst. Der Hannes kam erst gestern Abend zurück.«

Hauke überlegte, dass der Mann zwischen zwei Schichten unmöglich die fast zwanzig Kilometer zu Fuß hätte zurücklegen, Strasser töten und wieder zurücklaufen können, ohne dass jemand es bemerkt hätte. Er ließ sich den vollen Namen des Mannes geben. »Gut. Das soll mir vorerst reichen.«

Hauke war sich ziemlich sicher, dass diese Männer in ihrer Wut jemanden vielleicht verprügeln würden, um ihren Standpunkt klarzumachen. Einen kaltblütigen Mord aber traute er ihnen nicht zu. Auch ein versehentliches Tötungsdelikt im

Zuge von Handgreiflichkeiten zwischen den Arbeitern und Strasser glaubte Hauke ausschließen zu können, denn dann hätte der Tote entsprechende Verletzungsspuren im Gesicht oder am Torso haben müssen, die auf eine Prügelei hindeuten könnten. Strasser hatte außer den drei Kopfwunden, von denen jene durch den Ziegelstein tödlich gewesen war, und einem Bruch der linken Elle sowie einigen blauen Flecken, keine weiteren Blessuren vorzuweisen. Der Armbruch mochte durch den Fall aus großer Höhe entstanden sein, die Kopfwunden aber waren der Schlüssel zur Lösung.

Hauke schaute sich in der Baracke genauer um. Kurz überschlug er die Anzahl der vollen und leeren Flaschen im Raum. »Wie oft kommt es unter den Arbeitern zu Schlägereien?«

»Die Männer sind keine Säufer, wenn Sie das denken sollten, Herr Kommissar«, verteidigte Mehlert, der Haukes prüfenden Blick bemerkt hatte, seine Leute. »Das Wasser an der Baustelle ist nicht mehr trinkbar, darum das Bier. Seit man das Grundwasser abgepumpt hat, um das Kanalbett und die Quelle an der Mole trockenzulegen, gibt es hier kaum noch einen funktionierenden Brunnen.«

»Das beantwortet aber nicht meine Frage.«

»Einmal die Woche, höchstens. Sergeant Wilkens weiß es aber besser.«

»Leben alle Arbeiter am Kanal so wie ihr?«

»Nein. Bei Vering sind weniger Männer in den Baracken. Der Vering macht mit seinen Leuten den Abschnitt ab der Grünentaler Brücke«, sagte einer der Männer. »Bei dem gibt's gutes Essen, anständige Preise im Laden und 'nen ordentlichen Lohn. Eigentlich sollte der Vering den Bauabschnitt von hier bis Kudensee zugesprochen bekommen, aber Jennings war billiger, sagen sie.«

»Verstehe.« Haukes Blick fiel auf ein Stück Papier, das halb unter einer Kiste mit Holzscheiten hervorlugte. Er beugte sich hinunter und zog einen bedruckten Zettel hervor. Es war der Aufruf zu einer Veranstaltung in Marne. Man solle in zwei Tagen in den Gasthof »Zum guten Kaiser« kommen, wo ein

»erbaulicher« Vortrag gehalten würde. Bei freiem Bier und Suppe würde ein gewisser Justus Gaule zu der Frage »Leben ohne Alkoholgenuss« sprechen.

Mehlert riss Hauke den Schrieb aus der Hand. »Verdammt! Wo kommt das her?«

Keiner antwortete.

»Ich will solch sozialistisches Verrätertum nicht auf meiner Baustelle haben! Habt ihr das verstanden?«

Hauke runzelte die Stirn. »Sozialistisch?«

Er konnte nichts Verdächtiges auf dem Zettel entdecken. Man hatte die Arbeiter zu einem geselligen Abend mit kleinem kulturellen Programm gebeten. Nun, das Thema des Vortrages und die Örtlichkeiten, nämlich ein Gasthof, standen in gewissem Kontrast zueinander. Auch das Freibier wollte nicht recht zum Thema des Vortrages passen. Unabhängig davon wirkte der Zettel harmlos. Andererseits hatte schon Jennings behauptet, dass Sozialisten sich in der Nähe der Kanalarbeiter aufhielten, was von Gesetzes wegen verboten war. Eine unverfängliche Veranstaltung bot sich geradezu an, um unter den Augen der örtlichen Polizei die Männer für gewisse politische Zwecke zu entflammen.

Mehlerts Halsader pochte, sein Gesicht lief rot an. »Ich hätte ihn melden sollen!«

»Wen?«

»Den Kerl, der das hier letzte Woche verteilt hat.« Aufgebracht wedelte er mit dem Papier herum und erzählte, dass ein Fremder mehrere Arbeiter angesprochen habe. Einer von ihnen habe Mehlert gesagt, dass es bei dem Vortrag um ganz andere Dinge gehen solle als um Schnaps, nämlich um Freiheit.

»Freiheit!«, schnaufte Mehlert verächtlich. »Die Männer würden allein für das Freibier hingehen.«

»Wie sah der Mann aus?« Hauke zog sein Notizbuch aus der Tasche. Er war sich nicht sicher, ob der Vorfall etwas mit Strassers Tod zu tun haben könnte. Vorsorglich schrieb er es auf, um die Angelegenheit gegebenenfalls an Wilkens weiterleiten zu können.

»Der war dünn und etwa so groß wie Sie, Herr Kommissar«, beschrieb Mehlert. »Keine vierzig Jahre war der alt. Aber das kann täuschen, denn er trug einen roten Bart. Und an der Hand fehlte ihm der Ringfinger.«

»Ein fehlender Ringfinger?« Hauke fuhr hoch. »An welcher Hand?«

Mehlert überlegte. »Rechts.«

»Sind Sie sicher, Mehlert?«

»Rechter Mittelfinger, ganz sicher.«

Haukes Gedanken rasten. Konnte das sein? Roter Vollbart, fehlender Ringfinger an der rechten Hand. Der Mörder aus Kiel war hier an den Schleusen gewesen. Hauke stopfte das Notizbuch in seine Tasche, griff nach dem Stock und verließ taumelnd die Baracke.

Verwirrt blickten die Männer ihm nach.

Draußen holte Hauke erst einmal tief Luft.

Wie konnte das sein? Ein Zufall. Es musste ein Zufall sein. Andererseits, wenn Hauke es recht überlegte, gab es eine logische Verbindung zwischen Kiel und den Schleusen hier: die Arbeiterbewegung im Land. Mit unerbittlicher Härte wies sie auf Missstände in den Fabriken hin, erklärte Armut nicht als gott-, sondern als gesellschaftsgegeben. Die Parteien forderten Kaiser und Regierung auf, die schlimmen Zustände der Menschen zu bessern. Allerdings forderten sie Veränderungen, für die das Land noch nicht reif war, wie Hauke fand.

Das aber klärte nicht die Frage, warum ein Mann auf einer Kundgebung den Redner erschoss, einen verschlüsselten Brief bei sich trug und zwielichtige Schriften verteilte, die wahrscheinlich einem sozialistischen Zweck dienten.

Hauke musste an den Besuch des Kaisers denken. Sein Atem stockte. Hatten sie es hier mit einem Attentäter zu tun? Unmöglich. Der Fremde hatte erst am Kanal verdächtige Zettel verteilt und danach in Kiel einen Menschen ermordet. Sofern es ein und dieselbe Person war, konnte man nicht davon ausgehen, dass sie überhaupt noch in der Gegend war. Somit war ein

Attentat auf den Kaiser unwahrscheinlich. Diese Annahme aber setzte voraus, dass es sich wirklich um ein und dieselbe Person handelte. Waren es zwei Männer, die zufällig Ähnlichkeiten besaßen, müsste Hauke die Anwesenheit eines Sozialisten wohl oder übel ernst nehmen. Er fluchte.

Gegen ein Attentat sprach auch, dass bis vor zwei Tagen überhaupt nicht klar war, dass der Kaiser kommen würde. Erleichtert seufzte Hauke und vermutete, dass die Schmerzen in seinem Bein ihm mehr zusetzten, als er zugeben wollte.

Ein Schreck durchzuckte seine Glieder. Der Brief! Wo war der Brief? Hauke griff in seine Jackentasche. Sie war leer. Dann erinnerte er sich, dass er die ominösen Seiten in seinem Gepäck gelassen haben musste, und das war bereits im Hotel.

Mit einer Hand massierte Hauke seine Stirn. Er war nervös. Zu nervös. Seine Gedanken gingen keine geordneten Wege, sondern tanzten umher. Vielleicht war es der Mangel an Schlaf, vielleicht auch nur Sophies Brief.

»Geht es Ihnen nicht gut?« Mehlert stellte sich neben Hauke.

»Ich brauchte nur frische Luft«, murmelte Hauke.

Er nahm sich vor, heute Abend einen weiteren Versuch zu unternehmen, die geheimnisvollen Seiten aus Kiel zu dechiffrieren. Und dieser Veranstaltung in Marne gedachte Hauke einen Besuch abzustatten. All das würde ihn von Sophie ablenken.

»Der junge Mann, der den Unfall an der Ramme beobachtete, Mehlert … Habt ihr ihn gefasst?«

»Flink wie ein Wiesel war der. Wir sind nach Kudensee hin. Aber bei seiner Großmutter war er nicht. Die Alte sagt, sie habe ihn seit Tagen nicht gesehen.«

»Sie lügt.«

»Ich weiß.« Mehlert schwieg eine Weile. »Meinen Sie wirklich, der hat unsere Ramme …? Ich kenne ihn schon lange. Er ist zwar ein Riese von Kerl, aber er hat das Hirn eines Schafs …« Mehlert klopfte mit dem Finger an seine Stirn. »Der weint, wenn mal ein Gaul krepiert oder ein Kalb tot geboren wird.«

»Ich muss ihn sprechen. Und seine Großmutter auch. Schicken Sie jemanden zu Sergeant Wilkens. Er soll den jungen Mann herbringen lassen.«

Mehlert nickte, tippte mit der Hand an seine Mütze und wollte gerade gehen, als Hauke ihn am Ärmel festhielt.

»Moment noch.«

Fragend drehte Mehlert sich zu ihm um.

»Herr Jennings meinte, er habe kürzlich ein Problem mit seinem Automobil gehabt.«

Mehlert grinste. »Jo. Der feine Herr blieb stecken. Die Männer der Baracke fünf mussten ihn mit Seilen rausziehen, habe ich gehört.«

»Wissen Sie, wer Herrn Jennings in der Nacht half?«

Mehlert zuckte mit den Achseln. »Waren keine von meinen Leuten.«

»Finden Sie es bitte heraus.«

Mehlert nickte. Dann ging er.

In diesem Moment kam Karl den Weg zur Baracke heraufgelaufen. In seiner Hand hielt er ein Papier. Es schien eine dringliche Angelegenheit zu sein, denn Karl war atemlos und verschwitzt, als er Hauke erreichte.

»Ein … Telegramm … eben … in der Poststation«, japste er.

Hauke nahm ihm das Telegramm aus der Hand und öffnete es, während Karl sich an der Barackenwand abstützte, um wieder zu Atem zu kommen.

Wie Hauke vorausgesehen hatte, gefiel dem Ersten Kommissar der Stadt Kiel das bisherige Untersuchungsergebnis im Fall Strasser nicht. Er forderte Hauke auf, noch einmal das Ergebnis zu überprüfen, da es an ihm, Bahnsen, liege, ob Haukes Beförderung auf Zeit weiterhin Bestand habe. Außerdem solle Hauke mehr mit den örtlichen Persönlichkeiten zusammenarbeiten. Es habe bereits Beschwerden gegeben, die Haukes Ablösung forderten. Vor allem, da Hauke einen Unfall gehabt haben solle, der es fraglich erscheinen lasse, ob er überhaupt noch einsatzfähig sei. Bahnsen behielt sich weitere Schritte in diesem Fall vor und erwartete den umfänglichen Bericht zum Vorfall Strasser binnen zwei Tagen.

Offensichtlich hatte sich Jennings in Kiel über ihn beschwert. Das aber störte Hauke nicht wirklich. Interessanter fand er, dass Bahnsen nicht sofort eine Ablösung für ihn geschickt hatte. Jemanden, der Bahnsen die Untersuchungsergebnisse lieferte, die er sich wünschte. Irgendetwas war in Kiel passiert, dass es Bahnsen unmöglich machte, den renitenten Sötje zurückzuholen.

»Interessant«, murmelte Hauke und ahnte, dass die Untersuchungskommission in Kiel ihre Arbeit aufgenommen haben musste.

»Stimmt es«, unterbrach Karl Haukes Gedanken, »dass der Kaiser kommt?«

Hauke nickte. Ihm war unwohl zumute, denn irgendwie ließ ihn die Idee nicht los, die Vorkommnisse am Kanal könnten etwas mit dem Besuch des Kaisers zu tun haben.

GESCHÄFTSEMPFEHLUNG. ZUR BEVORSTEHENDEN SAISON ERLAUBE ICH MIR, MEIN PUTZGESCHÄFT IN EMPFEHLENDE ERINNERUNG ZU BRINGEN. SÄMTLICHE NEUHEITEN SIND IN GROSSER AUSWAHL AM LAGER, BEI MÖGLICHST BILLIG GESTELLTEN PREISEN. ALTE HÜTE WERDEN NEU GARNIERT. HOCHACHTUNGSVOLL MARIE CORNELIUS, NEBEN BLOHMS HOTEL.

Originalauszug: Kanalzeitung 1894

Am nächsten Tag machte Hauke sich zur Jennings-Villa auf, um das Dienstmädchen zu befragen. Nun saß er unten im Souterrain der Villa am sauber geschrubbten Küchentisch und wartete darauf, dass das Mädchen seine Fragen beantwortete. Es roch nach Kernseife und Braten. Kupferne Töpfe hingen an der Unterseite eines Regals an Haken. Im Ofen glühten Reste des Feuers, auf dem die Mahlzeit für Familie Jennings gekocht worden war. Hauke hatte ganz bewusst diese Zeit gewählt, denn er hoffte, dass Jennings nicht hier sein würde, um die Befragung zu stören.

Unsicher stand das junge Ding nun vor Hauke, wobei es immer wieder seine Schürze glatt strich.

»Also, wann hattest du das Haus verlassen?« Seine Stimme klang härter, als er wollte.

Erschrocken blickte sie auf.

Verärgert über sich selbst, stellte er die Frage ein weiteres Mal, jetzt aber mit einem Lächeln und in milderem Ton.

Er wusste, dass sie um ihre Anstellung fürchten musste, wenn die Jennings erfuhren, dass sie ihn eingelassen hatte, ohne der Familie Bescheid zu geben. Andererseits hatte Hauke ihr mit einer Vernehmung bei Feil gedroht, ja sogar von einem Verhör in Kiel gesprochen. Er hatte sie zwischen Pest und Cholera wählen lassen.

Immer wieder huschte ihr Blick zur Tür hinüber, als erwartete sie jeden Moment das Unvermeidliche. »Herr Jennings«, flüsterte sie fast, »verließ kurz nach mir das Haus. Er ist mit diesem Automobil an mir vorbeigefahren.« Die letzten Worte sprach sie voll Abscheu aus.

»In welche Richtung fuhr er?« Hauke notierte ihre Aussage in sein Büchlein.

»Zur Schillerstraße hin.« Unsicher schaute sie Hauke an. »Diese neuen Geräte machen einen scheußlichen Lärm, wussten Sie das? Jemand hat mir gesagt, dass in der Stadt schon Menschen von solchen Dingern totgefahren worden sind.« Sie machte eine Pause. »Sollte man diese Automobile nicht besser verbieten?«

»Man kann die Zukunft nicht verbieten«, brummte Hauke. »Wann kam Herr Jennings zurück?«

»Das weiß ich nicht. Ich wohne bei meiner Tante und bin nach dem Abendessen nach Hause gegangen. Ich kam erst am nächsten Morgen wieder.«

»Und die beiden Damen? Waren sie im Hause?«

Das Mädchen überlegte. »Ich denke schon. Keines der beiden Fräuleins wollte am Abend ausgehen.«

»Mochtest du den Verlobten von Fräulein Margarete?«

Das Dienstmädchen zögerte eine Sekunde zu lang. Trotzdem sagte sie pflichtbewusst: »Aber natürlich.« Sie log.

»Wie würdest du ihn beschreiben?«

Sie schwieg und kaute, statt zu antworten, auf ihrer Unterlippe.

Hauke drängte sie zu keiner Antwort.

Ihre Augen blickten immer wieder zur Tür.

Er ahnte, dass sie am liebsten weggelaufen wäre. Aber er ließ nicht locker. »Es bleibt unter uns. Ich verspreche es.«

Um sie von der Ernsthaftigkeit seiner Zusage zu überzeugen, steckte er Stift und Notizbuch in seine Jackentasche. Dann wartete er.

»Ach, ich weiß nicht … Wie kann ich dagegen anreden, wenn die Herrschaften etwas so Wichtiges wie eine Heirat …?«

Sie knetete einen Zipfel ihrer Schürze zwischen den von Seifenlauge roten Fingern. »Er war kein guter Mann für das arme Fräulein Margarete«, platzte es plötzlich aus ihr heraus.

»Warum?«

»Weil jeder das bleiben soll, was Gott für ihn vorgesehen hat.« Als Hauke nicht reagierte, erklärte sie: »Der Herr Strasser wollte mehr sein als nur ein Ingenieur. Verstehen Sie mich, Herr Kommissar?«

Ja, Strasser wollte in eine der reichsten Familien einheiraten, die er in der Gegend finden konnte. Aber war das denn nicht eine übliche Vorgehensweise? Kurz fragte Hauke sich, ob Sophie sich gesellschaftlich verbessert hätte, wenn sie ihn zum Mann genommen hätte. Wohl eher nicht.

»Wann hast du den Herrn Ingenieur das letzte Mal gesehen?«

»Am Tag, bevor er … vor dem Mittagessen. Punkt zwölf.«

»Wie war er gekleidet?«

»Gekleidet?«

»Himmel, ja, was hatte er an?«

Wieder kaute sie auf ihrer Lippe herum. »So wie immer«, kam es kaum hörbar aus ihrem Mund.

»Keine auffallend gute Kleidung? Oder gar Schmuck?«

»Schmuck? Aber der Herr Ingenieur war ein Mann!« Sie schaute Hauke an, als müsste er den Verstand verloren haben.

»Einen Siegelring oder eine Krawattennadel meine ich!« Hauke spürte Ungeduld mit diesem dummen Ding in sich aufsteigen.

Sie verneinte leise.

»In welcher Stimmung war Ludwig Strasser, als er kam und als er ging?«

Wieder ließ sich das Dienstmädchen viel Zeit. »Als er in das Büro des Herrn Jennings ging, schien er nervöser zu sein als sonst. Der Herr Jennings ist nämlich sehr streng, müssen Sie wissen.«

Das interessierte Hauke nicht.

»Als der Herr Ingenieur aber wieder herauskam«, fuhr sie fort, »ging es ihm besser. Er hat mich sogar angelächelt.« Dieses Lächeln aber hatte ihr wohl nicht gefallen, denn sie verzog angewidert ihr Gesicht.

»Du mochtest Herrn Strasser nicht?«

Sie schrak zusammen. »Oh, doch. Ein netter Herr. Er war ja der Verlobte vom Fräulein Jennings. Die Ärmste. Und er ging oft im Haus ein und aus.«

»Wie oft? Ich meine neben den üblichen Besuchen bei Herrn Jennings?«

»Oft. Er war doch der —«

»Verlobte vom Fräulein Jennings. Ich weiß.« Hauke nahm den Stock und stemmte sich von seinem Stuhl hoch.

Widerwillig hatte er die Tropfen des Doktors genommen. Sie halfen. Sein Bein schmerzte kaum noch. Hauke hätte sich gewünscht, die Medizin würde auch im Rest seines Körpers wirken. Vor allem im Herzen und im Kopf. Erinnerungen waren eine schreckliche Sache. Andererseits zeigten Schmerzen, dass man lebte. Hauke wollte leben. Er stand auf und schaute sich in der Küche um.

»Wann hast du das Haus verlassen? Und wann bist du zurückgekommen?«

»Aber das habe ich doch schon gesagt.«

Wütend stieß Hauke den Stock auf die Bodenfliesen. »Dann sagst du es eben noch einmal!«, schnauzte er sie an.

Verängstigt trat sie einen Schritt zurück. »Ich bin erst am nächsten Morgen zurückgekommen und habe das Frühstück gemacht«, sagte sie kleinlaut.

Damit hatte sie die Aussagen der Familie Jennings allesamt bestätigt. Allerdings auch, dass zwischen halb sechs und dem Tod Strassers niemand außer der Familie wusste, ob er noch einmal zurückgekommen war. Andererseits, warum sollte der Mann das tun? Er hatte keinen Grund gehabt.

Hauke seufzte. Wo war der Kerl nur gewesen?

Während Hauke in der Küche umherging, beobachtete das Dienstmädchen ihn genau. »Suchen Sie etwas, Herr Kommissar?«

Er seufzte. »Ja, einen Mülleimer.«

Mit dem Finger wies sie zu einem hohen Zinkeimer mit Deckel, der nahe dem Ausguss in der Ecke stand.

Hauke humpelte hin und holte die Tropfen von Dr. Schesel

aus der Jackentasche. Dann warf er das Fläschchen in den Eimer. Jede Art von Betäubung würde ihn verwirren, ihn Fehler machen lassen und nur dem Mörder helfen. Hauke brauchte einen klaren Kopf.

In diesem Moment hörten sie eilige Schritte vom Boteneingang die Stufen herunterpoltern.

Schon stand Karl im Türrahmen. Mit rot erhitztem Gesicht, die Mütze in der Hand, japste er nach Luft. »Die Arbeiter!«, rief er. »Die Männer, sie sind —«

»Was ist mit ihnen?« Hauke eilte zu ihm. Er legte seine Hand auf die Schulter des Jungen.

»Sie sterben!«, schrie Karl schrill. Er griff nach Haukes Arm und zerrte ihn mit sich hinaus.

GESTERN FAND AUF DEM DINGERDONN IM LOKALE
DES SCHENKWIRTS WIEKHORST WIEDER EINE
ARBEITERVERSAMMLUNG STATT, AN WELCHER EINE GROSSE
ANZAHL KANALARBEITER VON BRUNSBÜTTELHAFEN
TEILNAHMEN, DIE MIT ROTER FAHNE VORAN UND MIT
ROTEN SCHLEIFEN IM KNOPFLOCH TEILS ZU WAGEN, TEILS
ZU FUSS SICH NACH DEM VERSAMMLUNGSLOKAL BEGABEN.
DIE VERSAMMLUNG SOLL VON GEGEN 200 PERSONEN
BESUCHT GEWESEN SEIN UND IST VÖLLIG RUHIG VERLAUFEN.
REDNER WAR DER FRÜHERE REICHSTAGSKANDIDAT
HERR WARTIKKE AUS HAMBURG.

Originalauszug: Kanalzeitung 1894

Hinkend folgte Hauke dem Jungen zu den Baracken der Arbeiter. Schon von Weitem bemerkte er, dass man Pferdefuhrwerke geholt hatte, die vor den länglichen Holzgebäuden standen. Immer mehr Arbeiter eilten herbei.

»Es fing heute Morgen an«, rief Karl. »Noch vor der ersten Schicht.«

Er rannte einige Meter vor Hauke den matschigen Weg entlang. Dabei drehte er sich immer wieder um, um zu sehen, ob Hauke folgen konnte.

Hauke hatte mittlerweile den Stock unter den Arm geklemmt, weil er im morastigen Boden damit nur versank. An seinen Schuhen klebte die Erde, zog ihn bei jedem Schritt schmatzend zu sich herunter. Er spürte, wie er immer mehr an Kraft verlor. Schweiß stand auf seiner Stirn.

»Erst waren es die Männer in der Baracke eins. Sie hatten gerade gefrühstückt. Das Essen muss verdorben sein!«

Sie erreichten die Baracken. Männer auf Tragen wurden eilig hinaus zu den Fuhrwerken gebracht. Stöhnend krümmten sie sich unter den Augen der anderen Arbeiter.

»Onkel!«, schrie Karl und rannte zu einer Trage, auf der Mehlert kreidebleich lag. Auch er presste sich die Hände gegen den Bauch. Schweiß stand auf seiner Stirn, die Haut war blassgrau, und seine Lippen waren blutleer.

Dr. Schesel kam aus dem Gebäude. »Was machen Sie hier, Herr Kommissar? Sie sollen sich ausruhen.«

Da stürzte einer der Männer aus der Baracke, stieß den Arzt grob zur Seite und übergab sich vor der Tür. Dr. Schesel legte beruhigend seine Hand auf den Rücken des Mannes. »Gut so! Das Zeug muss raus!«

Hauke, der gerade noch zur Seite treten konnte, gefiel all das gar nicht.

Jetzt kam ein groß gewachsener Mann aus dem Gebäude. Er ging zu seinem Kameraden, der noch immer seinen Magen entleerte, und stützte ihn. »Vergiften wollt ihr uns!«, nuschelte er.

»Vergiftungen?«, fragte Hauke.

»Es sieht ganz so aus. Ich lasse Mehlert und die anderen fünf Männer nach Burg zur Krankenstation bringen. Mit Glück überleben sie die Fahrt.«

Die beiden entfernten sich ein Stück von der Baracke.

»Verdorbene Lebensmittel?«, wollte Hauke wissen.

»Möglich.« Dr. Schesel wirkte besorgt. »Die Männer waren beim Frühstück, als der Erste zusammenbrach.«

»Und die anderen Arbeiter?«

»Beschwerden melden bisher nur die Arbeiter aus den Baracken eins und zwei. Die Symptome traten sehr schnell auf. Übelkeit, Erbrechen, blutiger Stuhl, Atemnot.«

Hauke horchte auf. »Gift?«

Dr. Schesel verzog das Gesicht. »Ich bin mir nicht sicher. Ich habe das Essen geprüft. Es schien in Ordnung zu sein. Weder der Geruch noch das Aussehen waren verdächtig. Ich habe etwas davon mitgenommen, um es gemeinsam mit dem Apotheker zu untersuchen. Unsere Möglichkeiten sind allerdings begrenzt.«

Da hörten sie einen der Männer rufen, dass das brackige Wasser an allem schuld sei.

»Vergiften will der Jennings uns!«, stimmte ein anderer ein. Einer der Männer hielt jetzt einen Stein in der Hand, den er immer wieder kurz hochwarf und dann wieder auffing, während er auffordernd zu ihnen herüberblickte.

Die Unzufriedenheit von Jennings Arbeitern wurde immer größer. Mehr Arbeit für weniger Geld, einfachste Unterkünfte, die die anderen Arbeiter nicht erdulden mussten, Lohnkürzungen für angeblich minderwertige Arbeit, Entlassungen. Die Männer hatten allen Grund, aufgebracht zu sein. Wenn sie jetzt auch noch vermuten mussten, dass man ihnen verdorbenes Essen verkaufte oder schlechtes Wasser, dann würden ein kleiner Sergeant und ein fast suspendierter Kommissar wenig ausrichten können.

»Verdammt!«, stieß Hauke aus.

So schnell er konnte eilte er zurück. »Die Männer tranken heute Morgen kein Wasser, Herr Doktor«, rief er über die Schulter, während er sich durch die Gruppe der Arbeiter drängelte. Überrascht schauten sie ihm nach, als er in die Baracke humpelte.

Der säuerliche Gestank von Erbrochenem schlug Hauke entgegen. Durch die kleinen Fenster drang kaum Licht. In den Betten langen vereinzelt stöhnende Männer. Zwei von ihnen, die es wohl nicht erwischt hatte, saßen mit Bierflaschen am Tisch.

»Wat wull de denn her?«, fragte der eine und setzte die Flasche an seine Lippen.

Mit zwei Schritten war Hauke bei ihm und schlug ihm die Buddel aus der Hand. Klirrend zersprang das braune Glas auf dem Boden. Überrascht blickte der Mann hoch. Dann sprang er auf.

»Büst du duhn im Kopp?«, schrie er und griff Hauke am Revers der Jacke.

»Nein, ich bin nicht besoffen!« Heftig schubste er den Mann fort, sodass der nach hinten fiel.

Die Kisten mit dem Bier, die er kürzlich gesehen hatte, standen noch an ihrem Platz. Hauke griff eine der Flaschen und hielt sie hoch.

Die beiden Männer aber glaubten, Hauke wolle Ärger machen. In ihrer Wut stürzten sie sich auf ihn.

Die Flasche in Haukes Hand ging zu Bruch. Er holte aus und versetzte einem der Männer einen Schlag gegen das Kinn. Der

Mann stolperte zurück. Sein Kumpan sprang herbei und versuchte Hauke umzuwerfen. Hauke sprang zur Seite, wodurch der Mann gegen die Wand fiel.

Ein Schmerz zuckte durch Haukes Bein. Er verzog das Gesicht. Dann nahm er eine neue Flasche aus einer der Kisten und hielt sie gegen das fahle Licht.

»Nichts«, brummte er und griff nach der zerborstenen Flasche auf dem Boden.

Schon wollten die beiden den Kampf wieder aufnehmen, als Hauke sie donnernd anfuhr: »Himmel noch mal! Muss ich euch erst verhaften?«

Überrascht blieben sie stehen.

Hauke ging hinaus. »Sehen Sie sich das an!«, rief er Dr. Schesel zu. Er reichte ihm den Boden der zerbrochenen Flasche. Deutlich konnte man ein weißliches Pulver am braunen Glas erkennen.

Dr. Schesel nahm das Stück in die Hand. Er schluckte.

Hauke reichte ihm eine weitere Scherbe. »Hier auch!«

»Das sollte nicht da drinnen sein«, murmelte Dr. Schesel.

Jetzt marschierte Hauke wieder in die Baracke zurück. Kurz darauf kam er mit den Kisten heraus, in denen die Bierflaschen klimperten. Dann nahm er Flasche für Flasche, hielt sie gegen das Licht, nickte kurz und zerschmetterte das Glas an der Ecke der Baracke.

Verwirrt starrten die Männer ihn an.

»Da ist Gift drinnen! Ihr dürft es nicht trinken!«

»Los, Männer!«, rief Dr. Schesel ihnen zu. »Geht in eure Baracke und holt alle Flaschen raus. Keiner darf einen Tropfen Bier trinken! Warnt die anderen!«

Die Männer liefen los. »Und was sollen wir dann trinken? Brackwasser?«, hörte Hauke sie ein weiteres Mal maulen. In diesem Moment kam Jennings herbeigeeilt.

»Was ist hier los?«, herrschte der. »Warum sind die Leute nicht bei der Arbeit?«

Als Dr. Schesel ihm den Grund nannte, stieß er einen Fluch aus. »Wie viele fallen aus?«

»Mindestens dreizehn.«

»Erst die Unfälle, jetzt das! Wenn Sie mich fragen, stinkt das nach Sabotage!«, schrie Jennings. Er riss den Hut vom Kopf, um sich mit einem großen Tuch den Schweiß von der Stirn zu wischen.

»Wo ist Wilkens?«, fragte Dr. Schesel.

»Sergeant Wilkens? Ha! Wir haben hier einen echten Kommissar aus Kiel.« Er wandte sich an Hauke. »Finden Sie gefälligst den Kerl, der hierfür verantwortlich ist.«

Hauke, der schon jetzt einen Fall ohne Genehmigung untersuchte, wollte mit einer weiteren Untersuchung nichts zu tun haben. »Solange Amtmann Feil nicht den Staatsanwalt in Itzehoe informiert, der dann wiederum offiziell um die Unterstützung der Kriminalpolizei in Kiel bittet, kann ich nicht helfen. Sie müssen sich an Sergeant Wilkens wenden.«

Jennings lief vor Hauke auf und ab, einem gefangenen Tier nicht unähnlich. Er schien zu überlegen, was zu tun sei.

»Nein!«, rief er aus. »Das kommt nicht in Frage. Der Wilkens kennt sich nicht aus. Als oberster Kriminalbeamter an der Baustelle«, er zögerte unmerklich, »bitte ich Sie, Herr Sötje, mit den notwendigen Untersuchungen zu beginnen.«

Als Hauke nicht widersprach, fuhr er fort: »Ich unterrichte Amtmann Feil und Schulze vom Bauamt. Sergeant Wilkens wird Sie unterstützen müssen. Das muss vorerst reichen. – Oder interessiert es Sie nicht, wer das hier gewesen sein könnte? Bedenken Sie, dass hier vielleicht eine Verbindung zum Tod meines Ingenieurs vorliegen könnte.«

Der Gedanke, dass möglicherweise alle Vorfälle in der letzten Zeit etwas miteinander zu tun haben könnten, war Hauke auch schon gekommen.

Er nickte und ging zurück zu den beiden Männern in der Baracke.

Diese hatten sich mittlerweile wieder aufgerappelt. Nun saßen sie auf ihren Betten, hin- und hergerissen zwischen Wut und Angst. Einer rieb sich den Kopf, der andere warf Hauke einen zornigen Blick zu.

»Wann habt ihr das Bier gekauft? Und von wem?«
Keiner antwortete.

»Im Namen des Kaisers«, schrie Hauke, der die Bockigkeit dieser Kerle leid war. »Wann und von wem?«

»Gestern«, stöhnte einer der Kranken aus seinem Bett heraus und hielt sich den Bauch.

Hauke ging zu dem Mann hinüber. Seine Bettstatt stank übel. »Euer Bier war vergiftet«, sagte Hauke leise. »Von wem habt ihr es gekauft?«

Der Mann brauchte einen Moment, um sich zu konzentrieren. »Sonst immer vom Erwin aus Burg. Der beliefert auch die Abschnitte zwei bis fünf.«

Er holte tief Luft, was ihm sichtlich schwerfiel. »Aber dieses Mal war es ein anderer. Er hat gesagt, der Erwin ist krank, darum kann er nicht kommen. Gestern Abend war das.«

»Erwin?« Hauke musste an den großen Kerl denken, der ihn auf dem Kutschbock ein Stückchen am Kanal mitgenommen hatte. »Ist der Erwin ein Riesenkerl, der nie was sagt?«

Der Mann im Bett nickte.

»Kanntet ihr den Mann, der für Erwin kam?«

»Nee«, flüsterte der Kranke.

Hauke wandte sich an die beiden anderen. »Fiel euch etwas an dem Fremden auf?«

Beide schwiegen.

»Wie groß war er? Sprach er mit einem Dialekt? Kam er von hier?«

Keiner konnte helfen.

Hauke überlegte, dass der Kerl, der den Arbeitern das Bier geliefert hatte, schon längst über alle Berge sein musste, sofern er denn jener war, der die Flaschen vergiftet hatte. Das Absperren der Straßen nach Wilster und Marne war also sinnlos. Dennoch musste er es versuchen.

Hauke trat vor die Tür. Dort sprang Wilkens gerade von seinem Pferd ab. Als er Hauke bemerkte, salutierte er zackig.

»Lassen Sie die Straßen absperren, die von der Baustelle wegführen, Wilkens.«

Unsicher schaute Wilkens ihn an. »Aber so viele Leute habe ich nicht.«

»Dann wird Herr Jennings Leute abstellen.«

Jennings wollte gerade widersprechen, als Hauke ihm zuvorkam. »Entweder so, oder ich lasse die Baustelle schließen, bis meine Vorgesetzten offiziell –«

Jennings hob die Hände. »Nein, lassen Sie das. Ich gebe Ihnen die Männer.«

Zufrieden nickte Hauke. Er wusste, dass Jennings alles tun würde, um die Arbeiten nicht stoppen zu müssen.

»Niemand darf durch, Wilkens.«

Der salutierte ein weiteres Mal.

»Wer den Leuten nicht persönlich bekannt ist oder sich verdächtig benimmt, wird festgehalten. Alle Fremden haben sich sofort bei Ihnen zur Aufnahme der Personalien zu melden.«

Hauke glaubte nicht an den Erfolg der Maßnahmen, aber die Männer schienen zufrieden. Es geschah etwas, das war für sie wichtig.

GESCHÄFTS-ERÖFFNUNG.

HIERMIT DIE ERGEBENE ANZEIGE, DASS ICH IN DEM FRÜHEREN
LOKAL DES AMTSBUREAUS IN DER REICHENSTRASSE EINE
BUCH-, PAPIER- UND SCHREIBMATERIALIEN-HANDLUNG
VERBUNDEN MIT BUCHBINDEREI ERÖFFNET HABE. DURCH
AUFMERKSAMKEIT UND FREUNDLICHE BEDIENUNG WIRD
ES MEIN STREBEN SEIN, MIR DAS WOHLWOLLEN DER MICH
BEEHRENDEN ZU ERWERBEN UND ZU ERHALTEN. BEI BEDARF
UM GENEIGTE ZUWENDUNG BITTEND, ZEICHNET
HOCHACHTUNGSVOLL HEINRICH HELWIG

Originalauszug: Kanalzeitung 1894

Als die Nacht hereinbrach, saß Hauke in seinem stockfinsteren
Zimmer am Tisch. Durch die weit geöffneten Fenster hörte er
schwere Regentropfen auf den Weg vor dem Hotel schlagen,
wo sich schon am frühen Abend erste Pfützen gebildet hatten.
Auf der anderen Seite der Elbe entlud sich in dieser Nacht ein
schweres Gewitter. Blitze ließen die Wolkenberge über dem
Horizont kurz aufleuchten. Dann rollte der Donner über den
Fluss, über den Deich hinweg, hinein ins Landesinnere.

Hauke spürte das gewaltige Dröhnen unter seinen Füßen.
Ein weiteres zuckendes Licht erhellte das Zimmer unter dem
Dach für einen kurzen Moment. Dann wurde es wieder dunkel.
Mit einer kurzen Bewegung ließ Hauke den Lauf der Waffe
nach vorne klappen. Er tastete nach dem dünnen Stab, der
in einer hölzernen Kiste vor ihm lag und mit einem feinen
Wolltuch umwickelt war. Sorgsam führte er den Stab in den
Lauf ein. Jeder Handgriff war ihm vertraut. Er brauchte nicht
hinzusehen.

Als Hauke ein wenig Öl auf den Wollwischer tröpfelte, um
ihn in jede der sechs Öffnungen zu schieben, schoss ein weiterer
Blitz aus den Wolken herunter.

Jetzt klappte er den Lauf der Webley Mark I. wieder zurück,
nahm ein weiches Musselintuch und polierte das kalte Metall
der Waffe in seiner Hand. Dabei horchte er in das nicht enden
wollende Grollen am Himmel.

Wer war der Mann, der in Kiel einen Sozialisten tötete und Zettel für verdächtige Versammlungen unter den Kanalarbeitern verteilte? Ein Sozialist, der einen Sozialisten für die Sache der Arbeiter tötete? Nein, das ergab keinen Sinn. Wie passten der Unfall an der Ramme und die Vergiftungen in das Bild? Gar nicht, überlegte er, während er die sechs Kugeln, die auf dem Tisch lagen, zur Hand nahm. Er klappte die Trommel zur Seite und steckte die Patronen nacheinander hinein.

Hauke dachte darüber nach, welche Verbindung zwischen dem erschossenen Sozialisten und dem toten Ingenieur bestehen könnte. Hatte der Fremde mit den zweifelhaften Zetteln auch Ludwig Strasser getötet? Oder hatte Hauke es hier mit zwei Mordfällen zu tun, die nichts miteinander zu tun hatten? Ein Zufall?

Er erinnerte sich an den Moment in Kiel, als er für kurze Zeit den Mörder vor sich hatte stehen sehen. Unterdessen fuhr das Musselintuch den Lauf der Webley in seiner Hand auf und nieder.

Die Männer des Kriminalkommissariats in Kiel besaßen eigentlich keine Waffen. Die Arbeit unter Bahnsen beschränkte sich auf das Ermitteln von Fakten. Die Waffe in Haukes Hand hatte man ihm vor Jahren mit den Worten gegeben: »Sie wissen, was die Ehre gebietet.« Dann hatte der Vertreter der Admiralität die enge Zelle in der Irrenanstalt verlassen und Hauke mit seiner Schuld und der Waffe allein gelassen.

Ja, Hauke hätte seinem Leben damals ein Ende setzen können, um den Prozess zu vermeiden. Aber er konnte es nicht. Mitnichten war es Feigheit, nein, es kostete Hauke weit mehr Mut, nicht abzudrücken, obwohl man ihm sagte, es sei der Wunsch des Kaisers. Hauke tat es nicht, weil er wissen wollte, ob er diese unerträgliche Schuld zu Recht trug oder nicht. Man hatte ihn freigesprochen, weil man nicht anders konnte. Mehr als einmal hatte Hauke sich seither gewünscht, er hätte damals die Waffe gegen sich gerichtet. Stattdessen lebte er weiter. Über Monate war der Revolver für Hauke ein Trost und möglicher Ausweg aus den Alpträumen in fiebrigen Nächten gewesen.

Dank Sophie hatte er den Revolver fast vergessen. Jetzt aber lag die Waffe wieder in seiner Hand. Sie konnte ihn noch immer erlösen. Oder aber schützen, denn Hauke fühlte, dass der Mörder aus Kiel irgendwo da draußen in dieser Nacht auf ihn wartete.

NUR EINEN TAG IN BRUNSBÜTTELHAFEN.
SONNABEND, DEN 30.: IM SAALE DES HERRN HOTELBESITZER H. WAGNER. GROSSE BRILLANTE SPIRITISTISCHE DIABOLISCHE DEMONSTRATIONS-SOIREE DES ZAUBERKÜNSTLERS UND PROFESSORS DER MAGIE HERRN WILHEM POHL, EINZIGER SCHÜLER BELLACHINIS, HOF-KÜNSTLER WEILAND SEINER MAJESTÄT DES HOCHSELIGEN KAISERS WILHELM I. KASSENÖFFNUNG 7 UHR.

Originalauszug: Kanalzeitung 1894

Sie hatten den Enkel der alten Frau tatsächlich in den frühen Morgenstunden ausfindig machen können. Ein paar Männer aus dem Dorf waren mit Amtmann Feil zu der Alten gegangen. Diese hockte in ihrer düsteren Kate und behauptete, nicht zu wissen, wo ihr Enkel Gustav sei. Man machte sich ins nahe Kudensee auf. Es schien, als wäre der junge Mann dort nicht gut gelitten, denn man fand schnell jemanden, der ihn hatte Richtung Marne laufen sehen. Nahe dem Dörfchen Eddelak hatten sie ihn schließlich in einem Schweinekoben hinter der Tränke gefunden.

Nun saß Gustav Bolten in Haft, während seine Großmutter vor der Tür der Amtsstube gegen Kaiser und Vaterland zeterte.

Immer wieder hatte Feil zu Hauke gesagt, dass Großmutter und Enkel einfache, aber harmlose Leute seien.

»Ju müsst begriepen, dat de Kaiser ehrn dat Land wechnohmen hett. Jedenfalls denkt de Ole dat so. Un dat mit de Ramme an Kanal is bestimmt 'n Irrtum.« Feil war ein feiner Mensch und verteidigte seine Nachbarn so gut es ging.

Ob allerdings der Kaiser der Familie das Land weggenommen hatte oder nicht, interessierte Hauke herzlich wenig. Für ihn war einzig die Frage entscheidend, ob Gustav Bolten die Ramme manipuliert hatte. Und wenn ja, in wessen Auftrag. Dass der riesige Kerl mit den dumpfen Augen allein auf diese Idee gekommen sein könnte, hielt Hauke für unwahrscheinlich. Entweder hatte seine verbitterte Großmutter ihn angestiftet oder eine dritte Person.

Eigentlich war es nicht Haukes Angelegenheit, die Sache mit der Ramme zu klären, aber das unbestimmte Gefühl, alles hänge mit allem zusammen, wollte nicht weichen.

Streng taxierte er Bolten, den man an Händen und Füßen gefesselt hatte. »Nun, Gustav«, Hauke rieb sein schmerzendes Bein, »kannst du mir sagen, warum du die Ramme an der Baustelle sabotiert hast?«

Ängstlich starrte Bolten ihn an. Er begriff anscheinend, wo er war, aber nicht, warum.

»Nu man tau, Gustav«, fiel Hauke in den landestypischen Dialekt der Region. »Wenn du wedder no Hus wullst, muss du mir 'n beeten hölpen.«

Bolten wollte nach Hause, das konnte Hauke ihm ansehen. Sein Kopf aber schien leer zu sein. Immer wieder wanderte sein Blick zur geschlossenen Tür hinüber, hinter der die schrille Stimme seiner Großmutter zu hören war.

»Mien Grotmudder schall rinkohm, bitte, Herr Kommissär«, bettelte Bolten mit weinerlicher Stimme, die an ein Kind erinnerte.

Hauke nickte Feil zu, der die Tür öffnete.

Eilig tippelte die kleine Frau zu ihrem Enkel, der sitzend genauso groß war wie sie im Stehen. Liebevoll streichelte sie über sein dreckiges Haar. »Dat is een goden Jung, mien Gustav«, murmelte sie immer wieder vor sich hin. »Goden Jung is he.«

Schweigend beobachtete Hauke die beiden. Er wusste, dass die alte Frau niemanden mehr haben würde, wenn ihr Enkel ins Gefängnis oder, schlimmer noch, in die Anstalt musste. Hauke überfiel ein kalter Schauder, denn ihm war bewusst, was an solchen Orten vor sich ging. Sie hatten damals versucht, ihm dort die Erinnerung ins Hirn zurückzuprügeln, aber der Ausflug in die Hölle war gänzlich sinnlos gewesen. Hauke versuchte, diese entsetzlichen Gedanken fortzuwischen.

Tief holte er Luft, schloss kurz die Augen und zählte die Segel seines Schiffes in Gedanken auf. Dann blickte er wieder zu Bolten hinüber. »Nu sag schon, Junge. Hast du die Keile unter der Ramme fortgeschlagen?«

Bolten schüttelte den Kopf.

»Ich hab dich doch mit dem Vorschlaghammer in der Hand gesehen.«

Bolten begann, mit dem Oberkörper von vorne nach hinten zu wiegen und wieder zurück. Aus weit aufgerissenen Augen starrte er auf einen Punkt hinter Hauke, während die Hand der Großmutter immer wieder über seinen breiten Rücken fuhr.

Die Alte zeterte über den Tisch:»De Jung weet doch nichts. Dat kann man doch sehn. Dor ist ok gor keen dod gahn.«

»Ob der Junge was weiß oder nicht, entscheiden wir. Und dass keiner zu Tode kam, ist reines Glück gewesen, Mette!«, meinte Feil. Er hatte sich mittlerweile an den Tisch neben Hauke gesetzt und sog an seiner Pfeife. Zwei tiefe Falten in der Stirn zeugten von den Sorgen, die er sich um die beiden machte.

»Gute Frau«, sagte Hauke.»Sie dürfen nach Hause gehen, wenn Sie mir sagen, wer den Jungen angestiftet hat, die Ramme am Kanal zu sabotieren.«

Die Alte funkelte ihn aus farblosen Augen an.

»Wer hat Gustav gesagt, er solle die Ramme kaputtmachen?«, versuchte Hauke es ein wenig einfacher.

Sie überlegte, während sie den Kopf ihres Enkels an ihren Busen drückte.»Weet ick nich.«

»Natürlich weißt du es, Mette!« Feil sprang unerwartet auf.

Die Alte drückte Bolten noch fester an sich, während sie biestig zu Feil aufschaute.

Auch Hauke verlor langsam die Geduld. Gegen dieses störrische Volk aus Dithmarschen hatten schon vor ihm Könige und Generäle aufgeben müssen. Wenn diese Sturköppe nicht wollten, dann wollten sie eben nicht.

Alle schwiegen.

Hauke sinnierte, was er tun könnte, um die Alte oder ihren Enkel zum Sprechen zu bringen. Die Standuhr an der Wand gegenüber der Tür tickte.

Da beugte sich Feil zu Hauke und flüsterte ihm etwas ins Ohr.

Der Mann kannte seine Leute. Zwar widerstrebte es Hauke, zu derart profanen Mitteln greifen zu müssen, um Menschen zum Reden zu bringen, aber mangels anderer Ideen griff er in seine Tasche. Schon als er die Geldbörse herauszog, bemerkte er ein Aufflackern im Blick der Alten. Hauke ließ ein paar Groschen in seiner Hand klimpern.

»Ging es um Geld, Mette?« Er warf die Geldstücke ein wenig hoch und fing sie wieder auf. Zufrieden bemerkte er, wie ihre Augen dem Auf und Ab der Münzen folgten.

Feil hatte recht gehabt, als er Hauke zugeflüstert hatte, dass die Alte von dem kleinen Stück Land, das ihr geblieben war, kaum sich und den Jungen ernähren konnte. Und auf dem Bau konnte Bolten ja nicht arbeiten, weil er bekloppt sei, wie die Leute hier sagten.

Langsam schob Hauke ein Geldstück in die Mitte des Tisches. »Für jede ehrliche Antwort einen ebenso ehrlichen Groschen.«

Langsam nickte sie.

Hauke lächelte. Vielleicht waren die Dithmarscher stur, aber rechnen konnten sie.

Es kostete Hauke fünfzig Pfennig, dann wusste er, dass ein Fremder der alten Frau stattliche zehn Reichsmark geboten hatte, damit Bolten für ein paar Unfälle auf der Baustelle sorgte.

»So veel Geld!«, rief sie. »Ober ick heff em vom Hoff jogt!«

»Vom Hof hast du ihn gejagt? – Das ist gut, Mette. Und das, obwohl ihr das Geld so gut hättet brauchen können.«

Sie schien sich ein wenig zu beruhigen, während ihre knochige Hand weiter über das Haar des großen Kindes in der Gestalt eines ausgewachsenen Mannes an ihrer Brust fuhr.

»Warum aber war der Gustav dann am Kanal, als das mit der Ramme passierte?«

»Weet ick nich.« Sie log.

Bolten wimmerte leise.

»Sollen wir dich auch hierbehalten, Mette?«, fragte Hauke jetzt im strengen Ton.

»Ick heff nix don!«

»Wenn du nichts getan hast, Mette, dann sag mir, wer schuld ist. Sonst hält sich das Gesetz an euch beide. Dabei kann der arme Gustav gar nichts dafür. Sie werden dich ins Gefängnis sperren und den Jungen in eine Anstalt. Willst du das, Mette?«

Als Bolten ein weiteres Mal aufwimmerte, gab sie endlich zu, dass sie das Geld von dem Fremden doch angenommen hatte.

»Den müsst ihr söken! Dat is de Verbreker! Nich wieh!«

»Beschreib den Mann.« Hauke griff zu seinem Notizblock.

Was Hauke jetzt zu hören bekam, überraschte ihn mehr, als er zugeben wollte.

VON NAH UND FERN.
DER FERNSPRECHVERKEHR ZWISCHEN BERLIN, POSEN,
GNESEN, BROMBERG, THORN, DANZIG, ELBING, INSTERBURG,
TILSIT UND MEMEL IST AM 1. JANUAR ERÖFFNET. EIN
GESPRÄCH BIS ZUR DAUER VON DREI MINUTEN KOSTET
EINE MARK. – KÖNIGSBERG I. PR., DAS SICH BEKANNTLICH IN
BEZUG AUF DIE KABELLEITUNG INNERHALB DER STADT DEN
FORDERUNGEN DER POSTBEHÖRDE NICHT GEFÜGT HAT, IST
SOMIT THATSÄCHLICH BOYKOTTIERT.

Originalauszug: Kanalzeitung 1894

Als Hauke aus der Amtsstube trat, wusste er, dass derjenige, der die alte Mette und ihren Enkel zur Sabotage angestiftet hatte, vor Haukes Augen in Kiel einen Sozialisten erschossen hatte. Wieder und wieder hatte Hauke die Alte befragt, doch sie blieb bei der Beschreibung. Die roten Haare, der Bart, der fehlende Finger an der rechten Hand.

Während Gustav in Haft blieb, durfte seine Großmutter gehen. Feil riet ihr, einen Anwalt in Wilster aufzusuchen, doch sie sagte, sie habe kein Geld für solche Leute. Stattdessen wollte sie bei Gustav bleiben. Die Männer mussten sie mit Gewalt vor die Tür setzen. Durch verschlossene Fenster und Türen rief sie ihrem Enkel zu, sie komme schon bald wieder. Dann eilte sie davon.

Feil und Hauke blickten ihr hinterher, bis sie nicht mehr zu sehen war.

»Sie will nur das Beste für den Jungen«, entschuldigte Feil die Alte. »Sie hat es nicht leicht.«

Hauke seufzte. »Ich weiß, der Kaiser hat ihr das Land genommen.«

»Na ja, sie ist zu alt, um noch als Tagelöhnerin in Lohn und Brot zu stehen.«

»All das ist jetzt Sache des Richters in der Stadt«, sagte Hauke und verabschiedete sich von Feil mit einem festen Handschlag.

Offenbar trieb der Mörder von Kiel hier am Kanal ganz gezielt sein Unwesen, überlegte Hauke. Sei es, dass er die Arbeiter zu dubiosen Versammlungen lud oder arme Leute zur Sabotage verleitete, all das tat der Mann mit einer klaren Absicht.

Tief in Gedanken versunken, humpelte Hauke die Straße entlang. Gingen Strassers Tod und die Vergiftungen der Arbeiter auch auf sein Konto? Musste der Kerl nicht damit rechnen, dass man ihn schon bald entdecken würde? Je mehr Hauke darüber nachdachte, umso klarer wurde ihm, dass nicht Bahnsens Ultimatum sein Problem war, sondern die Tatsache, dass der Rothaarige schon bald auf Nimmerwiedersehen verschwinden könnte. Jedoch würde der Kerl nicht den Kanal verlassen, bevor er sein Ziel erreicht hatte. Nur welches könnte das sein? Hing es mit dem Kaiserbesuch zusammen?

Die Frage, ob es sich hier um zwei verschiedene Personen handeln könnte, die zufällige Ähnlichkeiten aufwiesen, stellte sich für Hauke nicht mehr. Er war sicher, dass der Mörder ganz in seiner Nähe war.

Da sah er Wilkens, wie dieser auf seinem Pferd die Straße entlanggaloppiert kam. Sein Gesicht war blass. Kaum dass das Tier stand, sprang Wilkens schon ab. Eilig salutierte er vor Hauke.

»Ich dachte, Sie sperren die Straße ab, Sergeant?«

Wilkens nahm den Helm vom Kopf und wischte sich über die Stirn. »Jawoll, Herr Kommissar. Das haben wir auch.«

»Kommen Sie erst mal zu Atem, Mann.«

Wilkens nickte. »Wir haben den Bierkutscher gefunden. Den Erwin.«

»Und? Was ist mit ihm?«

»Tot isser. Er lag im Graben bei der Mühle von Belmhusen. Jemand hat ihn erschlagen.«

»Verdammt.«

»Es war aber kein Diebstahl. So weit ist das klar.«

»Was macht Sie da so sicher?«

»Der Erwin hatte noch seine silberne Taschenuhr dabei.«

Hauke zögerte, bevor er fragte: »Eine Uhr mit dem Kopf des Kaisers auf dem Deckel?«

Erstaunt schaute Wilkens ihn an. »Jo. Woher wissen Sie das, Herr Kommissar?«

Noch einmal fluchte Hauke. Derjenige, der versuchte, die Arbeiter mit Arsen zu vergiften, hatte zuvor den Bierkutscher erschlagen. Den Mann, der Hauke auf seiner Reise ein Stückchen mitgenommen hatte. Damit hatte Hauke ein weiteres Puzzleteil gefunden, und es gefiel ihm absolut nicht.

»Ihre Befehle, Herr Kommissar?« Wilkens salutierte ungeduldig.

Hauke schwieg. In seinem Inneren war plötzlich eine große Leere, die ihn mit sich zu reißen drohte.

Mit einem Ruck holte Hauke sich zurück. »Sagen Sie der Familie Bescheid. Und suchen Sie Dr. Schesel. Er soll sich den Toten anschauen. Und bereiten Sie Aushänge vor. Ich will eine Fahndung nach dem Mörder von Erwin haben.«

»Ja, wissen Sie denn, wer es war?«

»Amtmann Feil soll die Beschreibung nehmen, die die alte Mette ihm gab. Es ist ein und derselbe Kerl.«

Ohne ein weiteres Wort ging Hauke. Wut kochte in ihm. Die Gedanken in seinem Hirn fielen wie Hunde übereinander her. »Du hättest es ahnen müssen!«, schrien sie. »Noch ein Toter, an dem du schuld bist, Herr Kommissar!« Die Stimmen verhöhnten ihn, sagten, er sei zu überheblich. »Bahnsen hat recht! Du bist nicht wert, ein Polizist zu sein!«, lachten sie.

Ziellos stolperte Hauke an Menschen vorbei, die dem ärgerlich dreinschauenden Mann eilig aus dem Weg gingen.

Was sollte er jetzt tun? Welchen Schritt würde der Mörder als Nächstes unternehmen? Wo könnte er ihn abfangen? Wenn er nur mehr Männer hätte oder wenigstens ein Telefon zu seiner eigenen Verfügung. Aber Hauke hatte hier nichts weiter als einen fragwürdigen Titel, den man ihm bei nächster Gelegenheit so oder so wieder abnehmen würde.

Hauke beschloss, nach Marne zu fahren, um im Gasthof »Zum guten Kaiser« mehr zu erfahren. Ja, vielleicht lief er dem Kerl sogar über den Weg. Noch war er Kommissar. Noch hatte man ihn nicht zurückbeordert oder ablösen lassen. Noch konnte er weiterermitteln. Und genau das gedachte er zu tun.

Da sah er Karl um die Ecke kommen.

»Herr Kommissar! Herr Kommissar!«, rief der Junge. »Ein Telegramm aus Kiel für Sie!« Schnaufend stoppte Karl vor Hauke und reichte ihm den zusammengefalteten Zettel. »Habe Sie überall gesucht. Sergeant Wilkens meinte …« Karl musste erst einmal Luft holen.

Hauke starrte das Telegramm in seiner Hand an. Er wusste, dass es eine Nachricht von Bahnsen war. Er zögerte. Dieses Telegramm machte ihm einen Strich durch die Rechnung. Wenn er den Zettel jetzt öffnete, war er offiziell kein Mitglied der Kieler Kriminalpolizei mehr. Dann würde er nicht nach Marne fahren können, um Licht in dieses verworrene Spiel des Mörders zu bringen.

»Was ist? Ist Ihnen nicht gut, Herr Kommissar?«, fragte Karl besorgt.

Hauke holte tief Luft. Er würde jetzt etwas tun, was er unter normalen Umständen niemals getan hätte. »Du hast mich nicht gefunden, Karl. Hast du das verstanden?«

»Nein?«

»Nein. Du hast mich nicht gefunden und mir darum das Telegramm auch nicht geben können. Ich bin bereits fort. Richtung Marne.«

Karl schaute auf das Papier in Haukes Hand. »Ich weiß nicht, Herr Kommissar. Der Herr Pastor sagt immer —«

Hauke legte ihm die Hand auf die Schulter. »Junge, ich brauche ein paar Stunden, ohne dass ein Vorgesetzter mir sagt, was ich zu tun habe. Dein Onkel und die anderen wurden von einem Mann vergiftet, den ich bereits aus Kiel kenne. Dieser Mann erschoss dort vor meinen Augen einen anderen. Und eben habe ich erfahren, dass der Kerl auch den Bierkutscher Erwin erschlagen hat.«

Karl japste auf. »Den Erwin?«

Hauke nickte. »Ich bin mir sicher, dass der Mörder sich noch immer hier in der Gegend herumtreibt. Wenn ich nicht sofort nach Marne komme, wird der Mörder fliehen und ungeschoren davonkommen.«

Hauke blickte dem Jungen ernst in die Augen. Er wusste,

dass Karl eine schwere Entscheidung treffen musste. Es war die Wahl zwischen Anstand und Lüge.

Im Gesicht des Jungen konnte Hauke die Qualen sehen, die diese Entscheidung für ihn bedeutete.

»Ich befürchte, Karl, dass dieser Mann sich mit Vergiftungen, Sabotage und Mord nicht zufriedengeben wird. Der Kerl plant Großes.« Zum ersten Mal hatte Hauke ausgesprochen, was seinen Kopf materte.

Karls Augen weiteten sich. »Aber was denn?«, fragte er kaum hörbar.

Hauke antwortete nicht. Der Junge war klug. Er würde selbst darauf kommen. Väterlich legte Hauke seine Hand auf Karls Arm.

Nach einer Weile straffte Karl die Schultern. Hocherhobenen Hauptes log er: »Ich habe Sie leider nicht mehr vor Ihrer Abreise angetroffen, Herr Kommissar. Ich weiß auch nicht, wohin Sie sind. Vielleicht sehe ich Sie ja bei Ihrer Rückkehr.« Er nahm Hauke das ungeöffnete Telegramm aus der Hand. »Ich werde Ihnen dann die Nachricht überbringen.«

Erleichtert lächelte Hauke ihn an. »Ja. Tu das.«

Karl stopfte das Telegramm tief in seine Hosentasche. Er rannte die Straße hinunter und verschwand in einer Gasse zwischen zwei Häusern.

ELMSHORN. AUF DEM DACHE SASS EIN – SCHWEIN, NÄMLICH AUF DEM DACHE DES GASTWIRTS HARDER IN SIETHWENDE. DA MAN NUN »SO ETWAS IM LEBEN NICHT GESEHEN«, UND DIE SACHE LEICHT ALS EINE »ENTE« ANGESEHEN WERDEN KÖNNTE, SO WOLLEN WIR DEN THATBESTAND, WIE ER VON EINEM AUGENZEUGEN GESCHILDERT WIRD, UNSERN LESERN NICHT VORENTHALTEN. DAS BORSTENTIER WAR IM STALLE DES SCHON GENANNTEN WIRTES MIT EINEM EBER ZUSAMMEN EINGESPERRT; MUTMASSLICH ABER MUSS IHM DIESE GESELLSCHAFT NICHT RECHT GEFALLEN HABEN UND ES GELANG IHM, ZU ENTKOMMEN. NEBEN DEM STALLE WAR TORF AUFGESCHICHTET, UND, IM KLETTERN SICH PRODUZIEREND, GELANGTE DAS TIER »VON STUFE ZU STUFE« AUF DAS ALLERDINGS WENIG STEILE STROHDACH, WO ES ZUM GAUDIUM DER ZUSCHAUER SEINE PROMENADE MACHTE.

Originalauszug: Kanalzeitung 1894

Nachdem Karl verschwunden war, hielt Hauke einen Bauern an, der mit seinem leeren Fuhrwerk die Straße Richtung Norden nahm.

»Kann dein Pferd auch schneller laufen?«, wollte Hauke von dem Alten wissen, kaum dass er sich gesetzt hatte.

Der Mann wiegte gemächlich den Kopf. »Kommt drauf an.« Dabei machte er eine reibende Bewegung mit Daumen und Zeigefinger.

»Drei Groschen, wenn wir in einer Stunde in Marne beim Gasthof ›Zum guten Kaiser‹ sind.«

Der Alte nickte. Er ließ die Zügel auf den Rücken des Tieres klatschen, murmelte ein »Hü«, und der Klepper setzte sich gemächlich in Bewegung. Ungeduldig dachte Hauke, dass er das Geld besser dem Tier hätte anbieten sollen, denn es schien von dem Handel gänzlich unbeeindruckt zu sein.

Der Gasthof »Zum guten Kaiser« war ein ehemals stattliches Haus in einer der kleineren Seitenstraßen der Stadt. Die Farbe an der weißen Fassade blätterte bereits ab, die Fensterläden hingen schief in ihren Angeln. Der Adler auf dem Schild über der Tür hatte das Rot seiner Beine längst eingebüßt, und die goldene Krone über seinem Haupt war nur noch in blässlichem Gelb zu erahnen. Eine der matten Fensterscheiben hatte man durch eine hölzerne Platte ersetzt.

Die Tür quietschte, als Hauke eintrat. Im Halbdunkel des Raumes konnte er die Umrisse einiger Gestalten erkennen, die über ihre Bierkrüge gebeugt saßen und sich unterhielten.

Hauke setzte sich an einen Tisch in der Ecke, von dem aus er den Raum gut überblicken konnte. Seinen Stock lehnte er an die Tischkante. Er winkte dem Wirt.

Der kam in schmuddeliger Schürze vom Tresen herbeigeeilt. Mit einem Lappen in der Hand wischte er über die Tischfläche.

»Was darf es sein, der Herr?«

»Kann ich bei Ihnen etwas Warmes essen?«

»Aber natürlich, der Herr. Wir haben die beste Erbsensuppe mit Speck zwischen Husum und Hamburg.« Er lächelte Hauke schief an. Ihm fehlte ein Eckzahn.

Hauke orderte einen Teller Suppe und dazu ein Bier. Dann schaute er sich aufmerksam um.

Links neben dem Tresen ging eine Tür mit zwei Flügeln ab. Auch hier blätterte die Farbe vom Holz. Die bunt gemusterten Scheiben waren schmierig, sodass Hauke nur ahnen konnte, dass hinter der Tür ein Versammlungssaal lag. Er vermutete, dass dort in wenigen Stunden der Vortrag gehalten werden sollte, wenn auch nicht über das Thema der Gefahren von Alkohol.

Nahe dem Tresen saßen drei Männer, die Hauke für Fuhrleute hielt. Sie unterhielten sich über die Viehpreise auf der Geest und den neuesten Klatsch in der Gegend. Man war sich einig, dass der Kanal für alle eine Menge bringen könnte, nur einer von ihnen stimmte nicht zu.

»Ne, ick go lever no dem fernen Amerika hin«, sagte er. Er war der Jüngste von ihnen. Sein Haar war noch nicht grau, und die Augen waren, selbst nach einigen Bieren, noch wach. »Do kenn ick wen. De hätt ordentlich veel Dollars mockt. De is 'n rieken Mann worn.«

Die anderen wollten allerdings nicht glauben, dass man dort so einfach reich werden könnte. Einer von ihnen meinte, dass man da wohl auch Amerikanisch sprechen müsse.

»Nee«, meinte er darum, während er einen ordentlichen Zug aus seiner Tonpfeife nahm. »Dat is nix för mi. Dat is to veel för miehn olen Kopp.« Er blies den Pfeifenrauch über den Tisch und griff nach seinem Krug. »Nix för mi.«

Haukes Blick fiel auf einige Wimpel an der Wand. Bei den Zunftversammlungen der Handwerkergilden wurden sie auf den Stammtisch gestellt. Eine dicke Staubschicht auf den gestickten Wappen zeigte Hauke, dass sich schon seit Langem keine Handwerker mehr hier trafen. Eine vergilbte Festschrift hing an der Wand. Auch ihr Rahmen war von Staub bedeckt. Es war eine handgeschriebene Lobschrift, die anlässlich der Eröffnung des deutschen Reichstages im Berliner Schloss am 25. Juni 1888 angefertigt worden war. Ein Ereignis, bei dem das Reich auch gleich seinen neuen Kaiser, Wilhelm II., gekrönt hatte. Den in Latein gefertigten Text hatte man am Rand üppig im Stile einer mittelalterlich anmutenden Inkunabel verziert. Auch diese liebevoll verschnörkelten Zeilen lagen unter einer dicken Schicht aus Staub und Tabakrauch.

»Ihre Suppe, der Herr.« Der Wirt riss Hauke aus seinen Gedanken. Er stellte einen Teller mit abgesprungenem Rand vor ihn.

Bevor er wieder ging, hielt Hauke ihn auf. »Sagen Sie mal, guter Mann. Heute Abend wird hier eine Rede gehalten …«

Der Wirt zögerte kurz. »Ja, der Herr, über die Folgen ungebührlichen Alkoholgenusses.« Er lächelte entschuldigend.

»Wer ist denn der Redner?«

Er überlegte. »Tscha, wenn Sie mich so fragen …«

»Wer veranstaltet den Abend?« Hauke nahm einen Löffel der recht wässrig wirkenden Suppe und führte ihn zum Mund.

»Nun, das war ein … Ich denke, der Herr wird heute Abend auch anwesend sein.« Mit diesen Worten wollte der Wirt sich eiligst davonmachen.

»Leisten Sie mir einen Moment Gesellschaft, Herr Wirt«,

sagte Hauke ohne aufzusehen, während er die Suppe weiter-
löffelte.

Der Wirt zauderte.

»Setzen Sie sich«, fauchte Hauke, »oder ich lasse Ihren Gasthof schließen.« Hauke hatte die Worte so leise ausgesprochen,
dass keiner der anderen Gäste ihn hatte hören können, nur der
Wirt.

Mit einem kurzen Blick zu seinen anderen Gästen zog dieser
einen Stuhl heran und nahm Platz.

»Ich will wissen, wer den Saal für heute Abend angemietet
hat.« Hauke schob den erst halb leer gegessenen Teller von sich
und visierte den Wirt aus schmalen Augen an.

»Ich verstehe nicht, der Herr?« Er fuhr mit dem Tuch in
seiner Hand nervös an der Kante des Tisches entlang. »Hier hat
alles seine Ordnung.«

»Mich interessiert nicht, was heute Abend geredet wird.
Mich interessiert nur ein einziger Mann: Rote Haare, Vollbart,
und der Ringfinger …«

Der Wirt kannte ihn. Hauke konnte genau sehen, wie sich
die Augen des Mannes weiteten, als er das letzte Wort aussprach.

Jetzt begann der Wirt das Tuch in seiner Hand zu wringen.
»Ich weiß nicht, was Sie meinen.« Er wollte sich vom Stuhl
erheben.

Da griff Hauke nach seinem Unterarm und drückte ihn
wieder auf den Stuhl zurück. »Ich bin von der Kriminalpolizei
in Kiel. Besser, Sie antworten auf meine Fragen. Wenn nicht,
nehme ich Sie in Gewahrsam.«

»Kiel? Kiel ist weit weg.« Er stand auf.

»Ihre Konzession, mein Lieber, kann ich sofort wegen
Kaiserhetze und sozialistischer Umtriebe sequestrieren lassen.
Und dann geht alles vor Gericht. Gefängnis bis zu zehn Jahren.
Bestenfalls.«

Noch immer sprach Hauke leise, die Schärfe in seinen
Worten aber ließ die Männer am anderen Tisch aufhorchen.
Neugierig schauten sie herüber.

Das linke Lid des Wirtes zuckte. Katzbuckelig verbeugte er

sich, versicherte Hauke, dass er noch nie Probleme mit der Obrigkeit gehabt habe und bestimmt niemandem schaden wolle. Da wurde Haukes Aufmerksamkeit plötzlich abgelenkt. Eine Bewegung am Fenster machte ihn stutzig. Er fuhr herum. Hatte er gerade auf der Straße Elisabeth Jennings vorbeilaufen sehen? Gehetzt, als wären tausend Teufel hinter ihr her, war sie vorbeigerannt.

Eilig nahm Hauke seinen Stock und lief hinaus auf die Straße. Auf dem Gehsteig fuhr sein Blick nach links und rechts. Die Frau war verschwunden. Er humpelte noch einige Schritte in die eine und dann in die andere Richtung, aber er konnte Elisabeth nirgends entdecken.

Verwirrt ging Hauke wieder zurück in die Gaststätte, wo der Wirt jetzt hinter dem Tresen stand. Die drei Männer waren fort.

»Kennen Sie die Frau, die hier eben vorbeirannte?«

»Nee. Noch ein Bier?«

»Kennen Sie eine Schneiderin in Marne mit dem Namen Helling?«

Misstrauisch starrte er Hauke an. »Jo, warum?«

»Ich stelle hier die Fragen. Also?«

»Die Dora ist die Witwe vom Hermann, der vor zwei Jahren auf See geblieben ist. Sie kommt eigentlich aus Hamburg und ist Schneiderin. Was ganz Feines ist die Dora.« Die letzten Worte trieften vor Ironie. Er trocknete einen Krug ab und füllte Bier hinein. »Trotzdem. Weit und breit gibt es keine bessere Schneiderin, sagen die Frauen. Ich kenne mich mit so was nicht aus.«

Der Wirt trug keinen Ehering am Finger. Darum vermutete Hauke, dass er ein Auge auf die Witwe Helling geworfen haben könnte und abgewiesen wurde.

»Wo wohnt die Helling'sche?«

»Wenn Sie zu der wollen, haben Sie den Weg umsonst gemacht. Die Dora ist zurück nach Hamburg. Schon seit drei Monaten. Sie sagt, dass man da als Schneiderin besser verdienen könne … Pah, als wären wir hier nicht gut genug.«

Hauke hörte nicht mehr hin. Er drehte auf dem Absatz um

und humpelte hinaus. Draußen pfiff ein scharfer Wind. Wenn die Schneiderin bereits seit Monaten nicht mehr hier lebte, hatte Elisabeth gelogen, als sie sagte, Dora Helling habe sie zur Anprobe eines neuen Kleides einbestellt. Warum log Elisabeth Jennings? Was wollte sie in Marne?

Am Horizont sammelten sich hohe Wolken, die schnell näher kamen. Hauke schaute sich um. Da bemerkte er zwei Frauen auf einer Bank vor einer geöffneten Klönschnacktür sitzen. Eine las Linsen, die andere hatte vor sich ein rundes Kissen, auf dem sie Spitze klöppelte. Zu den Füßen der beiden saß ein kleines Mädchen mit einer Puppe aus Stroh in der Hand. Ein etwas älterer Junge trieb einen Holzreif mit einem Stöckchen die Straße entlang.

Hauke ging zu den Frauen hinüber. Misstrauisch blickten sie auf, ohne dass ihre geschickten Hände die Arbeit unterbrachen.

»Guten Morgen.« Er zog seine Mütze.

Die jüngere der beiden lächelte kurz. Unter ihrer Schürze wölbte sich ein runder Bauch. Da fing das kleine Mädchen auf dem Boden in klagendem Ton zu jammern an. Schnell stellte die Frau die Schüssel auf den Boden und stemmte sich mit beiden Händen von der Bank hoch. Dann watschelte die hochschwangere Frau zu ihrem Kind, während die Ältere auf der Bank nachsichtig den Kopf schüttelte. »Wenn de erst mohl dat dritte oder veerte Kind kreegen hett, deit se dat oock nich mehr.« Sie lächelte, und eine Zahnlücke kam zum Vorschein.

»Ich suche eine Frau«, begann Hauke.

»Zu spät, der Herr. Ich hab schon einen.« Sie lachte.

Flink gingen die Klöppel mit dem Garn daran über- und untereinander. Mit den Nadeln, die sie in der Rolle festgesteckt hatte, hatte sie bereits ein ordentliches Stück Spitze fertig. Es würde irgendwann einmal die samtenen Unterärmel einer Dithmarscher Tracht verzieren oder die Nachthaube einer vornehmen Dame in der Stadt.

»Nein«, sagte Hauke erschrocken. »Das meinte ich nicht.« Er zeigte zur Gaststätte hinüber. »Dort drüben lief eben eine junge Dame vorbei. Haben Sie sie gesehen?«

»Jo.«

»Haben Sie auch gesehen, wo sie herkam?«

Etwas war passiert. Das eben noch so redselige Weib wirkte nun vorsichtiger.

»Da wet ick nich«, sagte sie, ohne Hauke anzuschauen.

»Und wo ist sie hin?«

»Da wet ick ock nich.«

Himmel, dachte er, ist das ein verstocktes Volk. Seine Geduld neigte sich langsam dem Ende entgegen. »Besser, Sie sagen es mir, gute Frau, oder ich werde unleidlich. Es wäre mir nicht lieb, wenn ich Sie jetzt auf die Wache bringen lassen müsste, nur damit Sie mir dort meine Fragen beantworten.« Mit jedem Wort wurde seine Stimme lauter.

Die Kleine hinter ihm plärrte los. Umständlich nahm die Mutter sie auf den Arm. Zu ihrer Nachbarin auf der Bank meinte sie nur: »Nu sach ihm dat doch, Triene.«

Die Frau mit dem Namen Triene warf ihr einen wütenden Blick zu. »Un wenn de nu gar nich von ne Polizei is? Ick wüll keen Ärger hebben!«

Hauke horchte auf. »Ärger? Solange Sie kein Verbrechen begangen haben, bekommen Sie keinen Ärger. Wenn Sie aber eine Straftat verheimlichen —«

»Ick heff nix don!« Ihre Finger klöppelten immer schneller.

Die junge Frau mit dem Kind auf dem Arm setzte sich schnaufend zurück auf die Bank. »Triene, wullst du wegen de ole Mette op de Gendarmerie gebrockt warn?«

Hauke horchte auf. »Die alte Mette? Die, die mit ihrem Enkel am Kanal haust?«

Triene schwieg.

Etwas schien sie mit Mette zu verbinden. Aber was?

»So segg ick dem Herrn dat eben.« Die junge Frau blickte zu Hauke auf. »Dat is nich god, dat so wat Unchristliches bi uns in de Stadt passehren deit.«

»Unchristliches? Was ist hier passiert?« Hauke spürte, wie sich die Härchen auf seinen Armen aufstellten, wie jeder Herzschlag durch seinen Körper ging. Er traute sich kaum zu atmen.

»Dat is nix vör Mannslüüd«, nuschelte Triene dazwischen. »Dat is Angelegenheit vun uns Frunslüüd.«

»De junge Fru is vun dor komen«, erzählte die junge Mutter und zeigte mit dem Finger zu einem kleinen Gang auf der anderen Straßenseite, der gleich neben der Gaststätte lag.

»Danke!« Hauke setzte seine Mütze wieder auf.

Er ahnte, welche Frauenangelegenheit das sein könnte, die Männer nichts anging. Alte, erfahrene Frauen, über die nur hinter vorgehaltener Hand getuschelt wurde, gab es in jeder Stadt.

Er humpelte über das Kopfsteinpflaster, neugierig geworden, ob es tatsächlich die alte Mette war, die in Marne so Unchristliches zu erledigen hatte.

DIE APOTHEKE IN BRUNSBÜTTEL EMPFIEHLT DEM GEEHRTEN
PUBLIKUM ZUM FESTE ALS HOCHFEINE DELIKATESSE
DIE SO SEHR BELIEBTEN »MAGEN-MORSELLEN IN ANANAS-,
APFELSINEN-, APRIKOSEN, CHOKOLADEN-, ZITRONEN-,
ERDBEER, GEWÜRZ-, HIMBEER-, MARZIPAN UND VANILLE-
GESCHMACK. SÄMTLICHE MORSELLEN, NUR MIT
NATÜRLICHER FRUCHT GEKOCHT, SIND DAHER VON
VORZÜGLICHEM WOHLGESCHMACK.

Originalauszug: Kanalzeitung 1894

Der Gang war kaum mehr als eine enge Lücke zwischen dem
Gasthaus und dem nächsten Gebäude. Nur eine Armlänge
trennte die beiden Häuser voneinander. Die schmale Holztür
in die Gasse hinein stand offen. Dämmriges Licht umfing Hauke, denn an diesen Ort ver-
irrte sich kein Sonnenstrahl. Langsam ging er zwischen den
feuchten Wänden entlang. Die auftretende Enge in seiner
Brust bekämpfte er mit tiefen Atemzügen. Er gelangte in den
Hinterhof des Gasthauses, wo ein halb verfallener Schuppen
lag. Die hölzerne Tür quietschte in ihren Angeln. Im Fenster
bemerkte Hauke eine brennende Kerze. Er vermutete, dass
diese für Besucherinnen das Zeichen war, das ihnen erlaubte
einzutreten.

Als Hauke in den Schuppen kam, roch er ihn – den Tod.
Es war dieser eigentümliche Geruch, der sich in den Jahren
auf See in ihn gebrannt hatte, wenn einer seiner Männer beim
Reffen der Segel heruntergefallen war, verrenkt, im eigenen
Blute liegend, mit weit aufgerissenen Augen in den Himmel
starrend.

Der Tod roch immer gleich, egal, ob er als Wundbrand den
Smutje unter Deck Stück für Stück verfaulen ließ oder die Rat-
ten im Hafenbecken von London leblos dümpelten. Der Tod
hatte seinen eigenen süßlichen Duft, der unter den Lebenden
keinen Vergleich fand.

In der Mitte des Raumes, der nur von der Kerze im blinden

Fenster beleuchtet wurde, stand ein grob gezimmerter Tisch. Darüber hingen drei Tranlampen.

Auf einem Regal bemerkte Hauke mehrere halb geleerte Flaschen mit einer milchigen Flüssigkeit darin. Hauke vermutete, es könnte Selbstgebrannter sein. Ein paar Gerätschaften, die Mette für ihre unchristliche Arbeit sicherlich gebraucht hatte, lagen herum. Auf einem dreibeinigen Hocker befanden sich ein paar grobe Leinentücher. Darunter stand ein Zinkeimer.

Hauke fragte sich, wie verzweifelt Frauen sein mussten, um hierherzugehen.

Die Tote lag halb unter dem Tisch. Es war die alte Mette, die er noch am Morgen vernommen hatte. Sie musste nach der Vernehmung sofort hierhergekommen sein. Hauke fragte sich, warum. Vorsichtig näherte er sich dem Körper.

»Himmel, steh uns bei!«, keuchte der Wirt, der plötzlich im Türrahmen stand und sich abstützte.

»Sie wussten von dem Gewerbe der alten Mette in Ihrem Schuppen?«

»Nein, nein!«, kreischte er. »Sie hatte ihn gemietet ... Woher sollte ich wissen ...?«

Doch Hauke war überzeugt, dass der Kerl von der Engelmacherin für jede Besucherin eine ordentliche Provision kassierte.

»Ist sie tot?«, fragte der Wirt mit dünner Stimme.

»Erschlagen.« Hauke zeigte auf eine zerborstene Flasche auf dem Boden.

Der Wirt stöhnte auf.

»Laufen Sie zum örtlichen Sergeanten und holen Sie ihn her«, herrschte Hauke ihn an.

»Ja! Natürlich!« Der Wirt rannte davon.

Hauke begann unterdessen, sich genauer umzusehen. Da bemerkte er in der Hand der Alten etwas. Er beugte sich zu der Toten hinunter, deren Kopf von einem Blutsee umspült war, dessen Oberfläche wie ein Heiligenschein im Flackern der Kerze glänzte.

Vorsichtig bog Hauke die noch warmen Finger auf. Tief

hatte sich die Nadel einer Brosche in Mettes grobe Haut gebohrt. Hauke zog sie heraus.

Die Brosche war ein feines Stück Juwelierskunst. Ein ovaler Rubin bildete das Zentrum, umrahmt von mehreren kleineren Aquamarinen in bläulich-weißem Facettenschliff. Hauke erinnerte sich genau, an wessen Kleid er das Schmuckstück bereits gesehen hatte. Es war Elisabeth Jennings, die vor wenigen Minuten in Panik am Fenster des Gasthofs vorbeigelaufen war.

Hauke stand auf. Was hatte Elisabeth nur mit der alten Mette zu tun gehabt? Er hätte nicht vermutet, dass sie sich in eine Situation bringen würde, die den Besuch bei einer Engelmacherin notwendig machen könnte. Andererseits, was verstand er schon von Frauen?

Als Hauke aus dem Schuppen trat, kamen ihm der Ortspolizist und der Wirt entgegen, gefolgt von einigen neugierigen Leuten.

»Polizeistation Marne, Sergeant Johann Stammerjohann«, stellte sich der Uniformierte vor, während er die Knöpfe seiner offenbar eilig übergeworfenen Jacke umständlich zumachte. »Was ist hier vorgefallen?«

Hauke ließ den Mann wissen, mit wem er es zu tun hatte, woraufhin dieser salutierte.

»Sperren Sie den Gang ab«, erklärte Hauke ihm. »Es dürfen nur Sie, ich und der örtliche Arzt herein. Fassen Sie nichts an. Ich werde später versuchen, Fingerabdrücke zu nehmen.«

Stammerjohann schaute ihn fragend an.

»Ich erkläre es Ihnen später. Tun Sie erst einmal, was ich gesagt habe.«

Hauke eilte los. »Und lassen Sie vom Apotheker Graphitstaub herschaffen. Zwei Handvoll müssten reichen«, rief er noch über die Schulter zurück.

Auf der Straße angekommen, sah Hauke zum Himmel hinauf. Wenn das Licht später zur Untersuchung im Schuppen nicht mehr reichte, würde er Lampen aufstellen lassen. Für einen kurzen Moment spürte Hauke eine gewisse Euphorie in sich aufsteigen. Zum ersten Mal konnte er die Daktyloskopie in einem Mordfall anwenden. Bisher war die neue Fingerabdruck-technik für ihn nur eine faszinierende Theorie gewesen. Jetzt aber könnte sie beweisen, ob sie für den Polizeidienst tauglich war.

Vorher aber musste er Elisabeth Jennings finden. Er drängte die Leute zurück, die bereits gaffend vor dem Haus standen.

»Gibt es außer der Straße nach Brunsbüttel noch eine andere in die Richtung?«, rief er in die Menge.

»Ne, giff dat nich«, meinte einer.

Da bemerkte Hauke ein Fuhrwerk, dass die Straße entlang-polterte. Er lief hinüber, griff den Gaul am Zaumzeug und brachte so das Gefährt zum Stehen.

»Kriminalpolizei!«, rief er dem überraschten Kutscher zu. »Im Namen des Kaisers: Runter!«

KIRCHLICHE NACHRICHTEN. SONNTAG, 1. NOV., VORM. 9½ UHR, REFORMATIONSFEST (KOLLEKTE), PREDIGT HERR PASTOR EGGERSTEDT. BARACKE IN BRUNSBÜTTELHAFEN. BEICHTE UND ABENDMAHL. EBENDA 8 UHR. ES PREDIGT HERR PFARRER KRUSE. ANMELDUNGEN ZUR BEICHTE WERDEN IN DER BARACKE ERBETEN.

Originalauszug: Kanalzeitung 1894

Der Klepper erwies sich als williges Tier. Er schien sogar Gefallen an dem wilden Rennen zu finden. Hauke gab dem zottigen Pferd die Zügel. Glücklicherweise war die Ladefläche hinten leer, sodass Hauke sich keine Sorgen machen musste, dass umherfliegende Ware Passanten erschlagen könnte.

Bald schon hatte er die Stadt verlassen. Vor ihm lag die schnurgerade Straße Richtung Brunsbüttel, das kaum mehr als sieben Kilometer entfernt war. Links und rechts hatte man tiefe Gräben angelegt, um das schwarze Wasser der Marsch zu sammeln. Schon etliche Tiere waren hier elendig ersoffen, denn die Gräben waren tief. Und so manches unglückliche Mädchen hatte ihrem Leben hier in kalter Nacht ein Ende gesetzt.

Haukes Blick huschte über die schwarz spiegelnde Oberfläche des Brackwassers, ob darin ein Frauenkörper dümpelte. Erleichtert stellte er fest, dass Elisabeth auf diesen Ausweg verzichtet hatte. Das Fuhrwerk rumpelte weiter.

Da! Ein ordentliches Stück vor ihm schwankte eine Gestalt mitten auf dem Weg. Hauke trieb das Pferd an, noch schneller zu laufen. Schon waren die Umrisse der Person klarer. Ihr langer Mantel flatterte im Wind, der von der Elbe her wehte. Blonde Haare flogen wirr um ihren Kopf.

Elisabeth rannte um ihr Leben.

»Bleiben Sie stehen!«, rief er ihr zu. Sie hörte ihn nicht.

Hauke hielt den Gaul an und sprang vom Bock. Sofort brannte ein Schmerz in seinem Bein, der ihn aufstöhnen ließ. Er humpelte ihr nach.

Halb stolpernd, halb rennend kam sie vorwärts. Den Rock

in einer Hand haltend, taumelte sie den Weg entlang und schien sich kaum noch auf den Beinen halten zu können.

Mit wenigen Schritten hatte Hauke sie eingeholt. Er griff nach ihrem Arm und riss sie zu sich herum. Da sah er, dass sie nicht vor ihm geflohen war, sondern vor dem Teufel.

Wie irre huschte das Blau ihrer Augen umher. Kalter Schweiß stand in ihrem sonst so überlegen wirkenden Gesichtsausdruck. Ihr Mund zuckte. »Nein!«, schrie sie. »Nein!« Sie versuchte sich loszureißen. Mit aller Kraft musste Hauke sie an den Oberarmen festhalten.

Er war überrascht, wie stark diese zarte Person plötzlich war. Sie zerrte an ihm, um sich zu befreien. Beide drohten in den Graben zu fallen. Eine Böe riss ihren offenen Mantel auf. Elisabeths Kleid war mit Blut besudelt. Wieder und wieder schrie sie um Hilfe. Hauke konnte sie kaum noch halten.

Da holte er aus und gab ihr eine schallende Ohrfeige. Ihr Kopf flog zur Seite. Ein erstickter Schrei entfuhr ihren Lippen, der Hauke an ein waidwundes Tier denken ließ. Er hatte noch nie eine Frau geschlagen.

Kurz dachte er, sie bekäme keine Luft mehr. Dann japste sie auf. Tränen brachen aus ihr heraus. Sie schluchzte. Ihr ganzer Körper bebte, zitterte mit jeder Faser.

»Ich war es nicht«, stammelte sie immer wieder, während ihr Atem nur so raste.

Hauke zog sie zu sich heran. Sie wimmerte wie ein kleines Kind. Jedes Schluchzen rüttelte an ihr wie eine Sturmböe.

So standen sie auf der einsamen Landstraße, während der Wind an ihnen riss und über ihren Köpfen sich die ersten Sturmwolken sammelten. Der Südwest bog das Schilf am Grabenrand, Möwen schossen über den Deich, irgendwo glaubte Hauke, das Grollen von Donner zu hören.

Ganz langsam ließ das Zittern nach, und Elisabeths Atem ging ruhiger.

Unerwartet stieß sie ihn mit beiden Händen jäh fort. »Was fällt Ihnen ein?«, schrie sie ihn an.

»Wie ich sehe, geht es Ihnen jetzt besser.« Hauke trat zurück und tat, als wischte er ihre Tränen von seiner Jacke. »Dann können wir ja zurück nach Marne fahren. Sie sind mir Erklärungen schuldig.«

»Das kommt überhaupt nicht in Frage. Sie werden mich sofort zu meinem Vater bringen. Jetzt. Hören Sie? Jetzt!« Ihre Stimme überschlug sich.

Sie schien wieder ganz sie selbst zu sein. »Ich habe die Alte tot vorgefunden.« Elisabeth begann, ihre Haare zu richten. »Jawohl. Sie war bereits tot. Das werde ich bezeugen. Tot war sie.« Es wirkte, als müsste sie sich ihre falsche Aussage genau einprägen.

Ihr Blick glitt an ihrem Kleid herunter. Sie erschrak. »Das ...«, stotterte sie. »Das kann ich erklären! Ich versuchte, der Frau zu helfen.«

Hauke hatte vor, Elisabeth zurück nach Marne zu bringen und dort vorerst festzuhalten, bis er seine Untersuchungen beendet hatte. Das Offensichtliche muss nicht immer der Wahrheit entsprechen, hatte Sophie ihm einmal gesagt. Doch wer war Sophie, wenn nicht ein erloschener Lichtschein seiner Vergangenheit?

Vorerst würde er Elisabeth als Zeugin eines Mordes betrachten, bis er Beweise hatte, dass sie etwas anderes war. Es bestand die vage Möglichkeit, dass Elisabeth die Wahrheit sagte, auch wenn es momentan mehr als unwahrscheinlich war. Er hatte sie bisher als kühl und berechnend kennengelernt. Eine Tote zu finden, hätte eine Frau wie Elisabeth wohl irritiert, vielleicht sogar verstört, aber sicherlich nicht in einen derart hysterischen Zustand versetzt. Anders aber war es im Falle eines Mordes. So mancher Mörder wurde nach der Tat von seinem Tun förmlich in den Wahnsinn getrieben. Hauke war sich fast sicher, dass es bei Elisabeth genau so gewesen sein musste. Das galt es zu beweisen. Er brauchte unbedingt diese Fingerabdrücke.

»Sie stehen der Polizei für Ermittlungen als Zeugin zur Verfügung?«, wollte er von ihr wissen.

»Aber natürlich. Ich habe sie ja gefunden. Lassen Sie uns zurückfahren. Ich werde alles zu Protokoll bringen.« Mit energischen Schritten trat sie auf das Fuhrwerk zu. Sie reichte Hauke ihre Hand, damit er ihr hinaufhelfe.

Die plötzliche Selbstbeherrschung erstaunte ihn. Vor ihr lag wahrscheinlich eine lebenslange Haftstrafe. Wäre sie ein Mann, würde man sie bei einem Schuldspruch sogar erschießen. Sie aber schien sich dessen nicht bewusst zu sein. Vielleicht glaubte sie, dass allein aufgrund ihrer gesellschaftlichen Stellung eine Haft oder auch nur ein Prozess unmöglich sei. Sie war doch keine kleine Dirne von der Straße.

Und Hauke musste ihr recht geben: Der kleine und der große Mann waren auch in Kaisers Zeiten nicht immer vor dem Gesetz gleich. Und so war es seine Aufgabe, unumstößliche Beweise zu finden. Er hatte Elisabeth Jennings ihrem Prozess zuzuführen.

Mit hocherhobenem Haupt saß Elisabeth neben ihm, als der Karren in Marne einfuhr.

NIPPES IN BESONDERS HÜBSCHER AUSWAHL,
ZU BILLIGEN PREISEN EMPFIEHLT CHR. CLASEN.

Originalauszug: Kanalzeitung 1894

Sergeant Stammerjohann hatte in Haukes Abwesenheit den Schuppen nur leidlich vor neugierigen Bürgern schützen können. Als er zum Apotheker gelaufen war, um das geforderte Graphit zu beschaffen, waren die Leute flugs in den Schuppen geeilt und hatten nachgeschaut, was passiert war.

Reumütig berichtete Stammerjohann von dem Vorfall, wobei Schweiß auf seiner Stirn stand, und auch ein Knopf an der Uniform fehlte, was Hauke vermuten ließ, dass er zumindest versucht hatte, die Marner zurückzuhalten.

Hauke fluchte leise, denn die ungebetenen Gäste hatten alles Mögliche angefasst und wohl auch Dinge mitgehen lassen, wie Stammerjohann vorsichtig einräumte. Auf alle Fälle waren eventuelle Fingerabdrücke nun endgültig verwischt.

Seine Enttäuschung über die entgangene Gelegenheit, die Daktyloskopie an einem Tatort ausprobieren zu können, war groß. Hauke versuchte sich zu trösten, dass er vielleicht bei einem späteren Fall die Chance haben würde, die neue Technik zu benutzen. In diesem Moment fiel ihm ein, dass er dank Bahnsen höchstwahrscheinlich keine Zukunft bei der Kriminalpolizei haben würde.

Schnell wischte er den Gedanken beiseite und widmete sich Elisabeth, die in der kleinen Polizeistation von Marne auf einem einfachen Holzstuhl saß und ihn anstarrte. Soeben hatte er ihr eröffnet, dass die Befragung hier und nicht in der Villa stattfinden würde. Offen hatte er ihr gedroht, dass er sie so lange verhören würde, bis ihre Aussage alle offenen Fragen klärte.

»Was erdreisten Sie sich?«, entfuhr es ihr schnaufend. »Sie können mich nicht hierbehalten!« Ihre Hände begannen zu zittern. »Sollten Sie es auch nur versuchen, wird mein Vater, der über beste Kontakte zur Kieler Kriminalpolizei verfügt …«

Hauke ließ sie zetern. Er massierte sein schmerzendes Bein,

während er darüber nachdachte, was zwischen Elisabeth und der alten Mette vorgefallen sein könnte.

Der Amtmann von Marne hatte einen Schreiber geschickt, der sich gerühmt hatte, eine Kurzschrift namens Stenographie zu beherrschen, die ein bayerischer Ministerialbeamter namens Gabelsberger vor einigen Jahren erfunden hatte. Dieser Schreiber nahm nun das Protokoll auf.

Sein Bleistift zuckte über das Papier, während Elisabeth Jennings schimpfte. Offenbar schrieb der Mann, der in einer Ecke des Raumes hinter einem Tischchen saß, fast ebenso schnell, wie Elisabeth Jennings redete, denn sobald sie eine Pause machte, stoppte auch der Stift, und der Schreiber blickte hoch. Neben ihm lag ein Büchlein mit dem Titel »Anleitung zur Deutschen Redezeichenkunst«. Während der empörte Redeschwall der Tochter aus gutem Hause anhielt, richtete der kleine Mann immer wieder eilig seine Nickelbrille. Schweißflecken traten unter seinen Achseln hervor, obwohl es im Raum eher kühl war. Dabei hatte Hauke mit der Befragung noch nicht einmal richtig begonnen.

An der Tür stand Stammerjohann und beobachtete ihn aufmerksam. Sicherlich war es der erste Mord in der kleinen Stadt. Und wer wusste schon, ob es nicht irgendwann einen weiteren geben würde. Kein Wort und keine Regung des Kriminalkommissars aus Kiel entgingen dem jungen Mann.

Hauke zog aus seiner Jackentasche die Brosche heraus. »Sie haben im Schuppen etwas verloren, Fräulein Jennings.«

Elisabeth erschrak. »Das ist nicht meine Brosche«, log sie.

»Sind Sie sicher? Es stehen Ihre Initialen auf der Rückseite.«

Hauke beobachtete sie aufmerksam. Sie schien abzuwägen, wie wahrscheinlich es war, dass jemand eine identische Brosche besaß, die auch noch ihre Initialen hatte.

»Oh ja, das ist meine Brosche!« Sie beugte sich vor, um danach zu greifen.

Hauke zog seine Hand zurück.

»Man hat sie mir gestohlen!«

»Wann?«

Sie stockte. »Vor etwa … zwei Wochen.«

Hauke schaute kurz zu dem Schreiber. Als der Mann aufmerkte, fuhr Hauke fort: »Ein Rubin, mehrere Aquamarine. Ein wirklich schönes Stück.«

Er wartete, bis sie begriff. »Ich fand sie in der Hand der Toten. Warum, frage ich Sie, hatte die alte Mette Ihre Brosche in der Hand?«

Elisabeth starrte auf ihre Hände, während sie die Seiten ihres Mantels immer wieder über das blutbefleckte Kleid zu legen versuchte. »Sie wird die Diebin gewesen sein.«

»Hatten Sie die Brosche denn vermisst?«

Sie schaute auf. »Ja«, entfuhr es ihr ein wenig zu laut. »Darum war ich ja hier. Ich wollte meine Brosche abholen.«

Überrascht blickte Hauke auf. »Warum denn das?«

Ihr Atem ging schneller. An ihren Händen konnte Hauke das Weiß der Knöchel sehen.

»Sie wollte sie mir zurückgeben. Gegen Geld. Vielleicht hatte sie ein schlechtes Gewissen bekommen.«

Hauke, der die Alte kennengelernt hatte, glaubte Elisabeth kein Wort.

»Sie war bei Ihnen?«

»Ja. Gestern. Nein, vorgestern.«

Sie verstrickte sich immer tiefer in ihre Lügen. »Wenn ich das Hausmädchen befragen würde, könnte dieses mir also bestätigen, dass vorgestern die alte Mette an die Tür der Villa klopfte und eingelassen wurde?«

Gerade wollte sie darauf antworten, als er sie unterbrach. »Lassen Sie es gut sein, Fräulein Jennings. Sie machen es mit Ihren Lügen nur noch schlimmer. Ich weiß, wo Mette die letzten drei Tage vor ihrem Tod war. Ich kenne jeden einzelnen ihrer Schritte. Die alte Frau hat niemals die Villa Ihres Vaters aufgesucht.«

Er drückte seinen Rücken durch, der ebenfalls zu schmerzen begann. »Also bitte, versuchen Sie nicht, mich für dumm zu verkaufen.« Nun beugte er sich über den Tisch. »Bleiben wir bei den Fakten. Sie sagten Ihrem Vater, Sie wollten nach Marne, um Ihre Schneiderin Dora Helling aufzusuchen.«

»Ja, ähm … das wollte ich auch. Darum bin ich ja nach Marne gekommen. Ich hörte eigenartige Geräusche aus dem Hinterhof der Gaststätte. Jemand kam aus dem Gang gelaufen … Ich wollte nur helfen.«

»Soll das so protokolliert werden?«

»Ja«, bestätigte sie mit hochgerecktem Kinn.

»Dann muss ich Sie leider in Haft nehmen, da Sie mich anlügen«, schloss Hauke.

Erschrocken sprang sie auf. »Ich lüge nicht, Sie Einfaltspinsel! Wissen Sie überhaupt, wer ich bin?«

Hauke war es leid. Er gab Stammerjohann ein Zeichen.

»Nehmen Sie Fräulein Jennings vorläufig in Gewahrsam, bis entschieden ist, wann sie nach Itzehoe überführt werden kann. Der Untersuchungsrichter soll entscheiden, wie weiterhin mit ihr verfahren werden soll.«

Elisabeth schrie auf. Sie wollte sich auf Hauke stürzen. Da hatte Stammerjohann sie schon am Arm gefasst.

»Was fällt Ihnen ein?«, kreischte sie ihn an.

Hauke nahm seinen Stock, den er an die Kante des Tisches gelehnt hatte. Er hinkte um den Tisch herum und stellte sich dicht vor ihr auf.

»Ihre Schneiderin, Fräulein Jennings, ist seit Wochen in Hamburg. Sie kann Ihnen unmöglich einen Termin zur Anprobe gegeben haben.«

Mit weit aufgerissenen Augen starrte Elisabeth ihn an.

»Sie waren nur aus einem Grund in Marne. Wegen der alten Mette. Einer Frau, die Ihre Brosche in der Hand hielt, als sie starb. War die Brosche die Bezahlung für gewisse Dienste?«

Elisabeth spuckte Hauke ins Gesicht.

Die Tür wurde aufgestoßen. Mit der Wucht eines Sturms stürzte Wilhelm Jennings herein.

Seine Stimme drohte, die Wände des Raumes fortzusprengen. »Sind Sie von allen guten Geistern verlassen?«

Elisabeth riss sich aus dem Griff des überraschten Stammerjohann und fiel ihrem Vater in die Arme.

»Dafür werden Sie sich verantworten, Sie …!«

Jennings wollte sich gerade abwenden, um den Raum zu verlassen, als Hauke seinen Stock auf den Schreibtisch knallen ließ. »Halt!«

Überrascht hielt Jennings inne.

»Ihre Tochter steht unter dringendem Mordverdacht. Sollten Sie sie aus diesem Raum entfernen, machen Sie sich strafbar. Und ich werde Sie in vollem Maße haftbar machen.«

Stammerjohann richtete sich ein wenig auf, trat vor und stellte sich in den Rahmen der Tür, die er mit seinen breiten Schultern fast gänzlich einnahm.

Verwirrt blickte Jennings zwischen ihm und Hauke hin und her. Er schien abzuwägen, was er tun sollte.

Die Adern an seinen Schläfen pochten, als er mit gepresster Stimme sagte: »Ich werde natürlich die polizeilichen Ermittlungen nicht behindern.«

»Aber Papa!«, rief Elisabeth. »Du kannst mich nicht hierlassen. Er will mich einsperren!« Ihre Stimme klang wie die eines bockigen Kindes, das nicht verstand, warum es jetzt keine Schokolade mehr bekam.

Jennings setzte sich auf den Stuhl, auf dem eben noch seine Tochter gesessen hatte. Er gedachte offenbar, mit Hauke zu verhandeln.

Hauke nahm wieder Platz. An der Wand hinter ihm hing das Porträt des Kaisers.

»Der Amtmann informierte mich von dem … Vorfall. Sie erheben schwere Anschuldigungen gegen meine Tochter, Herr *Kommissar*.«

Hauke horchte auf. Das letzte Wort hatte Jennings auf eine merkwürdige Art ausgesprochen, fast so, als sei er überrascht, Hauke Sötje noch immer als Kommissar vorzufinden. Sofort wurde Hauke klar, wen Elisabeth gemeint hatte, als sie eben sagte, ihr Vater habe beste Kontakte nach Kiel. Er konnte nicht ausschließen, dass Bahnsen und Jennings sich kannten. Wenn dem so war, wusste Jennings von dem Telegramm, das in diesem Moment in der Hosentasche eines Jungen steckte.

»Wie werden Sie weiter vorgehen, Herr Kommissar?« Jennings Stimme klang verärgert. Anscheinend nahm er an, dass die Suspendierung Hauke nicht rechtzeitig erreicht hatte, was auf eine gewisse Weise ja auch stimmte.

»Man wird Ihre Tochter dem Haftrichter in Itzehoe vorführen. Der wird entscheiden müssen, ob es zu einem Prozess kommt oder nicht.«

»Sie scheinen sich Ihrer Sache sehr sicher zu sein.« Jennings zog seine Lederhandschuhe aus und begann sie nervös in die Hand zu schlagen, was ein klatschendes Geräusch machte. Dabei funkelte er Hauke aus schmalen Augen an.

»Vieles spricht dafür, dass Ihre Tochter die alte Mette erschlagen hat. Es gibt Zeugen.« Hauke hatte die Aussagen der beiden Frauen auf der Bank, dass die alte Mette keine halbe Stunde vor der jungen Frau durch den Gang gegangen war. Er hatte die Aussagen der drei Männer aus dem Gasthof, dass niemand durch die Gaststube gekommen war, um nach hinten zu gehen. Auch der Wirt hatte die Gaststube in der fraglichen Zeit nicht verlassen. Nur Elisabeth Jennings kam als Mörderin in Frage.

Jennings überlegte. »Lassen Sie Elisabeth mit mir nach Hause gehen. Ich verbürge mich persönlich für meine Tochter. Sie wird das Haus nicht verlassen. Sie wird dem Richter in Itzehoe Rede und Antwort stehen, wenn dies gewünscht wird. Sie wird sich dem Gesetz nicht entziehen.« Er schluckte. »Ich schwöre es.«

Hauke überlegte. »Es ist nicht an mir, diese Entscheidung zu treffen.«

»Bitte«, flehte Jennings. »Sie würde keine Nacht im Gefängnis überleben … mit all den Leuten dort.«

Wie zur Bestätigung begann Elisabeth zu weinen.

Stammerjohann mischte sich vorsichtig ein. »Der Herr Jennings ist ein Ehrenmann, Herr Kommissar. Das weiß hier jeder.«

Da Jennings vielleicht kein Menschenfreund, wohl aber ein zuverlässiger Untertan des Kaisers war, dessen Gesetze er zu respektieren schien und im Falle einer Zuwiderhandlung seine gesamte Existenz aufs Spiel setzte, entschied Hauke, dass die Verdächtige zurück in die Villa dürfe.

»Sie steht dort unter Hausarrest. Ich werde Sergeant Wilkens vor dem Haus postieren. Sollte Fräulein Jennings das Haus verlassen, und sei es nur für einen Spaziergang, werde ich sie umgehend verhaften lassen.« Hauke war sich darüber im Klaren, dass das alles war, was er tun konnte, denn eigentlich war er kein Polizist mehr und was er hier machte, war strafbar.

Jennings nickte und erhob sich.

»Sie werden vom Gericht Kenntnis erhalten, wann Ihre Tochter vorstellig zu sein hat. Nehmen Sie sich einen guten Anwalt. Ihre Tochter wird ihn brauchen.«

Hauke setzte ein Schreiben auf, das er mit dem Stempel der Polizeistation versah, während der Schreiber in der Ecke seinen in Kurzschrift verfassten Text gerade ins Reine übertrug.

Hauke reichte Jennings die Anordnung zum Hausarrest von Elisabeth. Jennings steckte das Papier in die Seitentasche seines Gehrocks. Dann griff er seine Tochter am Arm und schob sie aus dem Raum.

In der Tür drehte er sich noch einmal zu Hauke um. »Wenn all das vorbei ist, werde ich Sie vernichten, Sötje!«, zischte er.

BRUNSBÜTTEL. IM VERTRAUEN AUF DIE ALLZEIT BEREITE BARMHERZIGKEIT DER BRUNSBÜTTELER KIRCHENGEMEINDE, WENN ES GILT, NOT ZU LINDERN UND SORGEN ZU BANNEN, WENDET SICH DER FRAUENVEREIN AUCH IN DIESEM JAHRE AN DIESELBE, MIT DER HERZLICHEN BITTE, UM EINLIEFERUNG VON GESCHENKEN ZUR DIESJÄHRIGEN VERLOSUNG UND DURCH ABNAHME VON LOSEN DEN VEREIN IN DEN STAND ZU SETZEN, DASS ER SOWOHL AM LIEBEN WEIHNACHTSFESTE BEDÜRFTIGE MIT EINER KLEINEN GABE ERFREUEN ALS AUCH IM LAUFE DES JAHRES ARME, KRANKE, SCHWACHE IN DRINGENDEN FÄLLEN UNTERSTÜTZEN UND IHNEN DADURCH IHRE LAGE WENIGSTENS IN ETWAS ERLEICHTERN KÖNNE. FRAU PASTORIN EGGERSTEDT, FRAU PASTORIN KRUSE.

Originalauszug: Kanalzeitung 1894

In knappen und präzisen Worten verfasste Hauke seinen Bericht für Bahnsen und den Itzehoer Untersuchungsrichter. Es würde wohl sein letzter als Kriminalbeamter sein. Und es würde der Bericht sein, der vor Gericht am meisten angezweifelt werden würde. Umso akribischer formulierte er die Ergebnisse seiner Untersuchungen, zitierte das Gespräch mit dem Wirt und fasste sein Tun chronologisch zusammen.

Als er alles unterzeichnen wollte, stockte er. Etwas im Gasthaus war ihm aufgefallen. Eine Kleinigkeit nur, doch groß genug, um Hauke mitten im Schreiben innehalten zu lassen.

Er starrte zur Tür, durch die soeben Stammerjohann trat.

»Herrn Jennings und Tochter befehlsgemäß an Sergeant Wilkens übergeben.« Er salutierte zackig, wobei er die Hacken seiner Stiefel zusammenschlug.

»Gut gemacht«, sagte Hauke abwesend. »Jetzt bleibt uns noch eine Angelegenheit zu erledigen.« Er erhob sich und griff nach seinem Gehstock.

»Jawohl, Herr Kommissar.«

Gerade wollte Stammerjohann erneut die Hacken zusammenschlagen, als Hauke ihn unterbrach. »Bitte, lassen Sie das.«

Er deutete auf die gewichsten Stiefel von Stammerjohann.

»Das tut weder Ihren Stiefeln noch Ihren Hacken noch meinen Nerven gut.«

Verwirrt blickte Stammerjohann an sich hinunter. Dann wurden seine Wangen rot.

»Kommen Sie. Wir müssen noch einmal ins Gasthaus ›Zum guten Kaiser‹. Ich muss es mir anschauen.«

»Zu Befehl, Herr Kommissar!«

Kurz darauf hatten die beiden Polizisten den Gasthof erreicht. An der Tür hing ein Schild: »Geschlossen«.

Dennoch war die Tür offen, und sie traten ein. Der Gastraum war leer.

»Herr Wirt?«, rief Hauke und horchte. Nichts geschah.

»Soll ich ihn suchen?«, wollte Stammerjohann wissen.

Da kam der Wirt durch eine kleine Tür herein. »Was wollen Sie noch? Ich habe Ihnen alles gesagt.«

Hauke ging zu der Wand hinüber, an der die Wimpel und die lateinische Festschrift hingen. »Ich wollte nachschauen, ob Sie noch hier sind.«

»Aber natürlich. Sie haben angeordnet, dass ich in der Stadt bleiben muss, falls Sie noch Fragen haben. Wenn nicht, wird man mich per Steckbrief suchen lassen …« Seine Stimme brach.

Tatsächlich hatte Hauke ihm mehr oder weniger offen gedroht. Er war überzeugt, dass der Mann sich wegen verschiedener Vergehen vor Gericht verantworten müsste. Die krummen Geschäfte des Wirts interessierten Hauke momentan aber nicht, sondern einzig die Festschrift an der Wand.

»Wer schrieb das dort oben?«

Erstaunt schaute der Wirt zu dem verstaubten Rahmen, fast so, als hätte der den Text dort noch nie bemerkt.

»Also, wer?«

»Das war unser Schulmeister. Er hat das zur Krönung unseres Kaisers geschrieben. Keinen Monat später war er tot. Also der Schulmeister, nicht der Kaiser.«

Hauke hatte bemerkt, dass der Text an der Wand mit den Worten »Bonem Emperor« begann. Ebenso lautete der Adressat des chiffrierten Briefes aus Kiel in Haukes Zimmer. Der Brief, der Mörder und dieser Gasthof gehörten zusammen.

Ohne den Blick von den Zeilen zu wenden fragte Hauke: »Wie hieß der Mann, der den Festsaal für heute anmietete?« Der Wirt schluckte. »Die Veranstaltung wurde abgesagt.« Hauke drehte sich um. »Ach, wann denn?«

»Vor einer Stunde. Ein Arbeiter kam vorbei und sagte es mir.« »Da geht Ihnen aber ein gutes Geschäft durch die Lappen«, vermutete Hauke. »Lassen Sie mich raten, Herr Wirt: Man gab Ihnen dennoch das Geld für den Abend.«

»Nun ja«, druckste dieser herum. »Eine Entschädigung, sozusagen.«

Hauke begann im leeren Schankraum umherzugehen, was den Wirt noch nervöser zu machen schien, denn er schluckte ununterbrochen.

Da drehte Hauke sich zu ihm um. »Also, wie hieß der Mann, der den Saal gemietet hat?«

»Ich habe es vergessen«, log der Wirt.

»Bedenken Sie, dass ich Sie sofort in Haft nehmen lassen kann. Allein die Tote in Ihrem Schuppen berechtigt mich dazu.«

»Aber ich war es nicht!«, rief der Wirt. »Sie haben doch die anderen gehört, dass ich nicht eine Minute den Schankraum verlassen hatte. Ich kann es gar nicht gewesen sein.«

»Wie hieß der Kerl, der den Saal mietete?«, polterte Hauke ihn an.

Der Wirt zuckte zusammen. »Auf Ehrenwort, ich habe den Namen vergessen«, nuschelte er.

Hauke fuhr herum und ergriff ihn am Schlafittchen. »Die Liste der Anklagepunkte gegen Sie wird immer länger, Herr Wirt. Jetzt kommt noch Hochverrat hinzu. Es wird untersucht werden, ob Sie mit Feinden des Reiches kollaborieren.«

Haukes Stimme dröhnte durch den Raum.

Der Wirt wurde immer kleiner. »Hochverrat? Aber warum denn das?«

»Weil der Vortrag nur Vorwand für eine sozialistische Zusammenrottung war. Und weil Sie mir den Namen des Mannes, der dahintersteckt, nicht nennen wollen.«

»Ich kann nicht«, murmelte er leise.

»Beschreiben Sie ihn mir.«

Der Wirt schüttelte den Kopf.

Hauke zog ihn noch dichter an sein Gesicht heran. »Dem Mann fehlt der Ringfinger der rechten Hand, richtig?«, sagte er.

Stumm nickte der Mann.

»Geben Sie mir jetzt seinen Namen.«

Der Wirt schluckte. Dann flüsterte er leise: »Moltke. Eduard Moltke.«

Hauke ließ ihn los. »Moltke?«

»Ja, ja, ich erinnere mich wieder. Ganz bestimmt. Eduard Moltke.«

»Ach, welch Zufall.«

Wütend ging Hauke zur Festschrift an der Wand. Er zeigte auf den Namen des Schulmeisters von Marne, der die Festschrift mit kleinen Buchstaben unten rechts unterzeichnet hatte. »Genauso hieß auch der Verfasser des Textes dort oben.«

Jetzt hatte Hauke also einen Brief mit den Worten »Bonem Emperor« darauf und eine dazu passende Festschrift an der Wand eines heruntergekommenen Gasthofs in Marne, die mit ebendiesen Worten begann. Zudem hatte sich der Mörder von Kiel offenbar einen Spaß erlaubt und als falschen Namen den des Marner Schulmeisters gewählt, um für eine subversive Veranstaltung einen Saal zu mieten. Damit aber wusste Hauke noch immer nicht, was in dem Schreiben so Wichtiges stand, dass man ihn chiffrieren musste.

Haukes Blick ging zur Eingangstür hinüber. Fast erwartete er, dieser Moltke könnte in diesem Moment hereinkommen.

Was um alles in der Welt wollte der Mann hier? Er ahnte, dass nur der vermaledeite Brief ihm diese Antwort geben könnte.

»Erzählen Sie mir etwas über diesen Kerl, der sich Eduard Moltke nennt, Herr Wirt.« Ganz so, als wollte er sich zu einem Plausch niedersetzen, zog Hauke einen Stuhl vor und nahm Platz.

Schweißtropfen liefen dem Wirt die Schläfen entlang. »Er kam ab und an vorbei, wenn er auf der Durchreise war.«

»Was wollte er hier?« Hauke schaute aus dem Fenster, an dem Elisabeth Jennings vorbeigelaufen war.

»Ich weiß es nicht.«

Hauke seufzte. »Sergeant. Nehmen Sie den Mann fest. Er lügt.«

Stammerjohann trat neben den Wirt, der einen Schritt zurückwich. »Nein! Ich lüge nicht«, krächzte er.

»Doch. Der Mann, der sich Eduard Moltke nennt, brachte Briefe hierher«, sagte Hauke bestimmt.

»Woher …?« Erstaunt starrte der Wirt Hauke an.

Hauke berührte die Festschrift. »Bonem Emperor‹, dem guten Kaiser, stand vorne drauf.«

Der Wirt nickte. »Ja, ich weiß, danach ist mein Gasthaus benannt. Nur auf Latein.«

Hauke überging die grammatikalische Nachlässigkeit und wollte noch einmal wissen, was der Fremde mit dem Namen Moltke hier zu tun gehabt hatte.

Kleinlaut gab der Wirt zu, dass der Fremde tatsächlich Briefe brachte.

»Wer holte diese Nachrichten wieder ab?«

»Eine Frau.«

»Wer war sie?«

»Ich kenne sie nicht. Sie kam meistens spätabends, wenn es dunkel war. Dann klopfte sie an die Hintertür. Ihr Gesicht war unter einem Schleier. Aber ihre Kleidung war teuer. Sie muss aus gutem Hause gewesen sein.«

»Wie oft wurde ein Brief überreicht?«

»Einmal im Monat. Der Moltke kam einmal im Monat, brachte einen Brief und nahm einen anderen mit.«

Wer war die Frau, die die Briefe abholte? Hauke glaubte die Antwort zu kennen. Es war Zeit, Elisabeth Jennings noch weitere Fragen zu stellen.

GROSSE PRIMA TÜRKISCHE PFLAUMEN PR. PFD. NUR 18 PFG.,
EBENFALLS NEUE FRÜCHTE, EMPFIEHLT P. J. WAGNER

Originalauszug: Kanalzeitung 1894

Hauke ließ den Wirt festnehmen. Seine Nähe zum Mord an der alten Mette und zu einem Mörder, der verschlüsselte Briefe hierherbrachte, machte diese Maßnahme erforderlich. Wieder schrieb er einen Bericht, es war der dritte an diesem Tag. Hauke seufzte. Als Stammerjohann in die Wache kam, salutierte er wieder einmal zackig und ließ die Hacken seiner Stiefel zusammenknallen.

»Sergeant«, sagte Hauke ohne aufzusehen, »besorgen Sie mir ein Fuhrwerk, damit ich zurück nach Brunsbüttel fahren kann.«

»Ginge auch ein Pferd, Herr Kommissar? Ich habe einen guten Gaul im Stall. Den könnte ich Ihnen ... oder reiten Sie nicht?«

Tatsächlich hasste Hauke Pferde. Jeden Orkan vor Kap Horn hätte er diesen Tieren vorgezogen. Aber er war nun einmal kein Kapitän mehr. Und so musste er lernen, mit der Unbill des Landlebens zurechtzukommen.

»Bringen Sie es her. Es wird schon gehen.« Mit einem Pferd würde er schneller bei der Jennings-Villa sein als mit einem Fuhrwerk, sofern ihn das Vieh nicht abwarf.

Es war ein Schimmel, der sich als träge und verfressen erwies. Und so dauerte der Ritt länger, als es Hauke lieb war. Auf dem Weg quälte ihn die Frage, ob er sich mit den Briefen und Moltke nicht zu weit vom Fall Strasser entfernte.

VOM KANAL. EIN HÄNDLER AUS W. VERSUCHTE KÜRZLICH, VON DEN PRESSKOHLEN ZU ENTWENDEN. VON EINEM AUFSEHER, DER ES BEMERKT, WURDE ER ANGEHALTEN, DIE KOHLEN WIEDER SCHLEUNIGST ABZULADEN.

Originalauszug: Kanalzeitung 1894

»Sie?«, giftete Jennings Hauke an.

Hauke, der sich an dem Dienstmädchen vorbeigedrängt hatte und gleich in das Arbeitszimmer von Jennings marschiert war, stellte sich vor den Schreibtisch, an dem Jennings über Listen und Pläne gebeugt gesessen hatte.

»Wie ich sehe, haben Sie sich an meine Anweisungen gehalten, Herr Jennings.«

Jennings schnaufte. »Ist das ein Kontrollbesuch?« Er nahm die Seiten, die er soeben geschrieben hatte, und ließ sie in eine Schublade gleiten.

»Lassen Sie Ihre Tochter herunterbringen. Ich habe noch einige Fragen.«

»Sie schläft.« Er begann, Unterlagen in einer Mappe zu unterschreiben. »Ich habe den Arzt holen lassen. Das Kind war völlig außer sich.«

Hauke trat an den Schreibtisch, stützte seine Hände auf die Mappe und beugte sich zu Jennings hinüber, der erstaunt aufblickte. »Holen Sie sofort Ihre Tochter herunter. Oder ich gehe hinauf!«

Hinter sich hörte Hauke das laute Ticken einer Standuhr. Er wusste, dass er mit diesem lächerlichen Machtgeplänkel seine Zeit nicht vergeuden durfte. Es war eine Frage von wenigen Stunden, bis jemand bemerkte, dass es keinen Kommissar Sötje mehr gab. Man würde ihn mit Gewalt von dem Fall abziehen. Aber Hauke ahnte, dass er der Lösung des Falls Strasser immer näher kam. Und vielleicht sogar ein noch größeres Verbrechen aufklären konnte, wenn er nur wüsste, was in diesen verdammten Briefen stand.

Langsam griff Jennings zu einer kleinen Messingglocke,

die auf seinem Schreibtisch stand. In der einen Minute, die das Mädchen brauchte, um von der Küche heraufzukommen, maßen sich die beiden Männer schweigend über den Tisch hinweg.

Das Mädchen in der Tür knickste. »Ja, Herr Jennings?«

»Wecke Fräulein Elisabeth«, befahl Jennings, ohne den Blick von Hauke zu lassen. »Sag ihr, der Kommissar will sie sprechen.«

Wieder knickste sie. Als sie jedoch gerade die Tür schließen wollte, hielt sie noch einmal inne.

»Was ist denn?«, blaffte Jennings sie an.

Schüchtern trat sie einen Schritt vor. »Ich frage mich, Herr Jennings ...« Sie stierte ängstlich auf ihre Zehenspitzen.

Jennings sprang von seinem Stuhl auf. Das Mädchen zuckte zusammen. »Nun sag schon!«

»Ich frage mich, Herr, wo ich mit den Kleidern des Herrn Strasser hinsoll.«

Hauke horchte auf.

»Was weiß ich«, schnauzte Jennings. »Wirf sie weg.«

»Moment«, mischte Hauke sich ein. Er ging zu dem Mädchen. »Was sind das für Kleider?«

»Ich habe die Anzüge des Herrn Strasser gereinigt und seine Hemden gebügelt.«

Hauke wandte sich an Jennings. »Ist es üblich, dass Ihr Personal die Anzüge der Angestellten wäscht?«

Bevor Jennings etwas erwidern konnte, sagte das Dienstmädchen: »Aber der Herr Strasser hat doch hier gewohnt. Schon seit zwei Wochen.«

Hauke fuhr herum. »Wann gedachten Sie mir das zu sagen, Herr Jennings?«

Jennings ließ sich auf seinen Stuhl fallen. »Sie haben nicht gefragt.«

Das stimmte zwar nicht, aber diese Tatsache würde Hauke mit dem Mann später diskutieren.

»In welchem Zimmer wohnte Ludwig Strasser?«, wollte Hauke von dem Dienstmädchen wissen, das mit scheuem Blick zu seinem Arbeitgeber hinübersah.

»Nun sag schon!«, schnauzte Hauke sie an.

Verstört hauchte sie: »Das Zimmer, in dem Sie übernachtet haben, Herr Kommissar.«

Hauke eilte aus dem Raum. Sein Bein schmerzte, als er die Stufen hinauf in den ersten Stock nahm.

Das Zimmer war nach seiner Abreise wieder ordentlich hergerichtet worden. Er trat ein, während das Mädchen, das ihm hinterhergerannt war, in der Tür stehen blieb. Nacheinander öffnete Hauke die Schranktüren und Schubladen, schaute unter das Bett und zwischen die Polster der Ottomane.

»Wohnte der Herr Ingenieur nur in diesem Zimmer?«

Sie nickte.

Jennings erschien im Türrahmen und schob sie weg. »Geh in die Küche«, raunzte er das Mädchen an, das sich daraufhin zügig davonmachen wollte.

»Nein, Mädchen, komm her und beantworte meine Fragen.«

Hin- und hergerissen zwischen ihrem Arbeitgeber und dem Polizisten, trat sie zögerlich in das Zimmer.

Jennings wollte schon protestieren, als Hauke ihn mit einer knappen Bewegung seiner Hand zum Schweigen brachte. »Was immer Sie jetzt sagen, Herr Jennings, es wird die Sache für Sie nur noch schlimmer machen. Sie haben versucht, wichtige Tatsachen vor der Polizei geheim zu halten. Ich frage mich, warum.«

Jennings schluckte.

Jetzt wandte Hauke sich dem blassen Dienstmädchen zu. »Wurde in diesem Raum seit Strassers Tod irgendetwas verändert?«

»Ich habe hier nur geputzt«, flüsterte sie.

»Hast du irgendetwas in seinen Sachen gefunden?«

»Ich habe nichts weggenommen!«, rief sie aus.

Hauke legte seine Hand auf ihren Oberarm. Er spürte, dass sie zitterte. »Beruhige dich. Es liegt nichts gegen dich vor. Also, wo sind seine Sachen?«

»In einem alten Koffer auf dem Dachboden. Ich habe alles

dort hineingetan. Wusste ja nicht, was ich damit machen sollte.«
Sie schniefte in einen Zipfel ihrer Schürze hinein.

Schon wollte Hauke den Raum verlassen, als er innehielt.
»Du verwendest Natron zum Putzen?«

Erstaunt blickte das Mädchen ihn an. »Ja, Herr Kommissar.
Es riecht immer so streng nach Zigarren im Haus.«

»Ach, du benutzt es nicht, weil die Wände des Hauses noch
feucht sind und darum muffig riechen könnten?«

»Nein, es ist nur wegen dieser Zigarren.«

Hauke ging zu dem kleinen Tisch hinüber. Er zog das Tischchen vor. »Als ich in diesem Zimmer war, lagen hier unten ein
paar Stücke abgeblätterter Wandfarbe. Hast du sie bemerkt?«

Fragend schaute das Mädchen zu Jennings. Als der nichts
sagte, erklärte sie Hauke zögerlich, dass sie alles ordentlich weg-
gemacht habe.

Unterdessen fuhr Hauke mit den Fingern über die halbhohe Vertäfelung an der Wand. Sie bestand aus weiß lackierten
Holzbrettern, die man dicht an dicht senkrecht nebeneinander
dort befestigt hatte. Mit dem Knöchel seiner rechten Hand
klopfte er jedes einzelne Brett der Reihe nach ab. Bei genauem
Hinsehen erkannte er, dass drei Bretter an den Köpfen ihrer
Nägel keinen weißen Lack mehr hatten. Vorsichtig zog Hauke
eines der Bretter von der Wand.

»Was tun Sie da?«, schrie Jennings.

Da hatte Hauke auch schon das lose Brett in der Hand. Vor
ihm lag ein kleines Fach, dass jemand ins geweißte Mauerwerk
getrieben hatte.

»Ich sah auf dem Boden ein wenig abgeblätterte Farbe.«
Hauke löste die benachbarten Bretter »Ich dachte, die könnten
abgefallen sein, weil die Wände vom Bau noch feucht sind. Der
Natrongeruch bestätigte mich in dieser Annahme. Aber es war
ein Fehler. Das Natron hatte nichts mit den Farbresten auf dem
Boden zu tun.«

Jemand hatte mehrere Ziegelsteine herausgenommen. Das
Loch war tief genug, um darin ein Buch sowie ein dünnes Heft
mit schwarzem Umschlag zu verstecken.

Hauke drehte sich um. »Wussten Sie davon?«

Jennings, der jetzt neben Hauke stand, war nicht in der Lage zu antworten. Er schüttelte nur den Kopf.

Hauke griff in das Loch. Er holte das Heft und das Buch heraus und legte es auf das Tischchen. Bei dem Buch handelte es sich um eine günstige Ausgabe von »Bechsteins neue Märchen«. Darin enthalten waren fünfzig Geschichten, die Ludwig Bechstein zu Lebzeiten gesammelt und aufgeschrieben hatte. Der Schriftsteller war schon seit über vierzig Jahren tot. Seine Märchensammlung aber stand noch heute im Bücherschrank vieler Deutscher. Hauke blätterte durch die Seiten. Überall waren einzelne Worte mit Bleistift eingekreist und Zahlen oder Buchstaben darübergeschrieben worden.

Niemand würde ein harmloses Märchenbuch hinter einer Wandvertäfelung verstecken, es sei denn, er hatte einen guten Grund. Das Heft wiederum war voller Zahlen, die der Schreiber aufs Akkurateste untereinander und nebeneinandergestellt hatte. Beim Überfliegen der Ziffern bemerkte Hauke schnell, dass sie rein mathematisch keinen Sinn ergaben. Weder war durch Addition noch Subtraktion eine Verbindung der einzelnen Zahlen zueinander herstellbar.

Hauke war überzeugt, hier den Schlüssel für den Brief in seinem Zimmer gefunden zu haben, denn mit dem Heft und dem Buch lag noch ein leerer Umschlag in dem Versteck. Darauf war deutlich der Schriftzug zu erkennen, der auch auf Moltkes Brief zu lesen war: »Bonum Emperor«.

Am liebsten hätte Hauke gejubelt. Eduard Moltke und jemand in diesem Haus pflegten ganz offenbar einen geheimnisvollen Briefverkehr. Die Annahme, dass der Empfänger Ludwig Strasser war, schien Hauke äußerst plausibel zu sein, schließlich hatte man das Versteck in seinem Zimmer gefunden. Und die Tatsache, dass abgeblätterte Lackreste noch auf dem Boden lagen, als er hier übernachtete, ließ Hauke schließen, dass das Fach dort erst kürzlich angelegt worden war.

»Ich werde diese Beweise requirieren. Und Sie, Herr Jennings, werden das Haus vorläufig nicht verlassen.« Solange er nicht wusste, was in diesen Briefen stand, musste er Jennings ebenfalls verdächtigen.

»Was fällt Ihnen ein?«

Hauke reagierte nicht.

»Sie können mich nicht unter Arrest stellen! Ich habe in den höchsten Kreisen —«

»Solange nicht klar ist, was es mit diesem Versteck auf sich hat, bitte ich Sie freundlichst, Herr Wilhelm Jennings, mir für weitere Fragen zur Verfügung zu stehen. Niemand hat von Arrest gesprochen.«

»Das ist unmöglich. Der Kaiser kommt morgen mit der ›Hohenzollern‹ und zwei Begleitbooten. Für Sie und diesen Unsinn habe ich keine Zeit!«

Er drehte sich um, als wollte er aus dem Zimmer stürmen. Hauke hielt ihn am Arm fest. »Sie verstehen nicht, Herr Jennings. Sollte der Tod Strassers mit diesem Buch und dem Besuch des Kaisers zu tun haben, wird man Sie des Hochverrats verdächtigen und höchstwahrscheinlich anklagen.«

Jennings hielt inne. »Ich? Sind Sie von Sinnen? Ich verdanke dem Kaiser und diesem Kanal alles! Ich würde dem Reich niemals —«

»Genau das, Herr Jennings, werde ich jetzt prüfen. Und so lange verlassen weder Sie noch sonst eine Person das Haus.« Er ließ Jennings mitten im Raum stehen.

Unten wies er Wilkens an: »Auch das Personal bleibt bis auf Weiteres hier. Sie erstatten mir Bericht über jeden Besucher, der die Villa betritt. Verstanden, Wilkens?«

»Jawohl, Herr Kommissär.«

Noch wusste keiner, dass Hauke kein Staatsdiener mehr war, und er hoffte, dass das die nächsten Stunden so bleiben würde, denn er war sicher, Moltke dicht auf den Fersen zu sein.

VOM KANAL. DER AUSHUB DES TROCKENBAGGERS IM BINNENHAFEN WIRD AUSSCHLIESSLICH ZUR ERHÖHUNG DES MARSCHBAHNDAMMS BENUTZT. AUF DEM TRANSPORT NACH DORT WURDE EIN BREMSER VON EINER LOKOMOTIVE AUF DER STELLE GETÖTET, INDEM DEMSELBEN BEIDE BEINE ABGEFAHREN WURDEN UND DER LEIB AUFGERISSEN.

Originalauszug: Kanalzeitung 1893

Dank des gutmütigen Gauls von Stammerjohann war Hauke schon bald vor dem Hotel Wagner. Eilig band er das Pferd an einen Lattenzaun und nahm die Tasche vom Sattel, in der sich Heft und Buch befanden. Dann humpelte er so schnell es ging ins Haus. In dem Koffer auf dem Dachboden hatte Hauke nichts gefunden, was auch nur halb so interessant war wie die Dinge aus dem Versteck. Er brannte darauf, endlich den geheimen Brief entziffern zu können.

Trotz der späten Stunde stand noch jemand am Empfangstresen. Es war ein junger Page, kaum älter als Karl. Seine Uniformjacke war ihm ein wenig zu klein, und die Hosenbeine waren zu kurz. »Ja bitte, der Herr?«

»Zimmer 7.« Hauke hatte ihn hier noch nie gesehen. »Sie sind neu hier?«

Der Page nickte. »Mein Name ist Julius, der Herr«, sagte der Junge nicht ohne Stolz. »Ich bin seit heute im Hotel Wagner angestellt.«

»Gut, Julius, draußen steht ein Pferd. Lass es versorgen.«

»Sofort, der Herr.«

Während Hauke die Treppe in den ersten Stock hinaufging, hörte er den Pagen herrisch nach dem Stallbuschen rufen, den er damit sicherlich aus tiefstem Schlaf holte.

Mit Bechsteins Märchenbuch in der Hand und dem Heft in der Tasche humpelte Hauke zu seinem Zimmer. Bei jedem Schritt schmerzte sein Bein. Diese verdammte Reiterei war schon im gesunden Zustand nichts für ihn, aber mit dem zerschundenen Bein war es noch weniger ein Vergnügen.

Er stieß die Tür zu seinem Zimmer auf.

Im selben Atemzug stockte er. Etwas stimmte nicht.

»Julius!«, rief er zurück in das Treppenhaus. »Komm her.«
Es dauerte nur einen kurzen Moment, und der Page stand
geflissentlich neben ihm. »Was kann ich für Sie tun, der Herr?«

»Hat jemand in meiner Abwesenheit dieses Zimmer betreten?«

Der Page zögerte.

»Ich höre?«

»Eine junge Dame war hier und erkundigte sich nach Ihnen.«
Er wischte mit seinen Händen über die Uniformjacke, als wären
sie nass. »Sie brachte Ihnen Medizin.« Er deutete auf den kleinen Tisch, auf dem eine braune Flasche stand.

»Kanntest du die Frau?«

»Nein, der Herr, ich bin erst seit heute im Dienst.«

»Du hast eine fremde Frau in mein Zimmer gelassen?« Gleich
beim Eintreten hatte Hauke einen Geruch wahrgenommen, der
nicht hierhergehörte.

Der Page bekam einen roten Kopf. »Sie hat Ihnen Campher
für das verletzte Bein gebracht. Und auch noch einen Korb mit
einer Flasche Wein und Gläsern mit eingelegten Früchten.« Der
Junge nickte zu einem Korb, der neben dem Tisch am Fenster
stand.

Eilig trat Hauke in den Raum. Er ignorierte die Flasche und
den Korb. Stattdessen beugte er sich über die Papiere, die auf
dem Tisch lagen. »Sie war allein in meinem Zimmer?«

»Nein, der Herr! Natürlich nicht. Ich wartete die ganze Zeit
in der Tür.«

Dummkopf, fluchte Hauke in sich hinein. Die Frau hatte
mit dem Rücken zur Tür gestanden. Er konnte nicht sehen,
was sie tat.

Hauke ärgerte sich, dass er den Brief auf dem Tisch hatte
liegen lassen. Nun war er weg. Himmelherrgott noch einmal!

»Sagte die Frau etwas?«

Der Page blickte ihn verständnislos an.

»Wann war die Person hier?«, wollte Hauke wissen, während

seine Nase dem Geruch in der Luft nachging. Es roch nach mehr als nur Campher und dem Parfüm einer Frau.

»Wann?«, fauchte Hauke noch einmal.

»Am Nachmittag, gegen vier Uhr. Möchten Sie, dass ich Herrn Wagner hole?«, fragte der Page kleinlaut.

Hauke sagte nichts. Er schnupperte. In der Luft des Raums lag jener würzige Hauch, den kalt gewordenes Feuer verströmte. Er drehte sich zum Ofen, öffnete die eiserne Tür und spähte hinein.

»Die Frau verließ mit dir den Raum?«

»Aber natürlich, Herr Kommissar.« Das schlechte Gewissen in seiner Stimme war fast schon greifbar.

»Ging sie zurück?« Hauke griff in den kleinen Aschehaufen auf dem Rost. Die weiße Ecke eines Blatt Papiers war vom Feuer verschont worden. Er rieb sie zwischen den Fingern.

»Nun, sie …« Der Page schaute verlegen zu Boden.

»Ich höre!« Hauke erhob sich. Wütend starrte er ihn an.

»Sie hätte ihr Täschchen vergessen, sagte sie. Darum ging sie zurück. Und gerade dann kamen neue Gäste an, deshalb …« Der Junge schaute Hauke beschämt an. »Bitte verstehen Sie! Ich wurde am Empfang gebraucht.« Als Hauke nichts sagte, fügte er schnell hinzu: »Das Fräulein war keine zwei Minuten in Ihrem Zimmer allein. Das schwöre ich. Wurde denn etwas gestohlen?«

»Du kanntest die Frau bestimmt nicht?«

»Nein.«

Im ersten Moment dachte Hauke, Elisabeth Jennings könnte Moltkes Zettel gefunden und verbrannt haben. Doch das konnte nicht sein, denn um vier Uhr am Nachmittag war Elisabeth zum Verhör auf der Polizeiwache von Marne gewesen. Ihre Schwester vielleicht? Warum aber sollte Margarete das Schreiben suchen und verbrennen? Was hatte die trauernde Frau mit einem Mörder wie Moltke zu tun? Andererseits war sie die Verlobte des Mannes gewesen, der die Briefe erhalten hatte.

Hauke jagte den Pagen aus dem Raum. Dann fluchte er ausgiebig. Ohne Brief waren die Sachen, die er in der Villa gefunden hatte, wertlos. Er warf Buch und Heft auf das Bett und begann, im Zimmer auf und ab zu gehen, die Hände auf dem Rücken verschränkt.

Ohne Brief keine Antworten.

Ohne Antworten kein Mörder.

Ohne Mörder keine Anstellung als Kriminalbeamter. Ach was, die konnte ihm so oder so gestohlen bleiben, denn ohne Sophie brauchte er die verdammte Anstellung auch nicht. Hauke griff zu seiner Pfeife. Grimmig stopfte er sie. Dann nahm er ein Streichholz zur Hand, legte es aber sogleich wieder weg. Er war zu wütend zum Rauchen. Jetzt ging er zum Fenster und öffnete es. Lange starrte er in die Dunkelheit, die sich inzwischen über das Land gelegt hatte.

Nach einigen Minuten entzündete er endlich seine Pfeife, füllte seine Lunge mit dem würzigen Rauch und spürte die Ruhe zurückkehren. Er würde die Zeilen des verbrannten Briefes rekapitulieren müssen. Oft genug hatte er die wirren Worte gelesen, um den Inhalt auswendig aufsagen zu können.

Er nahm Bechsteins Märchenbuch und das Heft zur Hand. Dann setzte er sich an den Tisch, zog Papier und Schreiber heran, schloss für einen kurzen Moment die Augen und begann zu schreiben.

BRUNSBÜTTEL. Drei Kanalarbeiter, welche angeklagt waren, einen Arbeiter bei Brunsbüttelhafen mit Flaschen, Messern usw. körperlich misshandelt zu haben, wurden von der Itzehoer Strafkammer freigesprochen.

Originalauszug: Kanalzeitung 1894

»Eintausenddreihundertachtzig, zwölf, siebzehntausendvier.« Hauke warf den Stift an die Wand. Was sollte der Unsinn? Draußen ging die Sonne auf. Im Licht der ersten Strahlen konnte Hauke den Deich zur Elbe hin erkennen. Ein Schleier aus Dunst schwebte über dem Wasser. Möwen ließen sich von der Strömung treiben. Heute würde die »Hohenzollern« kommen. An Bord: der Kaiser. Und all die Zahlenreihen auf dem Papier vor Hauke waren nichts weiter als Kolonnen zusammengewürfelter Ziffern.

Hauke reckte sein schmerzendes Kreuz. Er hatte, so gut es ging, den Text der Nachricht aus Moltkes Tasche rekonstruiert. Ja, er war sich sogar sicher, dass ihm dies fast fehlerfrei gelungen sein musste. Dann hatte er sich darangemacht, einzelne Worte im Bechstein-Text mit jenen im Brief zu vergleichen.

Bald schon fand er ein Muster. Jedes fünfte Wort im Text konnte er im Buch finden. Das allein aber half ihm nicht weiter. Erst, als er anfing, die Position der Worte auf der jeweiligen Seite auszuzählen, konnte er eine Zahlenreihe erzeugen, die er stundenlang versuchte, in Relation zueinander zu setzen. Gelegentlich ergaben einige Ziffern eine Addition, was Hauke Mut machte. Aber schon die nächste Reihe ergab keinen Sinn, denn weder Subtraktion noch Addition brachten ihn hier weiter. Es waren einfach nur Zahlen. Gleichzeitig hatte er den Eindruck, diese Ziffern hätten sehr wohl eine Bedeutung, denn manchmal wurden sie mehrfach genannt, nur durch eine andere Zahl getrennt. Mitunter kam es vor, dass negative Zahlen erwähnt wurden, andererseits fehlte auch hier jeglicher Hinweis auf ihren Ursprung oder ihre Bedeutung. Langsam begannen die Zahlen vor seinen Augen zu verschwimmen.

»Eine Sackgasse«, murmelte Hauke vor sich hin. »Eine verdammte Sackgasse.«

Bleierne Erschöpfung übermannte ihn. Er stützte seine Ellbogen auf den Tisch und ließ den Kopf auf seine Hände sinken. Für einen kurzen Moment ergab er sich der Müdigkeit. Wenn er doch nur wüsste, was die Zahlen …

Da hörte er jemanden rufen.

»Herr Kommissar! Sind Sie wach?«

Hauke riss die Augen auf.

»Herr Kommissar?«

Er suchte seinen Stock, der umgefallen auf dem Boden lag. Fluchend hob er ihn auf. Während draußen weiter gerufen wurde, humpelte er zum offenen Fenster.

Vor dem Hotel stand Karl. Sein Atem ging keuchend, als wäre er schnell gelaufen.

»Was ist, Junge?«

»Sie haben ihn gesehen!«

»Wen?«

»Die Arbeiter bei Taterpfahl. Sie machen dort die Brücke. Sie haben den Mann gesehen, der die Flaschen vergiftete.«

Jetzt war Hauke hellwach. Er drehte sich ins Zimmer und griff nach seiner Jacke. Moltke. Sie haben Moltke gesehen, schoss es Hauke durch den Kopf.

»Der Mann ist auf einem der Dampfschlepper Richtung Kiel!«, rief Karl.

Vor dem Hotel hetzte Haukes Blick umher. »Das Pferd! Verdammt, wo ist der Gaul?«

In diesem Moment kam der Page mit dem frisch gesattelten Tier den Weg entlanggelaufen. Er wollte sich gerade umständlich für seinen gestrigen Fehler entschuldigen, als Karl dem Jungen die Zügel abnahm.

An Hauke gewandt meinte er nur: »Habe das Pferd holen lassen. Dachte mir, Sie möchten dem Kerl vielleicht hinterherreiten.«

Dankbar nahm Hauke die Zügel. »Wo ist Wilkens?«

»Einer der Arbeiter informiert ihn.«

»Gut gemacht, Junge!« Mit Schwung hob Hauke sich auf den Rücken des Pferdes, wobei ihm ein leises Stöhnen entfuhr. »Hat Taterpfahl einen Telegrafen oder ein Telefon?«

»Nein.«

»Wie groß ist Moltkes Vorsprung?«

»Keine Stunde. Hinter Taterpfahl können die Schiffe noch nicht so schnell fahren, weil die Böschung oft nachgibt. Sie müssen ihn bis zur Grünentaler Brücke erwischt haben, sonst schaffen Sie es nicht mehr. Dann ist der Kerl in Kiel, bevor …« Hauke hörte Karls Worte nicht mehr. Er gab dem Tier die Fersen und preschte los.

BRUNSBÜTTEL. SEIT MONTAG VORIGER WOCHE WIRD EIN AN DEN NEUEN SCHLEUSEN BESCHÄFTIGT UND IN DER ARBEITERBARACKE HIERSELBST WOHNHAFT GEWESENER ZWANZIGJÄHRIGER KANALARBEITER VERMISST. DA EIN HUT IN DER SCHLEUSE AUF DEM WASSER TREIBEND GEFUNDEN WURDE, WO SICH EIN EIGENTÜMER NICHT HAT FINDEN KÖNNEN, WIRD ANGENOMMEN, DASS DER VERMISSTE DORT VERUNGLÜCKT IST.

Originalauszug: Kanalzeitung 1894

Seine Hände zitterten, während sie die Zügel fest umklammerten. Der Körper des Pferdes unter ihm schwitzte. Sie preschten über den matschigen Boden. Immer wieder drohte das Tier auszurutschen, doch es fing sich und galoppierte weiter den Weg am Kanal entlang. Unter ihnen dümpelte das schwarze Wasser, immer öfter durchschnitten von den eisernen Körpern kleinerer Dampfschlepper, die Schuten hinter sich herzogen. Das Schnaufen des Pferdes mischte sich mit dem Stampfen der Maschinen auf den Kähnen, die allesamt Richtung Ostsee gingen.

Reiter und Tier hatten Kilometer neunundzwanzig bereits hinter sich gelassen, als vor ihnen die Grünentaler Brücke auftauchte. Hauke trieb das Pferd an.

Erst klein, dann immer imposanter spannte sich die Brücke, von zwei hohen Sandsteintürmen auf jeder Seite gehalten, in einem Bogen über den Kanal. Jeder Bogen, geschweißt aus eisernen Trägern, gemacht für die Ewigkeit, erstreckte sich in formvollendeter Eleganz von einem Ufer zum anderen hinüber. Auf beiden Seiten des Bauwerkes hatte man lange Rampen aufgeschüttet, auf denen die Gleise für die Eisenbahnstrecke nach Heide entlangführten. Auch Fuhrwerke konnten die Brücke überfahren, denn man hatte neben den Gleisen auch eine mit dicken Bohlen belegte Straße angelegt.

Hauke suchte auf den Planken der Dampfer unten im Wasser eine dürre Gestalt mit roten Haaren. Jetzt waren sie gleichauf mit einem schnaufenden Schiff, dessen grauschwarzer Rauch eine rußige Fahne hinter sich herzog. Hauke lief der Schweiß in die Augen. Im vollen Galopp versuchte er, mit dem Ärmel sein Gesicht abzuwischen, als er ihn sah.

Moltke stand am Bug eines Kahns, den sie gerade passierten. Hauke schrie so laut es ging, der Mann am Ruder möge die Maschinen stoppen.

Moltke drehte sich um und blickte die Böschung hinauf. Sein Körper versteifte sich, während er Hauke beobachtete, der das Tier noch mehr antrieb.

Hauke wusste, er musste vor dem Kerl an der Brücke sein, denn dahinter waren die Böschungen bereits befestigt, und Wellen konnten keinen Schaden mehr anrichten. Nach der Brücke würde das Schiff Fahrt aufnehmen, und kein Pferd der Welt könnte es mehr einholen. Obwohl es sinnlos erschien, hoffte Hauke, irgendwie auf den Kahn gelangen zu können. Notfalls würde er schwimmen.

Während er den Schlepper überholte, schrie er noch einmal hinunter, man solle die Maschinen stoppen. Aber gegen den Lärm der Dampfmaschine war es kaum möglich, dass der Kapitän ihn verstand.

Moltke wurde sichtlich nervös. Immer wieder schaute er zwischen Hauke und dem Kapitän des Dampfers hin und her.

Da, endlich, registrierte der Kapitän den Reiter oben am Kanalrand. Moltke und er begannen, heftig zu diskutieren. Dem Mörder schien klar zu sein, dass an der Brücke seine Flucht zu Ende sein könnte, wenn der Schiffer tatsächlich die Maschinen stoppte.

Hauke hatte die hohen Türme der Brücke fast erreicht, als er sich noch einmal umblickte. Gerade noch bemerkte er, wie Moltke mit einem weiten Satz in das Wasser des Kanals sprang. Im ersten Moment fragte Hauke sich, warum der Kerl das tat, als er ein langes, schrilles Pfeifen hörte. Ein Zug näherte sich der Brücke. Bevor er sie erreichte, drosselte er die Fahrt, um langsam auf das noch junge Bauwerk zuzurollen.

Hauke ahnte, was Moltke vorhatte: Der Mann würde auf die

andere Seite des Kanals schwimmen, dort die Böschung erklimmen und versuchen, auf den Zug aufzuspringen, bevor dieser hinter der Brücke seine Geschwindigkeit wieder aufnahm. Eine andere Möglichkeit gab es nicht. Die gegenüberliegende Böschung aber war ebenso steil wie auf dieser Seite. Der Mann konnte unmöglich den Zug dort oben erreichen. Was plante Moltke nur?

Jetzt erreichte Hauke den Fuß der beiden Sandsteintürme diesseits des Kanals. Über sich hörte er die Räder der Waggons über die Gleise rattern. Um auf die andere Seite des Kanals zu kommen, musste Hauke das schon jetzt erschöpfte Tier den Hang hinaufjagen, dorthin, wo Straße und Gleise auf die Brücke zuführten.

Reiter und Pferd stemmten sich gegen die Böschung, hinauf zur Brücke. Mehr als einmal drohte das Tier zu straucheln. Endlich erreichten sie keuchend die Straße, die neben den Gleisen direkt auf die Grünentaler Brücke führte.

Wieder drückte Hauke dem Pferd die Hacken seiner Stiefel in die Flanken, als das Tier auch schon über die Brücke preschte. Die schweren Hufe schlugen auf die Holzplanken, dass es nur so donnerte. Zwischen den Bohlen konnte Hauke sehen, wie Schuten, klein wie Kinderspielzeuge, durch das Wasser zogen.

Der letzte Wagon passierte in diesem Moment die beiden Türme auf der anderen Seite der Brücke. Mit einem schrillen Pfeifen nahm der Zug Fahrt auf und fuhr unter einer tiefschwarzen Rauchsäule Richtung Heide. Wenn Haukes Theorie stimmte, würde der nächste Zug nicht lange auf sich warten lassen.

Nun hatten Reiter und Pferd die andere Seite der Grünentaler Brücke erreicht. Hauke sprang ab. Als seine Füße den Boden berührten, schoss ein stechender Schmerz durch das verletzte Bein bis hinauf in die Hüfte. Er stöhnte auf. Ohne weiter auf das Tier zu achten, humpelte Hauke zum Geländer und suchte die hagere Gestalt von Moltke.

Mittlerweile musste der Kerl das diesseitige Ufer erreicht

haben. Weit beugte sich Hauke über das Geländer. Sein Blick flog die Böschung hinunter, in der Hoffnung, dass Moltke gerade hochkrabbelte. Doch er konnte ihn nicht entdecken. Hauke fluchte. Er lief zum Ende der Brücke und rutschte den Abhang hinab.

Stolpernd kam er am Fuße der beiden Türme unten an. Atemlos suchte er Moltke auf dem Weg, der hier ebenso am Kanal entlangging wie drüben. Nichts. Hauke rannte um die Türme herum. Nichts.

War der Mörder ertrunken oder vielleicht zurück an Bord geschwommen? Unschlüssig blieb Hauke stehen. Über ihm schwebte das Stahlgerüst der Brücke. Zwei nebeneinanderliegende Bögen, die in die Höhe strebten, bestehend aus Hunderten eiserner Gefache. Sie hielten die Straße und Gleise über dem Kanal und endeten erst am anderen Ufer.

Da bemerkte er eine Bewegung. Mehrere Meter über sich entdeckte er ihn. Moltke kletterte im Gerippe der Grünentaler Brücke. Geschickt hangelte sich der Mann von einem zum nächsten Gerüstteil, wobei er sich immer wieder über den Abgrund schwingen musste, sobald er einen der senkrechten Träger passierte.

Hauke wusste, er musste ihm folgen. Auf Schulterhöhe bemerkte er einen Absatz am Fuße des einen Turmes. Mit einem Stöhnen zog er sich hinauf, griff mit der Hand nach einem Eisenträger über seinem Kopf, der aus dem Mauerwerk zu wachsen schien. Vorsichtig setzte er seinen Fuß auf den schmalen Eisenträger, der an dieser Stelle kaum mehr als zehn Zentimeter breit war.

Moltke hatte unterdessen seinen Abstand zu Hauke vergrößert.

»Bleiben Sie stehen!«

Moltke lachte nur.

Der Mann war erstaunlich behände, und Hauke musste sich sehr konzentrieren, um mit seinen schlammbeschmutzten Stiefeln nicht vom glatten Eisen abzurutschen. All die Jahre, die er in den Wanten der großen Segler verbracht hatte, halfen ihm jetzt, den Abstand zu dem Flüchtenden zumindest nicht größer werden zu lassen. Wäre sein Bein nicht verletzt gewesen, hätte Hauke den Mann sicherlich eingeholt.

Langsam führte der eiserne Bogen unter Haukes Füßen in die Höhe. Als Hauke sich an der Außenseite des Bogens in das nächste Gefach schwang, sah er Moltke.

Der Kerl hielt etwas in seiner Hand. Einen Revolver. Schon fiel der Schuss. Mit einem lauten Pfiff prallte die Kugel von einem Eisenträger nahe Hauke ab.

Schnell zog er sich zwischen die Querverstrebungen zurück, um Moltke ein möglichst schlechtes Ziel zu bieten.

»Lassen Sie den Unsinn, Moltke! Sie kommen hier so oder so nicht weg«, rief er keuchend hinüber.

Wieder dieses Lachen. Es brach sich an den Eisenträgern und über den Köpfen der beiden Männer.

»Glauben Sie etwa, ich werde mich von einem wie Ihnen verhaften lassen?«

Hauke hielt sich an einem kalten Eisenteil über seinem Kopf fest. Dann verlagerte er das Gewicht ein wenig nach vorne, um Moltke besser sehen zu können. Sofort ging ein Schuss los.

Hauke griff in seine Jackentasche. Ein weiteres Mal würde er dem Mörder nicht mit leeren Händen gegenüberstehen. Da es aber fast unmöglich war, den Kerl aus dieser Position heraus zu treffen, steckte Hauke seine Waffe wieder zurück. Er musste dichter an den Mann herankommen. Dafür benötigte er beide Hände. Außerdem hatte Hauke Fragen, die ein toter Moltke nicht beantworten konnte. Er musste ihn lebend erwischen.

»Was planten Sie in dem Gasthof in Marne? Eine unerlaubte Demonstration wie die in Kiel auf dem Marktplatz? Sollten wieder Menschen sterben?«

»Ha! Kiel! Das lief bestens.«

Hauke zögerte. Das Bild der in Panik vor den Kugeln der Soldaten flüchtenden Arbeiter tauchte vor seinen Augen auf.

»Sie hatten all das also tatsächlich geplant!«

»Aber natürlich! Ich brauchte diese Dummköpfe! Sie waren

mein Schutzschild. Denken Sie etwa, ich wollte mich erschießen lassen?« Wieder dieses kehlige Lachen.

»Nur hatte ich nicht damit gerechnet, dass mich dabei ein hergelaufener Büttel beobachtet.«

Zwei weitere Kugeln sirrten durch die Luft. Eine schlug hinter Hauke im Sandstein des Turmes ein, genau an der Stelle, wo er vor wenigen Minuten noch gestanden hatte.

»Warum haben Sie den Mann erschossen?« Hauke musste den Kerl am Reden halten, Zeit gewinnen, um näher an ihn heranzukommen.

Aber Moltke schwieg. Hauke warf einen kurzen Blick um den schützenden Eisenträger herum, hinter dem er sich versteckte. In diesem Moment setzte Moltke seine Flucht fort.

Schnell erklomm er Träger um Träger, der rettenden Bodenplatte über ihren Köpfen näher kommend.

Hauke folgte ihm. Zwar wurde der Abstand zwischen ihnen geringer, aber es war nicht auszuschließen, dass Moltke die Gleise dort oben erreichte, bevor Hauke ihn aufhalten konnte. Der Kerl hatte zwei gesunde Beine, Hauke hingegen war verletzt.

Hauke lauschte, ob ein Zug zu hören war. Falls Moltke vor dem Zug die Gleise erreichte, würde er wohl die Flucht zu Fuß fortsetzen müssen. Mit dem kaputten Bein hatte Hauke keine Chance, ihn weiter zu verfolgen. Wahrscheinlich würde der Kerl sich das Pferd schnappen und einfach fortreiten. Hauke fluchte.

Warum hatte er das Tier nur nicht angebunden? Nein, er musste Moltke erwischen, bevor dieser sich auf die Brücke schwingen konnte.

»Sie kommen nicht weg, Moltke!«, schrie Hauke. Seine Worte brachen sich an der Brücke und warfen ihr Echo zwischen den Eisenpfeilern hin und her. »Im ganzen Reich hängt Ihre Visage an den Wänden der Polizeistationen. Sie werden als Mörder gesucht!«

Moltke war fast oben, dort, wo der stählerne Bogen über den Rand der Fahrbahndecke ging, um sich weiter gen Himmel zu strecken und auf seiner höchsten Höhe, mitten über dem Kanal, zurück auf den Weg zur anderen Seite zu machen.

In diesem Moment rutschte Haukes Stiefel vom Rand des Bogenpfeilers. Hastig griff seine Hand nach einer Querstrebe. Seine Beine hingen über dem schwarzen Wasser, das fast vierzig Meter unter ihm lag. Er schloss die Augen und schluckte.

Er schaffte es, sich wieder zurück auf den Eisenträger zu schwingen. Als er seine Waffe aus der Jackentasche zog, zitterte seine Hand. Er wusste, dass er kein so guter Schütze wie Moltke war. Darum musste er sich beruhigen, konzentrieren, langsam atmen. Die Hand musste ihm unbedingt gehorchen.

Moltkes Körper hatte bereits den Rand der Brücke erreicht. Gerade wollte der Kerl sich hochhangeln, als Hauke den ersten Schuss abgab. Sofort brachte sich Moltke in Deckung.

»Warum haben Sie den Sozialisten auf dem Marktplatz erschossen?«, schrie Hauke zu ihm rüber.

»Ich hatte keinen Grund.«

Hauke stockte. Dann begriff er. »Man hatte Sie für den Mord bezahlt!«

Moltke antwortete nicht.

»War der Mord an Ludwig Strasser auch ein Auftrag?« Er musste den Mann am Reden halten. Seine Stimme würde ihm verraten, ob er die Flucht fortsetzte.

»Der Strasser? Warum sollte ich ihn umbringen? Er war mein bester Mann!«

»*Ihr* Mann?« Hauke glaubte, nicht recht zu hören.

Moltke lachte. »Er versorgte mich mit wertvollen Informationen über Jennings. Glauben Sie wirklich, dass ein Bauwerk wie das da unten die Gierigen im Reich kaltlässt? Fünf Millionen Reichsmark hat der Kanal bis heute gekostet. Glauben Sie mir, da will so mancher ehrwürdige Gauner ein ordentliches Scheibchen von abhaben.«

Vorsichtig lugte Hauke um den Pfeiler herum. Moltke griff nach oben, dorthin, wo das Geländer der Brücke begann. Hauke schoss ein zweites Mal. Moltkes Arm verschwand wieder.

Jetzt stand es drei zu zwei. Hauke hatte noch drei Kugeln, Moltke nur noch zwei. Es sei denn, dachte Hauke, Moltke hatte seine Zeit genutzt, um nachzuladen. Haukes Bein begann zu zittern. Etwas Kühles lief seine Wade herunter in den Stiefel hinein. Die genähte Wunde war aufgeplatzt. Sie blutete.

»Jennings gilt als ehrenwerter Unternehmer«, rief Hauke. Er steckte den Revolver hinten in seinen Gürtel. Dann begann er, umständlich die Jacke mit einer Hand zu öffnen, während er sich mit der anderen festhielt.

»Jennings gibt den Leuten Arbeit. Seine Tochter wird in beste Kreise heiraten!«

Er zog die Jacke aus, ließ das Kleidungsstück in die Tiefe fallen und versuchte, den Ärmel seines Hemdes abzureißen.

»Pah!«, schrie Moltke. »Der Mann hätte schon vor Jahren Konkurs anmelden müssen. Er bekam den Auftrag für die Schleusen, weil er Zahlen fälschte! Seine Bilanzen sind ein einziges Lügenwerk. Seit sechs Jahren stellt er der Kanalkommission Rechnungen über Auslagen, die er nie gehabt hat! Minderwertiges Material, Ausbeuten der Arbeiter! So wird man reich, Herr Kommissar.«

Hauke lehnte seinen Rücken gegen den Pfeiler, während er mit dem abgerissenen Ärmel das blutende Bein notdürftig abband.

»Und das zeigten die Zahlen, die Ihnen Ludwig Strasser zukommen ließ!« Jetzt verstand Hauke auch die Zahlenkolonnen in dem chiffrierten Brief.

Der schrille Pfiff einer Lokomotive ertönte.

»Strasser war für mich Gold wert!« Moltkes Stimme klang jetzt angestrengt.

Hauke griff nach seinem Revolver und lugte vor. Moltke krallte sich bereits mit beiden Händen am Geländer der Brücke fest. Hauke gab einen Schuss in seine Richtung ab. Moltke zuckte kurz zusammen, dann versuchte er, sich am Geländer hochzuziehen. Wieder gab Hauke einen Schuss ab, der nahe Moltke einen Eisenträger streifte.

Mit einem Schrei brachte Moltke sich in Sicherheit. Hauke wusste nicht, ob er den Mann getroffen hatte.

Ein Schuss! Hauke drückte sich schützend gegen den Eisenpfeiler in seinem Rücken. Eins zu eins, dachte er. Der letzte Schuss durfte nicht danebengehen.

»Darum also die Briefe! Sie gaben Strasser die Zahlen, die Ihnen jemand in Kiel besorgte. Und Strasser verglich alles mit dem, was tatsächlich auf der Baustelle verbraucht worden war.« Er lugte um den Pfeiler herum. Moltke war nicht zu sehen. Vorsichtig arbeitete Hauke sich Meter für Meter vor.

Nur noch drei Gefache trennten die beiden Männer. Dennoch konnte Hauke Moltke nicht davon abhalten, auf die Brücke zu kommen.

»Was wollten Sie mit dem Wissen machen, Moltke? Verkaufen?«

Moltke widersprach nicht.

»An wen? Der Kaiser hat keine Feinde im Land außer den Sozialisten.«

»Sie denken in zu kleinen Dimensionen, Herr Kommissar«, rief Moltke zurück. »Es gibt außerhalb deutscher Grenzen genügend interessierte Parteien, die bestes Geld dafür zahlen, um euren Kaiser lächerlich machen zu können. Korruption beim Kanalbau!«

»Sie werden also vom Ausland bezahlt. Darauf steht die Todesstrafe, Moltke.«

Hauke wusste nicht, ob Moltke mitbekam, wie er sich Schritt für Schritt näherte. Und tatsächlich. Als Hauke gerade ein Stück vorkam, schoss Moltkes Körper keine fünf Meter vor ihm hervor, den Lauf des Revolvers direkt auf Hauke gerichtet. Die Kugel streifte Hauke am Oberarm. Er verlor den Halt. Er fiel.

In letzter Sekunde erwischte seine Hand den Eisenträger, auf dem er eben noch gestanden hatte. Moltke lachte.

Haukes Herz raste, er keuchte, während seine Füße über dem Abgrund hingen. Langsam, unter Stöhnen, zog er sich wieder hoch. Die Adern in seinem Kopf schienen zu bersten. Der Mörder hatte keine Kugeln mehr.

Hauke warf einen kurzen Blick auf den Streifschuss, der höllisch schmerzte, aber kaum mehr als ein Kratzer war. Er fluchte durch zusammengebissene Zähne.

Da sah Hauke aus den Augenwinkeln, wie etwas hinunter ins Wasser fiel. Die Waffe war für Moltke ohne Patronen unnütz geworden. Der Mann hatte nichts mehr zu verlieren. Was würde er tun? Unterdessen begann die Brücke unter den nahenden Rädern der Eisenbahn zu vibrieren. Der Zug kam. Moltkes Zeit wurde knapp.

Und so tat dieser, was Hauke geahnt hatte. Er unternahm einen letzten verzweifelten Versuch, die Flucht nach oben fortzusetzen. Schon hing der Kerl am Brückengeländer, um sich hochzuhangeln. So schnell es ging überwand Hauke die letzten Streben, um näher an den Flüchtenden zu kommen.

Tief unter ihm fuhr ein Schlepper Richtung Kiel, der mehrere Schuten mit Steinen hinter sich herzog. Unterdessen rollte der Zug langsam auf die Brücke. Das Schnaufen der Lok mischte sich mit dem dröhnenden Keuchen des Schleppers.

Haukes Bein wurde taub. Als er hinunterblickte, bemerkte er, dass das Hosenbein mittlerweile blutgetränkt war. Der verletzte Arm pochte, als er sich weiterhangelte.

Jetzt hatte er Moltke erreicht, der sich gerade auf die Brücke schwingen wollte. Da ergriff Hauke dessen Fuß. Mit einem heftigen Ruck riss er ihn zurück.

Moltke, der damit nicht gerechnet hatte, verlor das Gleichgewicht. Ein Schrei entfuhr ihm, als er rücklings nach hinten ins Leere fiel.

Im Bruchteil einer Sekunde packte Hauke den Fallenden. Er bekam ihn am Arm zu fassen. Das Gewicht des Mannes kugelte Hauke fast das Schultergelenk aus. Stöhnend hielt er sich mit der anderen Hand an einem Pfeiler fest.

Hin und her schwingend hing Moltke zwischen Brücke und Kanal. »Ziehen Sie mich hoch«, krächzte er.

Seine Finger versuchten sich in Haukes Arm zu krallen. Langsam aber rutschte er hinunter, bis seine schweißnasse Hand

Haukes Handgelenk umfasste. Schnell griff Moltke auch mit der anderen Hand nach Haukes rettendem Arm.

Zum zweiten Mal in seinem Leben schaute Hauke dem Mörder direkt ins Gesicht. Doch anders als beim letzten Mal hatte der Kerl jetzt Angst.

»Ziehen Sie mich hoch!«, schrie Moltke. Entsetzt starrte er in die Tiefe.

»Was ist mit dem Kaiser?«, keuchte Hauke. Er wusste, dass er nicht genug Kraft hatte, um den Mann hochzuziehen.

»Erzählen Sie mir nicht, dass Sie nur ein wenig Ärger auf der Baustelle machen wollten!«, keuchte Hauke.

Moltke starrte zum Wasser hinunter. »So ziehen Sie mich doch hoch! Bitte!«

»Den Bierkutscher erschlagen! Die Vergiftungen! Die Versammlung in Marne! Für wen tun Sie all das?« Haukes Stimme ging fast im lauten Stampfen des Schleppers unter, der die Brücke unter den beiden Männern soeben passiert hatte.

»Wer bezahlt Sie, Moltke? Los! Sagen Sie es. Dann ziehe ich Sie hoch.«

Plötzlich hörte der Kerl auf zu jammern. Er schaute Hauke an, als begriff er jetzt endlich. »Sie wollen mir gar nicht helfen. Sie können mir gar nicht helfen«, flüsterte er.

Die Sekunden vergingen. Hauke merkte, wie die Kraft in seinem angeschossenen Arm zusehends schwand. Lange würde er sich nicht mehr an der Brücke festhalten können. Dann würden sie beide in die Tiefe stürzen.

Wo eben noch Panik in Moltkes Augen gewesen war, entdeckte Hauke jetzt etwas anderes. Eine Gewissheit, eine unumstößliche Entscheidung, ja ein Spott war darinnen zu sehen, der Hauke stocken ließ.

»Euer Kaiser«, sagte Moltke mit dünner Stimme, »wird auf meine Anwesenheit heute verzichten müssen. Aber ich habe ihm ein Geschenk zurückgelassen.«

»Was meinen Sie damit?« Hauke spürte seine Finger kaum noch.

»Sie und der Kaiser«, zischte Moltke, »ihr werdet mich niemals vergessen!« Dann ließ er Haukes Hand los.

Ohne einen Schrei fiel der Körper des Mörders hinab. Mit ausgestreckten Armen drehte er sich noch einmal um die eigene Achse, bevor er mit einem dumpfen Schlag auf dem Steinhaufen einer der Schuten unten aufschlug.

Verdammt, ein Attentat auf den Kaiser! Ab jetzt war Haukes Feind die Zeit.

CONTURBARE ANIMAM POTIS EST, QUICUMQUE ADORITUR. –
VERWIRRUNG STIFTEN KANN, WER ANGREIFT.
HEUTE: ANGRIFF IST DIE BESTE VERTEIDIGUNG.

Römisches Sprichwort

Als Hauke nach Luft ringend auf der Brücke angekommen
war, fehlte von dem Pferd jede Spur. Zu Fuß konnte er unmöglich rechtzeitig an den Schleusen sein, um das Attentat
zu verhindern. Aber er hatte Glück. Jemand nahm ihn bis
zur Baustelle bei Hochdonn auf seinem Fuhrwerk mit. Dort
kletterte Hauke auf die kleine Lok eines Arbeitszugs. Der
Führerstand bot nur Platz für eine Person, sodass Hauke sich
mit einem kleinen Absatz draußen begnügen musste, während er sich mit beiden Händen an einem dünnen eisernen
Griff festklammerte. Der beißende Rauch aus dem kurzen
Schlot der Lok brachte seine Augen zum Tränen. Sie hatten
die Loren abgehängt, um schneller voranzukommen. Und so
ging es in mörderischer Geschwindigkeit über die schmalen
Gleise. Das Rattern unter seinen Stiefeln, wenn die Lok eine
Schiene verließ und auf die Nächste sprang, fuhr durch Haukes schmerzendes Bein.

Der Kaiser durfte um Gottes willen nicht an Land kommen.
Noch hatte Hauke nicht das Donnern der Kanonen gehört, die
den Besuch ankündigten. Noch war es nicht zu spät.

Bei den Schleusen angekommen, sprang Hauke von der Lok.
So schnell er konnte humpelte er zu den Kammern hinüber. Er
folgte einigen jungen Männern, die über die geschlossenen Tore
der beiden Kammern liefen, um auf die andere Seite des Kanals
zu gelangen. Aus dem meterhohen Schornstein der Ziegelei
Festge schob sich der graue Rauch der Brennöfen betrunken
schief über die Marsch. Der kühle Nordwest brachte einige Regenwolken mit sich, die aber noch weit genug entfernt waren.

Gestern hatte man das letzte Stück des Elbdeichs abgetragen, damit das Wasser bis zu den Toren fließen konnte. Leichte
Wellen schlugen gegen die Mauer der Mole, vor der schon bald

Schiffe warten würden, um in eine der beiden Schleusenkammern einfahren zu dürfen.

Hauke lief die Mole bis zu ihrem Ende entlang, wo man als Nächstes einen Pegelturm errichten wollte.

Genau hier standen die Frauen der Bürger und Beamten. Sie trugen ihre besten Kleider und Mäntel. Der Wind zerrte an ihren wohlfrisierten Haaren und an den festgesteckten Hüten. Alle blickten zu der Jacht des Kaisers hinüber. Die »Hohenzollern« lag mitten im Fluss. Unterdessen spielte der Seewind mit den Spitzen ihrer Röcke und Tücher. Einige Frauen waren in der Tracht der stolzen Dithmarscherinnen gekommen. Ihre halblangen Röcke waren mit Samt besetzt, und die Gürtel zierte Schmuck aus Silber und Gold. Die älteren von ihnen trugen eine Haube, die sie fest um das Kinn gebunden hatten, während die Jüngeren ihre Haare mit einem Reif spärlich festhielten.

Hauke drängelte sich durch die Schar der Damen zum Kopf der Mole hin, wo linker Hand der Elbdeich begann, der zwischen der Ziegelei Festge und der Landungsbrücke entlangführte.

Während die Frauen in gebührendem Abstand hier an der Mole auf den Kaiser warteten, standen ihre Ehemänner drüben auf dem Landungssteg, wo normalerweise Steine und Sand abgekippt wurden.

Hauke eilte zu den Honoratioren hinüber, die mit frisch aufgebürsteten Zylindern und in schwarze Anzüge mit steifen Kragen gezwängt dem Wind standhielten.

Erwartung lag in der Luft, die auch die Menschen ein Stück weiter auf dem Deich erfasst hatte. Dort tummelten sich Arbeiter, Handwerker und einfache Bauersleute mit ihren Familien. Jeder wollte einen kurzen Blick auf den Kaiser werfen.

Dessen Jacht lag in der Mitte des Stroms vor Anker. Sie konnte unter Dampf ebenso wie unter Segeln gefahren werden, wie die zwei Schlote zwischen dem Fock- und dem Besanmast bezeugten. Sie habe sogar eine Funkanlage an Bord, hieß es. Wie auch die beiden Kanonenboote an ihrer Seite, hatte die »Hohenzollern« einen zu großen Tiefgang, um direkt an der Brücke bei der Ziegelei anlegen zu können. Also würde der Kaiser mit einer seiner beiden Dampfbarkassen anlanden müssen. Schon sprachen die wartenden Herren von der Notwendigkeit einer repräsentativen Kaiserhalle an den Schleusen. Schließlich müsse man dem Herrscher bei seinem nächsten Besuch eine angemessenere Art bieten, an Land zu kommen.

Während Hauke sich einen Weg durch die Männer auf der Landungsbrücke bahnte, stellte er fest, dass man im Fluss bereits die Barkasse der »Hohenzollern« klarmachte. Jeden Moment würde der Kaiser seine Jacht verlassen, und nur Hauke wusste, dass dem Mann wahrscheinlich ein Attentat drohte.

Jetzt hatte er Feil und Bauamtsvorsteher Schulze entdeckt, die neben einem kleinen Mann mit Zwicker standen und zu der schnittigen Jacht hinüberblickten. Die Amtsketten der Honoratioren hinter ihnen glänzten auch ohne den Schein der Sonne um die Wette.

Hauke schubste die Leute aus dem Weg. Einige moserten, jemand versuchte, ihn am Arm festzuhalten. Haukes Atem rasselte, als er vor Feil trat und nach Luft rang.

»Der Kaiser darf nicht an Land kommen«, keuchte er. »Es gibt Hinweise auf ein Attentat! Sie müssen den Besuch verhindern.«

»Sie wagen es, hierherzukommen?« Feil bohrte seinen Finger in Haukes Brust. »Sie geben hier überhaupt keine Befehle mehr! Man hat Sie suspendiert!«

Der Mann neben Feil wollte wissen, was los sei. Über den Rand seiner Brille musterte er Hauke von oben bis unten. »Was will er?«

»Nichts Besonderes, Herr Kanalinspektor. Wir werden uns später mit ihm befassen.«

Hauke wandte sich an den kleinen Mann. »Sie sind von der Kommission? Aus Kiel?«

»Nein, Berlin.«

»Verhindern Sie, dass der Kaiser an Land kommt, oder es geschieht ein Unglück!«

Verwirrt über Haukes Auftritt blickte der Vertreter der

Kanalkommission zwischen Feil und Schulze hin und her.
Kanonenschüsse dröhnten von der Jacht in den herbstgrauen
Himmel hinein. Der Kaiser war auf dem Weg. Die Leute an
Land jubelten.

Statt einer Antwort schob Feil Hauke barsch beiseite.
Hauke wandte sich an Dr. Schesel, der ein Stück weiter
stand. Blass wie Kreide war seine Gesichtsfarbe.

»Doktor! Sorgen Sie dafür, dass die Männer Vernunft annehmen. Jemand plant ein Attentat.«

»Woher wissen Sie davon?«

Hauke hatte keine Zeit, Fragen zu beantworten. »Tun Sie,
was ich Ihnen sage.«

Dr. Schesel zuckte unschlüssig mit den Achseln. »Ich weiß
nicht …« Fragend blickte er zum Kanalinspektor hinüber, der
begann, seine Brille mit einem karierten Taschentusch zu putzen.

»Ich wüsste nicht, was getan werden könnte, um den Kaiser
daran zu hindern, an Land zu kommen«, meinte er.

Die Barkasse kam schnell näher und würde im Nu anlegen.
Hauke wandte sich dem Kanalinspektor zu. »Schicken Sie
Männer, die die Schleusen untersuchen sollen. Sie sollen auf
Bomben achten. Niemand außer den Männern darf die Schleu-
sen betreten. Außerdem sorgen Sie dafür, dass keiner näher als
hundert Meter an den Kaiser herantritt.«

Pastor Eggerstedt, der sich durch die Menge gedrängelt hatte,
um zu erfahren, was in der ersten Reihe getuschelt wurde, rief:
»Aber die Kinder? Und der Chor! Und die Veteranen vom –«

»Niemand!«

Dr. Schesel starrte mit blassem Gesicht auf die Barkasse. Am
Heck des Bootes flatterte die kaiserliche Fahne. »Mein Gott«,
raunte er. »Wir müssen ihn zurückschicken!«

»Unsinn«, zischte Feil zu ihnen hinüber. »Welchen Eindruck
soll der Kaiser von uns –«

»Halten Sie ihn einfach hier unten fest, solange es geht. Währenddessen können die Männer die Schleuse durchsuchen.«

»Sie sind verrückt, Sötje. Das stand auch in dem Telegramm

aus Kiel. Sie leiden an Wahnvorstellungen.« Für Feil war die Sache damit erledigt.

Dr. Schesel jedoch schien diese Ansicht nicht zu teilen. »Wir sollten nichts dem Zufall überlassen, Feil. Wenn dem Kaiser etwas zustößt ... Mein Gott.«

Gebannt starrten die Männer auf das Boot, das seinem Kurs zum Land hin folgte.

Da bemerkte Hauke, dass Wilkens nicht weit entfernt mit stolzgeschwellter Brust stand.

Hauke fuhr zu Feil herum. »Was macht Wilkens hier? Er hat die Jennings-Villa zu bewachen.«

»Sie, Sötje, wurden suspendiert! Sie haben hier nichts mehr zu befehlen«, sagte Schulze ohne den Blick von der Barkasse zu wenden.

Feil nickte. »So ist es. Der Mann wurde von mir persönlich abkommandiert. Wir brauchen ihn hier.« Er drehte sich zum Kanalinspektor um. »Ich bin mir sicher, dass alles ein Missverständnis ist. Die Familie Jennings ist ehrbar und ...« Er schaute sich suchend um. »Wo ist Jennings überhaupt? Ich hatte ihn eigentlich hier erwartet.«

Hauke entfuhr ein deftiger Fluch. Dann drehte er sich um und rannte, so schnell sein wundes Bein es zuließ, zurück zur Schleuse. Er musste die Villa erreichen, bevor Jennings mit seinen Töchtern fliehen konnte, denn das Offensichtliche war meist auch die Wahrheit.

Nord-Ostsee-Kanal. Die Arbeiter-Schlafbaracke zu Oestermoor soll auf Abbruch an den Meistbietenden verkauft werden. Angebote sind vormittags 11 Uhr einzureichen. Zuschlagsfrist 8 Tage.
Brunsbüttelhafen
Kaiserliche-Kanalkommission. Bauamt 1

Originalauszug: Kanalzeitung 1894

Seit Hauke die Worte von Moltke gehört hatte, wusste er, warum Strasser sterben musste. Es ging um profane Dinge wie Betrug und Erpressung. Strasser war Teil eines großen Puzzles, das andere Leute zusammensetzten. Leute im Ausland, für die der kleine Ingenieur ein nützliches Teil war. Hauke war überzeugt, dass man sich Strassers entledigt hätte, sobald er genügend Beweise gesammelt hätte. Dass Strasser vor seiner Zeit ermordet worden war, hatte Moltke auf jeden Fall nicht gefallen. Jemand anderes war der Mörder Ludwig Strassers, nicht Moltke.

Hauke erreichte die Schillerstraße. Sie war menschenleer. In der Ferne hörte er drei Kanonenschüsse, die ankündigten, dass der Kaiser in diesem Moment mit seinen Leuten an Land ging. Hauke konnte nur hoffen, dass Feil und Schulze vernünftig sein würden. Sie mussten die Schleusen unbedingt durchsuchen lassen, bevor der Kaiser seine Besichtigung vornahm. Mehr hatte Hauke für den Mann nicht tun können.

Jetzt war für ihn nur noch wichtig, dass er den Mörder Ludwig Strassers überführte. Hauke stolperte weiter, als plötzlich sein Bein einknickte. Hart schlug er auf den Boden. Es hatte wieder zu bluten begonnen. Ihm blieb nicht mehr viel Zeit, dann würde er das Bewusstsein verlieren.

Als er sich aufrappeln wollte, sah er eine Blutspur, die den Weg entlang bis zu ihm führte. Da erblickte Hauke eine Gestalt, die die Straße entlanggelaufen kam. Karl.

Als der Junge ihn erreicht hatte, half er ihm auf. »Sie haben gehört, dass Jennings nicht mehr bewacht wird!«, sagte er aufgeregt. »Sie glauben, er will sich davonmachen!«

»Wer?« Das taube Bein hinter sich herziehend, schleppte sich Hauke weiter, während er sich auf Karl stützte.

»Mein Onkel und die anderen.«

»Du solltest nicht hier sein, Junge.«

»Aber ich musste Sie doch warnen, Herr Kommissar. Außerdem wollte ich Ihnen sagen, dass die Leute das nicht von mir haben.« Mit der freien Hand zog er das Telegramm aus seiner Tasche. »Aus Kiel muss eine weitere Nachricht gekommen sein.«

»Ich weiß, Junge«, flüsterte Hauke. »Und es tut mir leid, dass ich dich damit belastet habe.«

Sie hatten die Auffahrt zur Villa erreicht. Hauke hielt sich an einem der beiden gemauerten Pfeiler fest. Besorgt schaute Karl ihn an. Da drang das Knattern eines Motors vom Haus zu ihnen herüber.

Eilig stützte Hauke sich wieder auf Karls Schulter. »Die Männer haben recht. Jennings will flüchten.«

Er hinkte weiter. Schon rollte das schwarze Automobil um die Kurve. Jennings saß am Steuer, auf der Rückbank die beiden Frauen. Hinter ihnen stapelten sich unzählige Koffer. Hauke schubste Karl zur Seite und stellte sich dem Wagen in den Weg.

Die Hupe des Automobils quäkte. Hauke bewegte sich keinen Zentimeter, während es auf ihn zurollte. Dicht vor Hauke kam das Gefährt zum Stehen.

»Aus dem Weg, Sötje!«, schrie Jennings.

»Sie wollen abreisen?«

Jennings schwieg, während seine Hände das Lenkrad umklammerten. Margarete starrte aus blassem Gesicht zu Hauke hinüber. Ihre Augen lagen tief in den Höhlen, als hätte sie seit Tagen nicht geschlafen. Anders ihre Schwester Elisabeth. Trotzig reckte sie ihr Kinn und warf Hauke einen verächtlichen Blick zu.

»Sie stehen unter Hausarrest, Fräulein Jennings. Gehen Sie sofort zurück.«

»Sie haben nichts zu befehlen«, rief Elisabeth über den Lärm des ratternden Vehikels hinweg. »Sie sind kein Kommissar mehr.«

Der Inhalt des Telegramms schien sich schnell herumgesprochen zu haben.

»Amtsanmaßung nennt man das! Darauf steht Gefängnis«, stimmte Jennings ihr zu. »Und jetzt: Aus dem Weg!« Scheppernd legte er einen Hebel um. Das Gefährt setzte sich in Bewegung.

»Falsch, Herr Jennings. Als ich den Befehl zum Hausarrest erteilte, war ich noch Kommissar. Damit ist der Befehl bindend, solange er nicht von höherer Stelle aufgehoben wird. Ich fordere Sie also zu Ihrer eigenen Sicherheit auf, sofort ins Haus zurückzukehren.«

In diesem Augenblick bemerkte Hauke, dass hinter seinem Rücken etwas passierte. Auch Jennings schaute auf. Hauke fuhr herum. Karl hatte recht gehabt. Die Arbeiter vom Kanal waren gekommen, um ihren Lohn einzufordern. Mit finsterem Gesicht stellten sich die Männer breitbeinig hin, um die Ausfahrt zu blockieren. In ihren Händen hielten sie Schaufeln, Hacken und große Schraubenschlüssel.

»Was wollt ihr hier?«, schrie Jennings über die Scheibe seines Wagens hinweg. »Ihr habt bei der Arbeit zu sein! Los! Oder ich kürze euren Lohn, ihr arbeitsfaules Gesindel!«

Die Männer rührten sich nicht.

Mehlert, noch immer von dem Gift im Bier geschwächt, trat vor. »Der Wochenlohn! Wir wollen ihn abholen.«

»Heute ist kein Zahltag! Denkt ihr etwa, ich würde meine Pflicht nicht kennen? Morgen bekommt ihr euer Geld.«

Mehlert kam noch zwei Schritte vor, bis er neben Hauke stand. »Bevor wir ins Gefängnis kommen«, raunte er Hauke zu und reichte ihm einen Zettel. »Hier, die Namen. Es war neun Uhr, nicht Mitternacht.«

Hauke ließ den Zettel in seine Tasche gleiten.

An Jennings gewandt sagte Mehlert laut und deutlich: »Sie wollen sich aus dem Staub machen, Herr Jennings, und uns um unseren Lohn betrügen.«

»Was fällt dir ein, so mit mir zu reden? Ich lasse die Polizei holen!«

»Ob es rechtens ist, Herr Jennings, dass Sie uns wegen jeder Kleinigkeit den Lohn kürzen, sollte von der Kommission geprüft werden. Wir Arbeiter werden eine Eingabe beim Vorsteher des Bauamts machen.«

Jennings schnappte nach Luft.

»Außerdem soll die Kanalkommission prüfen, ob es rechtens ist, dass wir unser Brot und unser Bier, ja sogar das Wasser für Wucherpreise bei Ihnen kaufen mussten. Bei Vering müssen die Arbeiter nichts für Kost und Logis zahlen!«

Jennings sprang auf, wobei er sich an die Scheibe seines Wagens klammerte. »Warum seid ihr dann zu mir gekommen? Hättet doch für Vering arbeiten können! Aber euch Gesindel will keiner haben. Ich habe euch anständige Arbeit gegeben, damit ihr bei diesem großen Bauwerk euren kleinen Teil leisten könnt. Ohne mich wärt ihr nichts.«

Die Männer waren anderer Meinung. Der Erste von ihnen, ein Hüne mit vollem Bart und armlangem Schraubenschlüssel in der Hand, trat einen Meter vor, während er das Werkzeug wieder und wieder in die Fläche seiner Hand fallen ließ. Die Arbeiter waren wütend.

Hauke wusste, dass er sie nicht aufhalten konnte. Da hörte er das Geräusch marschierender Stiefel von der Straße kommen.

Die Stimme eines Offiziers zählte den Schritt vor. »Links, zwo, links, zwo.«

Die Arbeiter drehten sich um. Bewaffnete Matrosen in schwarzen Uniformen kamen in Sicht. Hauke nahm an, dass sie von einem der begleitenden Kanonenboote hierher abkommandiert worden waren. Anscheinend hatte Feil den Kaiser über die Vorkommnisse informiert. Aber warum waren die Soldaten dann hier und nicht an der Schleuse?

»Im Namen des Kaisers!«, rief der Offizier, der als Einziger einen Säbel an seiner Seite trug. »Ihr seid verhaftet. Legt die Waffen nieder.«

Keiner der Arbeiter rührte sich. Mehlert fand als Erster die Sprache wieder. »Warum?«

»Ihr plant ein Attentat auf den Kaiser. Daher seid ihr sofort unter Arrest zu nehmen!« Um seine Absicht klarzumachen, ließ der Offizier die Männer in zwei Reihen antreten. Die erste Reihe kniete und legte ihre Gewehre an.

Wie gelähmt starrte Hauke auf die Situation. Er wusste, was beim letzten Mal passiert war. Es durfte nicht noch einmal so kommen.

»Was soll der Unsinn, Mann?«, schrie er über die Köpfe der Arbeiter hinweg dem Offizier zu. »Wenn Sie auf die Männer schießen, schießen Sie auch auf unbeteiligte Zivilisten!« Hauke wies zum Automobil, wo die Frauen kreidebleich zu den Soldaten sahen.

Jennings aber, der noch immer stand, teilte Haukes Meinung nicht. »Tun Sie Ihre Pflicht, Herr Offizier! Anarchistische Umtriebe dürfen wir nicht dulden.«

»Halt!«, schrie Hauke. »Diese Männer haben einen Betrüger an der Flucht gehindert! Sie sind kaisertreu bis in die Knochen!«

Den Arbeitern rief er zu: »Legt die Werkzeuge nieder!«

Erst auf ein Nicken Mehlerts hin taten sie, was Hauke ihnen geheißen hatte.

Mit zwei Schritten war Hauke um den Kühler des Automobils gehumpelt. Jetzt stieg er auf das Trittbrett an der Fahrerseite des Wagens.

»Sie wollen nur ihren Lohn holen«, rief Hauke weiter, in der Hoffnung, dass keine Schüsse fallen würden, solange er nur redete.

Mit einem Ruck riss er Jennings zurück, der auf den Sitz fiel. Dann griff er kurzerhand in die Innenseite von Jennings Jackett, wo er die Brieftasche vermutete. Als der Mann sich wehren wollte, gab Hauke ihm eine schallende Ohrfeige. Margarete und Elisabeth schrien auf. Hauke zog das lederne Portefeuille heraus.

»Hier«, fuhr er fort, während er ein Bündel Scheine herausnahm und Jennings die leere Brieftasche zurück auf den Schoß warf, »ist er. Das steht den Männern zu!« Er hielt die Geldscheine hoch in die Luft.

Hauke überschlug, dass das Geld in seiner Hand nicht für alle Arbeiter reichen würde. Kurz entschlossen beugte er sich zu den beiden Frauen hinüber.

Ängstlich presste Margarete ein schwarzledernes Büchlein gegen ihre Brust. Elisabeth hingegen hielt einen kleinen Koffer auf ihrem Schoß. Hauke beugte sich an Margarete vorbei, um Elisabeths Koffer zu greifen.

»Was fällt Ihnen ein? Nehmen Sie die Finger ...« Elisabeth schlug nach Hauke.

Mit einem heftigen Ruck entriss er ihr den Koffer.

Gerade wollte er wieder zu den Männern gehen, als er Margarete flüstern hörte: »Ich war es.«

Hauke stockte. Er blickte in ihr fahles Gesicht, aus dem ihn zwei matte Augen müde um Erlösung baten.

»Ich habe Ludwig und auch die Frau in Marne auf dem Gewissen.« Ihr Blick flehte um Vergebung, während ihre dürren Hände die Bibel an ihrem Busen umklammerten. »Ich bringe nur Tod und Unglück.«

Hauke hievte den Koffer auf den Rand des Wagens. Er schob die Riegel zu Seite. Die beiden Schlösser schnappten auf. Neben einigen Papieren fand Hauke eine Schmuckschatulle. Er langte hinein und zog einige Ketten und Armbänder heraus.

Elisabeth zeterte: »Sie sind nichts weiter als ein Straßendieb.« Jennings schwieg.

Damit der Offizier sehen konnte, was er tat, hob Hauke Geld und Schmuck in die Höhe. Dann ging er zu den Arbeitern.

Dem Offizier rief Hauke zu: »Ich werde den Männern jetzt ihren Lohn geben. Danach werden sie alle langsam zurück in ihre Baracken gehen. Die Leute stehen dem Kaiser für alle Fragen zur Verfügung. Ich bürge für sie.«

Ganz langsam ging Hauke auf Mehlert zu, neben dem zitternd Karl stand.

Als Hauke die beiden erreicht hatte, wisperte er: »Verschwinde, Junge. Wenn die schießen, sind wir alle tot.«

»Nein, ich bleibe.«

»Lassen Sie man gut sein, Herr Kommissar. Der Junge ist Dithmarscher. Wat mutt, dat mutt.«

Hauke schaute Karl in die Augen. Der Junge würde sich keinen Zentimeter von der Seite seines Onkels fortbewegen.

Hauke reichte dem Vorarbeiter den Schmuck und das Geld.

»Es wird nicht für alle reichen. Aber mehr hat Jennings nicht. Euer Arbeitgeber ist schon lange bankrott. Dies hier dürfte alles sein, was ihr noch von ihm bekommen könnt.«

HOLTENAU. HEUTE PASSIERTE HIER DAS ERSTE SCHIFF VON
DER ELBE KOMMEND DEN KANAL, DIE HOLLÄNDISCHE YALK
»ALIDA«, SCHIFFER MOVI, MIT EINER LADUNG SALPETER
VON HAMBURG NACH DÄNEMARK BESTIMMT.

Originalauszug: Kanalzeitung 1894

Hauke wusste, dass ein Offizier ohne Befehl wie ein Fisch
auf dem Trockenen war. Und er wusste auch, dass Offiziere
ohne Befehle Fehler machten. Das hatte er auf dem Marktplatz
erleben müssen.

Hauke ging zu dem jungen Mann hinüber. Kurz erklärte
er ihm, dass das hier weder eine unerlaubte Demonstration sei
noch eine Gefahr für den Kaiser von den Arbeitern ausginge.

»Die Männer sind Wilhelm treu ergeben«, wiederholte er.

Hauke schlug vor, die Soldaten mögen die Arbeiter zurück
in ihre Baracke geleiten. »Dort bleiben sie, bis weitere Befehle
eingehen.«

Zögerlich stimmte der Offizier zu.

Bevor die Soldaten gingen, bat Hauke den Offizier, vier
seiner Leute als Sicherung vorerst hierzulassen.

In diesem Moment hörte man Kanonenschüsse vom Fluss
her. Der Herrscher schien wohlbehalten an Bord der »Hohenzollern« zurückgekehrt zu sein. Erleichtert atmete Hauke auf.

Hauke hatte Karl geschickt, Feil sowie Schulze und Wilkens zu
holen. Sie waren sofort nach der Abreise des Kaisers hergeeilt.
Man hatte sich im Salon der Villa zusammengefunden.

Jetzt stand Schulze hinter dem Kanalinspektor, der am
Schreibtisch in der Ecke saß, tief gebeugt über einen Stapel
Papiere. Zu seinen Füßen stand der offene Koffer, den Elisabeth
offenbar nicht nur wegen des Schmucks zu schützen versucht
hatte.

»Unglaublich«, hörte Hauke den Mann immer wieder mur-
meln. Er hatte den Kragen gelockert. Schweißperlen standen
auf seiner Stirn. Immer wieder putzte er die Gläser seiner Brille

mit dem karierten Taschentuch. Jetzt erhob er sich von seinem Stuhl. »Ich muss nach Kiel telegrafieren. Umgehend.«

»Bitte bleiben Sie noch«, sagte Hauke, der auf einem Stuhl am Fenster saß und sich von Dr. Schesel die Wunde am Bein verbinden ließ. »Sie werden gleich noch mehr Dinge erfahren, die Sie wissen sollten.«

Neugierig geworden, nahm der Mann wieder Platz.

Vor dem kalten Kamin hockten unterdes die beiden Schwestern auf dem Sofa. Die eine schlank und stolz, unerschütterlich, wie es schien, ganz die Tochter aus gutem Hause, die der Beschuldigung eines Mordes nur mit zur Schau gestellter Überheblichkeit begegnen konnte. Die andere kauerte gramgebeugt daneben, während sie die Bibel in ihren Händen umklammerte.

Jennings selbst stand am Fenster und starrte in den Garten hinaus. »Ich wünsche eine Untersuchung«, sagte er mit fester Stimme. »Dieser Mann dort«, er drehte sich zu Hauke um, »beging eine unerhörte Amtsanmaßung. Er beschuldigte mich und meine Töchter in infamster Weise. Er beraubte uns am helllichten Tag des Familienschmucks! Ich verlange, dass man ihn sofort in Haft nimmt.«

Feil kam auf Hauke zu. »Wie ich heute früh erfuhr, hat man Sie vom Dienst suspendiert. Ihr Vorgesetzter Bahnsen erwartet Ihre sofortige Rückkehr nach Kiel, Sötje. Ist Ihnen das bekannt?«

Hauke überlegte kurz. »Nicht offiziell. Ich hatte es jedoch geahnt.«

»Sehen Sie!«, mischte Jennings sich ein. »Der Kerl wusste es und hat trotzdem den Kriminalkommissar gespielt! Kommissar Bahnsen hatte mir bereits vor Tagen zugesichert, dass er dieses wirre Subjekt zurück nach Kiel beordern würde. Verstehe nicht, warum es so lange dauerte.«

Feil drehte sich zu Jennings. »Alle bis zum Zeitpunkt der Suspendierung getroffenen Befehle sind laut Gesetz bindend. Es sei denn, sie wurden von höherer Stelle aufgehoben.«

Er schaute auf seine Taschenuhr, die er aus seiner Weste zog. »Ich erhielt das Telegramm vor vier Stunden. Zu diesem

Zeitpunkt stand Ihre Tochter bereits unter Hausarrest. Damit ist dem Befehl vorerst Folge zu leisten.«

Verächtlich schnaufend drehte Jennings sich wieder zum Fenster, als ginge ihn all das nichts an.

»Und nicht nur das«, fuhr Feil fort. »Der Kaiser persönlich bat um den Namen des Mannes, der das Attentat auf ihn vereitelte.« Er lächelte unter seinem üppigen Vollbart. »Der Trupp, den wir losschickten, fand mehrere Kisten Dynamit unter einem Schutthaufen ganz in der Nähe der Nordkammer. Lunte und Streichhölzer lagen bereit.« Er schüttelte sich, als müsste er das grausige Bild all der vielen Toten, die die Tat gekostet hätte, loswerden. »Wir brauchten nur zu warten, bis der Attentäter kam, um die Lunte zu entzünden.«

»Wer war es?« Wen hatte Moltke vor seinem Tod überredet, den deutschen Kaiser in die Luft zu sprengen?

»Einer dieser italienischen Maurer. Ein gewisser Luigi Galleani.« Feil durchmaß mit ruhigem Schritt den Raum.

Als er Hauke erreicht hatte, legte er seine schwere Hand auf Haukes Schulter. »Und weil Herr Sötje sicherlich vonseiten unserer Majestät noch eine Belobigung erwarten kann, sehe ich keinen Grund, warum ich ihm nicht zuhören sollte, wenn er etwas vorzubringen hat.«

»Aber die Amtsanmaßung?«, rief Elisabeth aus.

Feil schaute Elisabeth an, die aufgesprungen war. »Welche Amtsanmaßung? Ich habe Ihnen eben erst erklärt, dass es keine gab.«

Sprachlos ließ Elisabeth sich wieder auf das Sofa sinken. Margarete schluchzte.

»Und jetzt«, sagte Schulze, »erklären Sie mir bitte, Herr Sötje, was all das zu bedeuten hat.«

Bevor Hauke damit begann, die einzelnen Fäden des Falls Ludwig Strasser zusammenzufügen, schloss er die Augen. »Karl Mehlert, ein Junge von außergewöhnlicher Beobachtungsgabe, bemerkte als Erster, dass etwas mit dem Toten in der Nordkammer der Schleusen nicht stimmte. Offenkundig war Strasser nicht zu Fuß zu dem Ort gelangt, an dem er starb.«

Hauke machte eine Pause, hoffte, dass er seine Ausführungen zu Ende bringen konnte, bevor ihn die Kräfte gänzlich verließen.

»Ludwig Strasser war am Abend seines Todes bei Ihnen in der Villa, Fräulein Jennings«, wandte er sich an Margarete. »Es muss zu einem Streit gekommen sein. Ein Streit, bei dem eine Vase zu Bruch ging und ein Teppichläufer ruiniert wurde.«

Die Angesprochene starrte auf das Büchlein in ihren Fingern.

»Er hat gesagt«, begann Margarete kaum hörbar, »er wolle mich nicht mehr heiraten. Jetzt wolle er Elisabeth.«

Die Männer schauten sich überrascht an.

Elisabeth indes richtete sich auf. »Was dieser Kretin sich einbildete! Ich hätte ihn niemals geheiratet. Ich plane meine Verlobung mit –«

»Ach, halt deinen Mund!«, entfuhr es Margarete. Doch der kurze Aufruhr gegen ihre hübsche Schwester fiel sofort wieder in sich zusammen, als Elisabeths harter Blick sie traf.

»Du, meine Liebe, solltest den Mund halten!«, fuhr Elisabeth sie an. »Du plapperst uns um Kopf und Kragen!«

Aber Margarete ließ sich nicht beirren. »Wir standen oben am Treppenabsatz und stritten. Ich war so schockiert, so außer mir, da ...«

»... schubsten Sie ihn die Stufen hinunter«, ergänzte Hauke ihre Aussage.

Stumm nickte Margarete.

»Beweise!«, schrie Elisabeth. »Sie brauchen Beweise!«

»Der Wasserfleck auf dem Boden, den Ihr Hausmädchen noch Tage später versuchte wegzupolieren, die zerbrochene Vase, die zuvor auf dem Tisch gestanden hatte.«

Streng wandte sich Feil an Margarete. »Sprechen Sie weiter, Fräulein Jennings.«

Leise fuhr diese fort: »Ich habe ihn getötet. Aber es war ein Unfall.« Sie schluckte. »Ich lief aus dem Haus. Ich wusste nicht, was ich tun sollte!« Tränen liefen über ihr Gesicht. »Es war keine Absicht. Bestimmt nicht.«

»Wann kam Ihre Schwester?«

»Ich weiß nicht, wie lange ich in der Dunkelheit stand und fror. Plötzlich war sie da.«

Hauke spürte, wie ein leichtes Schwindelgefühl in ihm hochkam. Er hoffte, dass es nur das viele verlorene Blut war und nicht die Boten seiner Vergangenheit.

Er wandte sich dem Fenster zu. »Sie haben den Mann nicht getötet, Fräulein Jennings. Als er stürzte, fiel er gegen den Tisch. Er muss bewusstlos gewesen sein. Er hatte eine Beule, mehr nicht.«

Margarete fasste sich mit beiden Händen an den Kopf. »Nein, es kann nicht sein, dass er nur bewusstlos war! Er rührte sich nicht.«

»Schweig!«, zischte Elisabeth. Wie eine Furie kreischte sie Jennings an: »Papa, sag du doch etwas! Müssten wir nicht einen Anwalt bei uns haben?«

Jennings sagte nichts.

»Fräulein Margarete«, sagte Hauke, »war die Vase noch in einem Stück, als Sie hinausliefen?«

»Warum?«

»Bitte antworten Sie.«

Margarete überlegte. Ihre Schultern zitterten. Die Fingernägel bohrten sich in das Leder der Bibel auf ihrem Schoß. »Ich weiß nicht ...« Sie überlegte. »Nein«, sagte sie schließlich. »Die Vase war nicht zerbrochen. Sie lag auf dem Boden, neben Ludwig.«

»Wie kam Ihr Verlobter in die Nordkammer der Schleusen?«

Margarete schwieg.

»Sie möchten es nicht sagen?«

Sie presste ihre Lippen fest aufeinander.

»Nun«, fuhr Hauke fort, »dann kommen wir zu Ihnen, Fräulein Elisabeth.«

Herausfordernd blickte sie zu Hauke. »Zu mir? Warum das?«

»Der Streit der beiden lockte Sie in die Halle. Sie sahen Ludwig Strasser auf dem Boden liegen. Ihre Schwester war fort. Sie erkannten die Chance, den Mann loszuwerden, der Ihre Heirat in bessere Kreise zu verderben drohte.«

»Pah! Wie hätte so ein kleiner Schreiber das anstellen können?«

»Indem er Ihren Vater erpresste und Sie davon wussten. Ihr Vater hatte keine Möglichkeit, sich Strasser zu widersetzen. Die Hochzeit mit Graf von Andeck wäre passé gewesen.«

Hasserfüllt starrte Elisabeth ihn an. »So ein Unsinn!«

»Erpressung?«, sagte der Kanalinspektor. »Jetzt auch noch Erpressung? Können Sie das denn beweisen?«

»Ich denke, ja.« Hauke wandte sich Elisabeth zu. »Sie nahmen die Vase und schlugen den bewusstlosen Strasser damit auf den Hinterkopf. Ich fand Splitter der Vase in der Kopfwunde.«

Überrascht fuhr Margarete zu Elisabeth herum.

»Da war keine Vase«, widersprach diese. »Meine Schwester muss sich irren.«

Hauke widersprach: »Ich habe die Scherben in der Küche gefunden. Ihr Dienstmädchen hatte sie in den Mülleimer geworfen. Sollen wir Ihre Bedienstete hereinholen? So kann sie mir auch gleich sagen, ob am Tag nach Strassers Tod noch dessen Mantel und Hut an der Garderobe hingen. Oder ob ein Teppichläufer vor der Treppe fehlte.«

Mit geweiteten Augen starrte Margarete ihre Schwester an. »Du hast ihn getötet? Aber warum hast du mir das nicht … Ich dachte immer, ich hätte ihn …« Ihre Hände fuhren vor den Mund.

»Ihre Schwester ließ Sie in dem Glauben«, fuhr Hauke fort, »eine Mörderin zu sein, weil sie befürchten musste, dass sie es selbst war.«

Elisabeth eilte zu ihrem Vater. »Sag etwas, Papa!«

Aber Jennings schwieg auch weiterhin.

»Willst du etwa, dass man mich vor Gericht stellt?«

Jennings ließ sich vom Flehen seiner Tochter nicht erweichen. Er schien von alldem nichts zu merken. Schweigend blickte er weiter aus dem Fenster.

Als Elisabeth begriff, dass sie von ihrem Vater keine Hilfe erwarten konnte, fuhr sie zu Hauke herum. »Ich habe Ludwig Strasser nicht ermordet!«

»Das habe ich auch nicht gesagt, Fräulein Elisabeth.«

Hauke wandte sich Jennings zu. »Sie kamen früher nach Hause, als Sie mir sagten, Herr Jennings. Die Tür stand offen. Sie werden sich gewundert haben, was hier geschehen war. Dann traten Sie ein. Sie sahen den blutenden Strasser auf dem Boden liegen.«

»Sie reden wirres Zeug.« Jennings Stimme krächzte. »Da lag niemand. Meine Tochter erzählte mir von dem Vorfall. Strasser muss zu sich gekommen sein. Als ich kam, war er fort.«

»Sie lügen! Gemeinsam beschlossen Sie mit Ihrer Tochter Elisabeth, den unliebsamen Erpresser fortzuschaffen«, fuhr Hauke fort. »Der Mann sollte nicht in Ihrem Haus gefunden werden. Die Schleusen waren besser geeignet.«

»Mein Vater war nicht hier. Er hatte einen −«, versuchte Elisabeth eine Rechtfertigung.

»Auch das ist eine Lüge. Ihr Vater war sehr viel früher zu Hause, als er sagte. Dass er bei Taterpfahl mit seinem Automobil stecken geblieben war, entspricht zwar der Wahrheit, aber nicht, dass er erst gegen Mitternacht zurück war. Ihr Vater kam bereits gegen neun Uhr. Das sagen jedenfalls die Arbeiter aus, die ihm das Gefährt aus dem Dreck zogen. Hermann Mehlert konnte sie für mich ausfindig machen.« Hauke holte den Zettel aus seiner Jackentasche, den Mehlert ihm vorhin gegeben hatte.

Jetzt mischte sich der Kanalinspektor ein. »Was ist das mit der Erpressung?« Er wies zu den Papieren vor sich auf dem Tisch. »Unregelmäßigkeiten, wo auch immer ich hinschaue. Falsche Rechnungen, Bankurkunden, an deren Echtheit ich zweifeln muss … Mein Gott! Wir hatten nichts bemerkt. Und jetzt auch noch Erpressung?«

Bevor Hauke die Frage beantworten konnte, drehte Jennings sich um. »Ja, mein Ingenieur erpresste mich.« Er schluckte, als fiele ihm das Sprechen schwer. »Anfangs wollte er nur Geld, später Beteiligungen am Unternehmen, aber das wäre irgendwann aufgefallen. Darum plante er, in die Familie einzuheiraten. Erst wollte er Elisabeth haben. Dann aber konnte sie ihn davon überzeugen, dass Margarete die bessere Wahl sein würde.«

»Natürlich war sie es«, sagte Elisabeth. »Wenn ich Graf von Andeck geheiratet hätte, wären Strasser als Schwiegersohn meines Vaters die Türen zum Adel …« Sie räusperte sich. »Meine Schwester war die pragmatischere Wahl.«

Margarete erhob sich. »Du redest von mir, als wäre ich ein Vieh und stünde zum Verkauf.«

»Der Nutzen für die Firma wäre erheblich gewesen«, verteidigte Elisabeth sich.

Steif trat Margarete vor sie. Sie starrte ihre Schwester an. »Ohne mich hättest du nicht einmal diesen hergelaufenen Schreiberling bekommen.«

Die Ohrfeige kam ohne Vorwarnung.

Elisabeth schrie auf. Mit einer Hand hielt sie ihre Wange.

Schon wollte Margarete aus dem Raum laufen, als Wilkens ihr den Weg versperrte. »Nehmen Sie mal wieder Platz, Fräuleinchen. Ich glaube, der Herr Kommissar ist noch nicht fertig«, brummte er und schob sie zurück zum Sofa.

Hauke wandte sich wieder an Jennings. »Wann erfuhren Sie, dass Strasser sein Wissen nicht für sich behielt, wie er es versprochen hatte?«

»Als Margarete mir sagte, dass sie geheime Briefe für ihn nach Marne brachte und abholte.« Jennings Stimme klang gepresst.

»Warum tat er das? Man sägt doch nicht den Ast ab, auf dem man sitzt«, wollte Doktor Schesel wissen.

Die Frage hatte Hauke sich auch gestellt. »Ich vermute, dass er von einem gewissen Eduard Moltke nur dann die Vergleichszahlen aus Kiel erhielt, wenn er im Gegenzug Moltke Beweise für Jennings Betrügereien lieferte.«

Jetzt sprang der Kanalinspektor auf. »Moltke? Wer ist denn dieser verdammte Moltke?«

Schulze legte dem aufgeregten Mann die Hand auf die Schulter. »Lassen Sie mal den Sötje weitererzählen. Das war bestimmt noch nicht alles.«

Seufzend sank der Kanalinspektor zurück auf seinen Stuhl.

»Dass Moltke plante, die Zahlen ins Ausland zu bringen,

schien Strasser nicht wichtig genug, um von seinem Vorhaben abzulassen, sofern er es überhaupt wusste. Gier macht blind.«

Jetzt wandte Hauke sich an Margarete. »Die Briefe, ja. Auch ich fand sie sehr interessant. Es war grob unhöflich von Ihnen, Fräulein Margarete, sich Zugang zu meinem Zimmer zu verschaffen und den Brief zu verbrennen.«

Sie blickte zu Hauke auf. Tränen standen in ihren Augen.

»Ich nehme an, Sie bemerkten den Brief auf meinem Tisch, als Sie Ihren Krankenbesuch bei mir abstatteten.«

»Ich wusste nicht, was darin stand. Das müssen Sie mir glauben, Herr Kommissar! Ich schwöre es! Er bat mich, die Briefe zu holen, und ich tat es. Er wollte mich doch heiraten. Als ich dann so eine Nachricht bei Ihnen liegen sah, da dachte ich ...«

Feil kratzte seinen Bart. »Aber wie kam der Kerl von der Villa in die Schleusen?«

Hauke nickte zu Elisabeth und ihrem Vater. »Wollen Sie es sagen?«

Keiner der beiden antwortete.

»Nun gut, dann tue ich es. Vater und Tochter entschieden, den vermeintlich Toten fortzuschaffen. Elisabeth lenkte ihre Schwester im Garten ab, während der Vater eine Karre holte und Strasser in den Teppich wickelte, der vor der Treppe gelegen hatte.«

»Teppich?«, fragte Feil. »Was für ein Teppich?«

»Der besagte Fleck auf dem Boden hatte eine eigenartige Form. Auf der einen Seite rund, auf der anderen aber eine Ecke, als hätte dort etwas gelegen. Es muss sich um einen Teppich gehandelt haben. Der aber war fort, als ich zu meinem ersten Besuch in die Villa kam. Man hatte Strasser darin eingewickelt. Ich nehme an, die Kopfwunde blutete heftig.«

»Himmel! Er war tot«, entfuhr es Jennings.

»Nein«, fuhr Hauke unbeirrt fort. »Sie ließen ihn in die Schleusenkammer fallen, aber der Kerl bewegte sich. Vielleicht stöhnte er auch nur. Darum kletterten Sie hinunter, nahmen einen Ziegelstein und erschlugen Strasser.«

»Nein!«, schrie Elisabeth auf.

»Doch«, entgegnete Hauke. »Strasser starb nicht durch den

Schlag mit der Vase, sondern durch einen Ziegelstein. Wussten Sie das nicht?«

Mit zwei Schritten war Elisabeth bei Ihrem Vater. Mit ungebremster Wut schlug sie ihm ihre Fäuste auf die Brust. »Wie konntest du nur?«, schrie sie immer wieder.

Jennings machte keine Anstalten, sich zu wehren.

Wilkens und Schulze eilten herbei. Sie hielten die um sich schlagende Elisabeth fest.

»Besser, Sie beruhigen sich, Fräuleinchen, oder ich lege Sie in Handschellen«, meinte Wilkens. Es dauerte noch einen Moment, bevor Elisabeth sich beruhigte.

Niemand im Raum sagte ein Wort.

Aller Augen waren auf Elisabeth gerichtet, deren Kleid eingerissen war. Ihre Frisur hatte sich aufgelöst.

Der Mund zuckte, während ihre Augen ungläubig den Vater anstarrten. »Du hast nicht gesagt, dass er noch lebte«, flüsterte sie. »Du hast gesagt, dass ich es war und dass du mich nur beschützen wolltest.«

Da lachte Margarete plötzlich auf. Sie schrie ihr Lachen in den Raum hinein, das Gesicht zu einer Fratze verzerrt. Erschrocken blickten die Männer auf die Frau, der Tränen über das Gesicht liefen, während sie sich vor Lachen schüttelte.

»Du hast auch gedacht«, japste sie, »du seist eine Mörderin? So habt ihr beide es mit mir gemacht!« Zu ihren Füßen lag die Bibel. »Schuld! Ich dachte, ich sei schuld.«

Betreten schwiegen die Männer, während Elisabeth immer mehr in sich zusammensank.

Plötzlich griff Margarete in die Haare ihrer Schwester und zog deren Kopf dicht zu sich heran. Elisabeth schrie auf. »Ich hasse dich«, zischte Margarete ihr ins Ohr. »Ich habe dich schon immer gehasst.«

Die Männer sprangen vor und trennten die Frauen voneinander.

»Zurück zum Thema.« Feil räusperte sich. »Haben Sie den Ziegelstein?«

Hauke nickte. »Ja, ich fand die Mordwaffe unter den anderen

Steinen, die man in der Schleusenkammer aufgestapelt hatte, um sie zu vermauern. Das Opfer hatte drei Kopfwunden. Eine Beule, die vom Sturz stammte. Eine Verletzung, an deren Rand ich einen Splitter der Vase fand. Und eine eckige Verletzung, die von einem Ziegelstein herrührte. Letztere war tödlich. Den dazu passenden Ziegelstein mit Resten von Blut daran habe ich konfisziert.«

Stille trat in den Raum. Es war alles gesagt.

Nur eine Frage war offen.

Wilkens trat einen Schritt näher. »Stimmt es, was Stammerjohann aus Marne sagte, dass Fräulein Elisabeth die alte Mette …?«

»Sagen Sie es, Fräulein Jennings.«

Erschöpft schwieg Elisabeth.

»Nun, dann sage ich Ihnen, dass Sie dennoch eine Mörderin sind. Vielleicht wird das Gericht Gnade walten lassen, weil Sie eine Frau sind, aber —«

»Es ist nicht meine Brosche«, versuchte Elisabeth matt ein letztes Mal, sich zur Wehr zu setzen. »Sie gehört meiner Schwester. Ich habe sie ihr im letzten Jahr geschenkt.«

»Sie lügen. Ich habe sie bei meinem ersten Besuch an Ihrem Kleid gesehen. Warum hatte die Alte Ihren Schmuck? War es eine Bezahlung?«

»Wollen Sie andeuten, dass ich bei dieser Person war, weil …« Elisabeth konnte es nicht aussprechen.

»Nun, Mette war Engelmacherin, wie mir die Frauen des Ortes sagten. Wer, Fräulein Elisabeth, wäre der Vater des Kindes gewesen? Strasser?«

Schulze drehte sich um, tat, als las er die Buchrücken im Regal. Der Kanalinspektor begann, eilig in den Papieren vor sich zu blättern, während Feil und Wilkens beschämt dreinschauten. Themen dieser Art waren nicht für ihre Ohren geeignet.

Da mischte sich Margarete ein. »Ich war es. Ich erwartete ein Kind.«

Alle Augen gingen zu der unscheinbaren Margarete.

»Ludwig wäre der Vater gewesen«, flüsterte sie kaum hörbar. »Aber dann sagte er, er wolle mich nicht mehr heiraten.« Ihre Hände fuhren vor ihr Gesicht. »Diese Schande! Diese Schande!« Keiner sprach ein Wort. »Ich hatte vor einigen Monaten von einer Alten in Marne gehört, die so etwas tut.« Margarete schluckte. »Nachdem Ludwig die Treppe … Der Morgen, als Sie Ludwig aus seinem Grab holten … Ich fuhr mit der Kutsche zu der Frau in Marne … Wollte sein Kind nicht mehr in meinem Bauch haben.« Sie stierte auf ihre Hände. »Sie machte es weg. Als Bezahlung gab ich ihr die Brosche.« Sie versetzte der Bibel zu ihren Füßen einen Stoß. »Ich habe Elisabeths Brosche gestohlen, weil ich selbst kein Geld oder wertvolle Dinge besitze. Und sie hat so viel davon.«

»Was passierte dann?«

Jetzt antwortete Elisabeth: »Ich bemerkte es und stellte meine Schwester zur Rede. Ich beschloss, meine Brosche zurückzuverlangen, aber die Hexe in Marne wollte sie mir nicht wiedergeben. Sie faselte etwas von ihrem Enkel, den sie freikaufen müsse. Darum wollte sie mehr als nur eine Brosche. Sie sagte, sie brauche Geld. Viel Geld.« Elisabeth lachte auf. »Dein Ludwig hat uns in den Ruin gestürzt, Margarete.« Die Worte kamen voller Verachtung aus ihrem hübschen Mund.

Die Nacht war hereingebrochen, als Hauke endlich die Villa der Jennings verließ. Über der Marsch stand ein weißer voller Mond. Fetzen von Wolken schoben sich langsam über den Himmel. In der Ferne schrien Möwen. Man hatte Vater und Tochter in Haft genommen, während Margarete von Dr. Schesel und einer Krankenschwester betreut wurde. Sie würde gegen Elisabeth und ihren Vater aussagen müssen.

Hauke seufzte, als er auf die Ausfahrt trat. Da bemerkte er plötzlich einen Schatten, der aus dem Gebüsch trat.

»Karl? Was machst du noch hier?«

Mit gesenktem Kopf trat der Junge zu Hauke. »Sie gehen zurück nach Kiel?«

»Ja.«

Karl schluckte. »Ich würde gern mitkommen. Ich möchte ein so guter Polizist wie Sie werden, Herr Kommissar.«

Hauke legte ihm die Hand auf die Schulter. »Ich bin kein Kommissar mehr, Junge. Und ich bin sicherlich der letzte Mann im Reich, der weiß, wie man ein guter Polizist wird.«

»Nein! Sie haben den Attentäter gefunden. Sie haben den Mörder von dem Ingenieur gefunden! Sie haben dem Kaiser das Leben gerettet! – Bitte nehmen Sie mich mit.«

Schweigend gingen sie zur Straße. »Hier trennen sich unsere Wege, Karl. Ich reise morgen in aller Frühe ab.«

Tränen traten dem Jungen in die Augen.

Da nahm Hauke ihn in den Arm. »Danke, mein Junge. Und pass auf dich auf.«

NACH MITTEILUNG DES »HAMB KORR.« WIRD DER KAISER ZU DEN ERÖFFNUNGSFEIERLICHKEITEN VON HAMBURG MIT DER »HOHENZOLLERN« UND DEM »KAISERADLER« FAHREN UND DANN VON BRUNSBÜTTEL DIE FAHRT MIT ALLEN FÜRSTLICHEN TEILNEHMERN ANTRETEN. DIESEN BEIDEN SCHIFFEN FOLGT DER PANZER »WÖRTH« UNTER DEM KOMMANDO DES PRINZEN HEINRICH, WELCHEM SICH DIE SCHNELLDAMPFER »AUGUSTE VICTORIA« UND »NORMANNIA« SOWIE EIN SOLCHER DAMPFER DES NORDDEUTSCHEN LLOYD ANSCHLIESSEN WERDEN. ANDERE DAMPFER WERDEN FÜR DIE KANALFAHRT AN DEM TAG NICHT ZUGELASSEN.

Originalauszug: Kanalzeitung 1895

Die Sonne wärmte Haukes Rücken durch den Stoff seiner Jacke. Schweißperlen begannen sich zwischen seinen Schulterblättern zu sammeln. Erleichtert nahm er seinen neuen Hut vom Kopf, um einen der Stadträte von Kiel zu begrüßen, der ihm mitsamt Gattin und Kindern entgegenkam. Die Mädchen hatte man in hübsche Rüschenkleidchen und die Jungen in Matrosenanzüge gesteckt.

»Und hier, meine Lieben«, dozierte der Herr Stadtrat, »seht ihr die Levensauer Hochbrücke.«

Mäßig aufmerksam hörten die Kleinen dem Herrn Papa zu, der erklärte, dass die Brücke zwar eine große Ähnlichkeit mit der Grünentaler Hochbrücke habe, jedoch bauliche Eigenheiten aufweise, die er jetzt erläutern werde. Eines der Mädchen gähnte. »Die beiden Hauptträger des Überbaus sind genietet, und die zweigelenkigen Fachwerkbögen …« Die Kinder hinter ihm begannen sich gegenseitig zu knuffen.

Obwohl der Kragen um seinen Hals zu eng war, die aufgebügelte Jacke nicht ihm gehörte und die Schuhe drückten, war Hauke an diesem Nachmittag der glücklichste Mensch, den er kannte.

»Ich freue mich, dass der Herr Konsul meine Dienste heute nicht benötigt«, sagte Sophie, die neben ihm ging. Wie selbstverständlich hakte sie sich bei ihm ein.

Hauke hätte gern irgendetwas gefragt, nur um daraufhin ihre Stimme zu hören. Aber er wusste nicht, was.

Und so gingen sie schweigend am neuen Kanal entlang, wie all die vielen anderen, die an diesem 25. Juni 1895 auf die kaiserlichen Schiffe warteten. In Scharen flanierten sie an den Ufern zwischen Kiel und Brunsbüttel entlang und hofften, einen kurzen Blick auf ihren Kaiser werfen zu können.

Sophie drehte den spitzenbesetzten Sonnenschirm über ihrer Schulter, als wollte sie Hauke sagen, dass auch sie glücklich war. Und so schritten sie lächelnd an den Menschen vorbei, die ihnen an diesem Sommertag entgegenkamen.

»Wann werden die Schiffe kommen?«

Hauke zog seine silberne Taschenuhr aus der Weste. Leise schalt er sich, weil er genau wusste, wann die »Hohenzollern« mit ihren Geleitschiffen auf ihrem Weg nach Kiel hier vorbeikommen würde. Aber der Griff zu seiner neuen Uhr, die Sophie ihm geschenkt hatte, schien ihm eine gebührende Geste für diesen Tag zu sein. Sein Finger glitt über den Deckel der Uhr, den der Verlauf des Kanals von der Elbe bis in die Ostsee und das Datum des heutigen Tages zierten.

Er ließ den Deckel aufklappen. »Der Kaiser müsste jeden Moment vorbeifahren.«

Sie gingen weiter, die Levensauer Hochbrücke mitsamt dozierendem Stadtrat hinter sich lassend. Je näher sie den Schleusen von Kiel-Holtenau kamen, umso mehr Menschen waren überall am hohen Ufer des Kanals zu sehen. Fliegende Händler verkauften Gebäck für die Erwachsenen und Dauerlutscher für die Kinder. Ein Luftballonverkäufer wurde von einer lärmenden Schar umringt. Ein Leierkastenmann drehte unermüdlich die Kurbel seiner Orgel, aus der lustige Straßenlieder erklangen. Offene Kutschen mit feinen Herrschaften rollten auf der nahen Straße vorbei. Das Schlagen der Pferdehufe auf dem Kopfsteinpflaster mischte sich mit den marschierenden Tönen einer Blaskapelle, die der sachte Sommerwind herbeitrug.

Die warme Luft lag voll von Erwartung. Und Stolz. Es war, als glaubte jeder hier, persönlich am Bau des Kanals beteiligt gewesen zu sein. Eines Bauwerks, das an Größe und Perfektion seinesgleichen suchte. Eines Bauwerks, zu dessen feierlicher Eröffnung jedoch keiner der achttausend Männer geladen worden war, die diesen Kanal mit ihrem Schweiß erst ermöglicht hatten.

Kurz schmerzte Hauke der Gedanke an Karl und seinen Onkel. Sie sowie all die anderen hätten eine Würdigung ihrer Arbeit verdient. Doch die Zeiten waren für solche Dinge noch nicht reif. Obwohl Hauke am Horizont der Zeit bereits das Licht der Veränderung zu sehen glaubte.

»Wo feiern die Arbeiter eigentlich?«, wollte Sophie wissen.

Nicht zum ersten Mal meinte Hauke, dass die Frau an seiner Seite Gedanken lesen konnte. Er fragte sich, ob alle Frauen diese faszinierende Eigenschaft besaßen oder nur Sophie.

»Die Arbeitervereine haben Jahrmärkte und Feierlichkeiten für den Kaiser im ganzen Reich organisiert. Die Männer vom Kanal werden dort sicherlich wie Helden gefeiert.«

»Ich wünsche es ihnen«, murmelte Sophie leise.

Sie setzten sich auf eine Bank, die soeben frei wurde. Mit einem erleichterten Seufzen nahm Sophie Platz. Gemeinsam schauten sie den Menschen zu, die an ihnen vorbeischritten. Jeder von ihnen in der tiefen Gewissheit, dass dieser Tag in die Geschichte des Reiches eingehen würde und sie ein Teil davon waren.

Hauke lächelte selig und nahm Sophies Hand. Wie gern hätte er den Ring in seiner Jackentasche an ihren Finger gesteckt, doch es gab Dinge, die zwischen ihnen noch immer nicht ausgesprochen waren.

»Herr Kommissar«, hauchte sie plötzlich.

Überrascht blickte er sie an.

»Das klingt wirklich sehr schön.«

Er überlegte, was sie damit meinen könnte.

Als er nichts sagte, fuhr sie fort: »Du bist also nun ein kaiserlicher Beamter.«

Er nickte.

»Auf Lebenszeit.«

»Nun ja, wenn ich es schaffe, mich mit dem neuen Ersten Kommissar nicht zu überwerfen, dann ja.« Vorsichtig lächelte er.

»Was ist eigentlich aus diesem Bahnsen geworden?«

Eine Gruppe spielender Kinder lief johlend an ihnen vorbei einem Reif hinterher. Hauke schaute ihnen nach, während er die richtigen Worte suchte.

»Kommissar Bahnsen wurde vor den Kieler Stadtrat zitiert. In einer geheimen Sitzung musste er erklären, warum er Polizeidirektor Lorey vor dem Aufmarsch am Marktplatz nicht gewarnt hatte.«

»Und?«

»Es stellte sich heraus, dass er bereits zwei Wochen zuvor von dem Aufmarsch Kenntnis hatte. Ein Informant, dessen Namen Bahnsen angeblich nicht wusste, hatte ihm davon erzählt.«

Hauke war sich sicher, dass es sich um Moltke gehandelt haben musste. Der Mann hatte größtmöglichen Schaden anrichten wollen, wie es sich für einen *agent provocateur* gehörte. Als er ahnte, dass Bahnsen nicht im Geringsten vorhatte, die Stadtväter von Kiel oder gar Lorey zu informieren, hatte Moltke einen anonymen Hinweis an die Admiralität geschickt, die flugs ihre bewaffneten Männer schickte. Und damit dem Attentäter Moltke ohne es zu wissen in die Hände spielte.

»Man konnte beweisen, dass Bahnsen aus niederen Gründen seinem Konkurrenten den Aufmarsch verschwieg. Man hat Bahnsen entlassen. Ein gewisser Kleinschmidt ist sein Nachfolger.«

Missbilligend schüttelte Sophie den Kopf. »Ich bin so froh, dass sich alles aufklären ließ.«

Sie nahm Haukes Hand in ihre. »Vor allem freue ich mich, dass man dich rehabilitiert hat.« Sie lächelte. »Kommissar Hauke Sötje. Das klingt fein.«

Hauke spürte, wie seine Ohren zu sausen anfingen. Er wusste, dass jetzt der richtige Moment war, um in die Jackentasche zu greifen und das kleine samtene Kästchen herauszuholen.

Aber plötzlich schien die Luft um ihn herum zu vibrieren, und ein leises, gleichmäßiges Stampfen kam immer näher.

»Er kommt«, sagte Hauke und zog seine Hand aus Sophies. Sogleich bereute er es, denn die Wärme und die Zartheit ihrer Finger waren fort.

Sie traten an den Uferrand. Unter ihnen glitzerte das Wasser im Sonnenlicht, als sich die »Hohenzollern« langsam der Levensauer Hochbrücke näherte. Ihr folgten die »Kaiseradler« und das Panzerschiff »Wörth« unter dem Kommando von Prinz Heinrich. Danach erreichte der Schnelldampfer »Auguste Victoria« die Brücke. Sie alle waren mit Fahnen geschmückt und hatten international illustre Gäste an Bord wie den russischen Zaren oder den Kaiser von Österreich.

Als die kaiserliche Jacht an ihnen vorbeifuhr, jubelten die Menschen am Kanal.

»Hauke, sieh! Ist das nicht der Kaiser?« Aufgeregt zupfte Sophie an seinem Ärmel. Wie ein junges Mädchen winkte sie zur »Hohenzollern« hinüber.

Hauke nickte. »Ja, das ist er.«

In diesem Moment drehte sich der hochgewachsene Mann in der Uniform eines Admirals um und winkte in ihre Richtung, wie es schien.

»Oh«, hauchte Sophie und machte unwillkürlich einen Knicks. »Er kennt dich?«

Hauke lächelte. »Nicht persönlich.«

Sophie aber war anderer Ansicht, denn nun hob der Kaiser seine Hand zur Mütze und grüßte in ihre Richtung. Die Menschen jubelten, die Männer salutierten, und die Frauen hatten Probleme, ihre Begeisterung zu zügeln.

Als das letzte Schiff vorbeigefahren war und nur noch die Rauchfahnen aus ihren Schloten zu sehen waren, wandte sich Sophie an Hauke. »Dieser Unternehmer, Jennings. Was ist aus ihm geworden und aus seinen beiden Töchtern?«

Hauke nahm Sophies Arm. Gemächlich schlenderten sie weiter. »Wilhelm Jennings muss sich wegen Hochverrats verantworten. Er wird beschuldigt, sich mit Hilfe von gefälschten Unterlagen den Zuschlag für den Bauabschnitt bei den Schleusen beschafft zu haben. Er wird außerdem beschuldigt, die Kanalkommission um Geld betrogen und einen Menschen getötet zu haben.«

»In der Reihenfolge?«

»Auch wenn Ludwig Strasser ein Mensch war, man sieht in ihm eben nur einen kriminellen Erpresser.«

»Und die jungen Frauen?«

»Elisabeth Jennings ist auf Lebenszeit im Gefängnis für den Mord an der alten Frau.«

Sophie warf ihre Hände vor den Mund. »Mein Gott, die Ärmste. Wird man sie …?«

»Vor ein Erschießungskommando stellen? Nein, sie ist eine Frau.«

Hauke dachte an die Schönheit der Elisabeth Jennings, an ihr leuchtendes Haar, als sie vor dem Fenster im Salon stand und ihm erklärte, wie sie ihre gesellschaftliche Position durch eine strategisch ausgeklügelte Heirat zu verbessern gedachte. Sie hatte ihre Schwester Margarete schützen wollen, doch nur um ihres eigenen Fortkommens willen.

»Und die andere Tochter?«

Hauke spürte einen Kloß in seinem Hals. Das Schicksal hatte es mit Margarete Jennings am wenigsten gnädig gemeint. Sie musste in eine Anstalt eingewiesen werden, nachdem sie mehrfach versucht hatte, sich das Leben zu nehmen. Hauke, der vor einigen Jahren selbst gezwungen worden war, in einem Sanatorium dieser Art zu vegetieren, fragte sich, wie Margarete des Nachts die Schreie aus den Nachbarzellen, die entwürdigenden Eisbäder und die erbärmlichen Umstände aushalten könnte. Ohne Geld konnte sie sich in diesem Kosmos aus Martyrien und Tortur keinen Hauch Würde kaufen. Sie war die einzig Unschuldige im Fall Ludwig Strassers gewesen. Und die Einzige, deren Höllenqualen bereits auf Erden begonnen hatten.

Da spürte Hauke, wie Sophie ihre Hand auf seinen Arm legte. Wärme strömte durch den Stoff seiner Jacke, durch seine Haut, in ihn hinein.

»Deine Aufgabe war es, ein Verbrechen aufzuklären, Hauke.

Wie die Menschen mit der Wahrheit leben, ist allein ihre Entscheidung.«

Matt lächelte er sie an. Er war plötzlich so müde und wünschte sich, seinen Kopf in ihren Schoß legen zu können. Welch ungehöriger Gedanke, schalt er sich sogleich. Sie waren nicht einmal verlobt. Er war wütend auf sich, denn der Moment, als er sie hätte fragen können, war vergangen. Missmutig starrte er vor sich hin, während sie schweigend den Weg entlanggingen.

»Bitte warte einen Augenblick, Hauke«, meinte Sophie da unvermittelt. »Ich denke, es ist an der Zeit, dass ich dir eine Mitteilung mache.«

Hauke blieb stehen. Jetzt war es so weit. Sie würde gehen. Doch als er ihr ins Gesicht schaute, lächelte sie.

»Meine Probezeit bei Konsul Winter ist nun vorbei. Mein Dienstherr scheint mit mir als Lehrerin und Erzieherin seiner Kinder zufrieden zu sein. Ich liebe jedes der fünf Kinder.« Sie schaute ihn lange an.

Er hatte es geahnt. Sophie würde in Hamburg ein glückliches Leben ohne ihn führen. Er würde den Ring verkaufen müssen. Schon sackten Haukes Schultern herunter.

»Verstehe«, murmelte er und wollte weitergehen, als Sophie ihn am Ärmel festhielt.

»Ich habe Konsul Winter von dir erzählt. Er möchte dich kennenlernen.«

Hauke stockte. »Warum?«

»Nun, es hat sich herumgesprochen, dass du ein Attentat auf den Kaiser verhindert hast.«

»Unsinn.«

Sie lachte. »Ich will ehrlich sein, Hauke. Ich habe meinem Arbeitgeber von uns erzählt.«

»Von uns?«

»Ja, ich habe ihm gesagt, dass du mich um meine Hand bitten wirst, sobald du Kommissar bist.«

»Werde ich das?«

»Nun plapper doch nicht alles nach, Liebster«, lachte sie und tippte an seine Jackentasche, in der der Ring in seinem Kästchen seit Monaten geduldig wartete. »Deine Vermieterin, Fräulein Bender, erzählte mir von dem Ring, den du umherträgst. Ich nehme an, er ist für mich.«

»Aber du hat doch gerade gesagt, du wirst deine Arbeit in Hamburg behalten?«

Als verheiratete Frau war es unmöglich, dass sie bei fremden Leuten arbeitete.

»Der Herr Konsul willigte ein, dass ich bei ihm bleiben könne, solange wir nur verlobt sind.«

»Du in Hamburg und ich in Kiel. Wie soll das gehen?«

Doch auch hier hatte Sophie bereits eine Lösung gefunden. »Alle zwei Wochen werden die Kinder und ich für eine Woche in Kiel sein. Die beiden ältesten Jungen werden in der Firma ihres Vaters mitarbeiten. Und die Mädchen werden die gesunde Luft an der Kieler Förde genießen sowie ihre Großtante besuchen, die sie in die bessere Gesellschaft einführen wird. Ich selbst werde in dieser Zeit frei sein. Wir können uns dann sehen.«

Hauke konnte es kaum fassen. »Wie kam der Mann auf diese fabelhafte Idee?«, wollte er wissen.

Lächelnd schwieg sie und sagte damit doch alles. Ohne darüber nachzudenken, riss er diese wunderbare Frau an sich. Sie küssten sich mit all dem Verlangen jener, die zu lange hatten warten müssen. Der Kuss währte nicht lange, jedoch lange genug, um zwischen ihnen all das zu sagen, was sie seit Monaten hatten sagen wollen.

Hauke spürte, dass all das Vergangene, der Schrecken, von nun an keine Bedeutung mehr haben würde.

Nachwort

Sic vos non vobis (Ihr, aber nicht für euch) schrieb Bismarck nach der Fertigstellung des Kanals an den Generalunternehmer und Hauptinitiator des Nord-Ostsee-Kanals Vering. Damit spielte er auf die Tatsache an, dass viele sich mit dem Bau des Kanals rühmten, doch jene, die ihn gebaut hatten, leer ausgingen. Es scheint, als habe Bismarck damit auch die von den Feierlichkeiten ausgeschlossenen Arbeiter gemeint.

Im Original soll dieses Zitat von Vergil stammen, der sich darüber beklagte, dass ein unbedeutender Möchtegerndichter ein Vergil-Gedicht zu Ehren Augustinus als seines ausgab.

Kriminalpolizei Kiel, Ende 19. Jahrhundert: Nach dem schnellen Aufstieg der Stadt seit 1871 und dem starken Anwachsen der Bevölkerungszahl stiegen auch Anzahl, Ausmaß und Schwere der Verbrechen. So richtete man am 1. Juli 1885 die erste Stelle eines Kriminalkommissars ein, die dem Vorsteher des Polizeibüros übertragen wurde. »Dem neuen Kriminalkommissar sind die Vernehmungen und die Leitung der Recherchen in Strafsachen sowie die Sittenpolizei übertragen worden ...« (G. Stolz, Geschichte der Polizei in Schleswig-Holstein, Kiel 1989)

Der Kieler Kriminalkommissar Bahnsen ist eine fiktive Person. Der wahre Mann der ersten Stunde zur Gründung der Kriminalpolizei in Kiel war Kriminalpolizeikommissar Kleinschmidt. Er baute diese besondere Einheit der Polizei auf, strukturierte und erweiterte sie, machte sie zeitgemäß effizient und leitete die später auf mehrere Kommissariate erweiterte Kripo bis zu seinem Ruhestand.

Er erhielt Polizeisergeanten zur Hilfe. Diese Kriminalpolizeisergeanten, wie sie im amtlichen Sprachgebrauch hießen, erhielten jährlich fünfzig Mark Kleidergeld, sofern sie keine Polizeiuniformen trugen, und ein Salär von rund siebenhundert Mark. Sie waren für die Stadt Kiel zuständig, konnten aber auch in der Provinz eingesetzt werden, insbesondere bei Tötungsdelikten.

Die ersten Kriminalpolizeisergeanten unter der Führung von Kleinschmidt in Kiel waren 1894/95 die Herren Haberstern, Gerhardt, Haßstedt, Jeschke, Lehmann und Montag.

Nachdem 1898 die Polizeiverwaltung verstaatlicht wurde, unterlag die Kriminalpolizei von nun an dieser Behörde und wurde neu strukturiert. In der Polizeidirektion Kiel, Martensdamm 12/14, richtete man zwei Kriminalkommissariate ein, die Kleinschmidt leitete.

Die Zahl der Kriminalschutzleute, wie sie nun hießen, wurde auf zehn erhöht. Anders als die anderen Polizeibeamten arbeiteten die Kriminalsergeanten, wie auch heute noch, in ziviler Kleidung. Seit Gründung der Kriminalpolizei hatte sich das Gehalt der Kriminalpolizisten deutlich erhöht. So verdienten die einfachen Beamten um 1898 zwischen tausenddreihundert und tausendfünfhundert Mark, während ihr Chef Kleinschmidt immerhin über dreitausend Mark erhielt.

In meinem Buch habe ich mir die Freiheit genommen, der Zeit ein wenig vorzugreifen und die Umstrukturierung der Kieler Kriminalpolizei von 1898 auf 1894 vorzuverlegen.

Streich war zur damaligen Zeit eine bekannte Persönlichkeit in Kiel. Er war der oberste Aufseher des Gefängnisses, und mit der Umstrukturierung der Polizei 1898 übernahm der die Leitung desselben. Wenn jemand vorläufig inhaftiert werden musste, sagten die Leute: »Den bringen sie jetzt zu Vater Streich.«

»Der Prosector in der Westentasche« ist eine Anleitung in Versen zur standardisierten Sektion nach Professor Virchow. Sie diente den Studenten als Lern- und Merkhilfe, da den Medizinstudenten im 19. Jahrhundert noch die Durchführung pathologisch-anatomischer Sektionen zur Feststellung von Krankheiten und Todesursache abverlangt wurde. Ein Vorläufer, jedoch in amüsanter Form, ist der »Prosector poeticus«, eine Sektionsanleitung in Versform (Leipzig 1888).

Direktor des Pathologischen Institutes in Kiel war (um 1880) tatsächlich Professor Dr. med. et chirg. Heller. Ob er allerdings ein solcher Schelm im Umgang mit seinen Studenten war, wie ich es ihm unterstellt habe, ist mir nicht bekannt.

Das Liverpoolhaus ist bei Großseglern ein Mittelschiffsaufbau, der wegen der häufigen Verwendung bei in Liverpool gebauten Schiffen so genannt wurde. Bekannte Windjammern mit Liverpoolhaus sind zum Beispiel die »Pamir«, »Krusenstern«, »Passat« und die »Peter Rickmers«.

Im Jahre 1900 kam es im britischen Manchester zu einer Massenvergiftung, von der mehr als tausend Menschen betroffen waren. Wie sich herausstellte, hatten alle Bier derselben Brauerei getrunken. In Vorstufen der Bierproduktion wurde anscheinend Schwefelsäure eingesetzt, die ihrerseits aus Schwefel hergestellt wurde, der aus mit Arsenopyrit kontaminierten Sulfidmineralen stammte. Etwa siebzig Menschen erlagen ihren Vergiftungen.

Franz Xaver Gabelsberger, bayerischer Ministerialbeamter, begründete 1834 die aus der Schreibschrift abgeleitete kursive deutsche Stenographie. Gabelsbergers Hauptwerk »Anleitung zur Deutschen Redezeichenkunst« ist ein Meilenstein der Stenographiegeschichte.

Ludwig Schulze war königlich-preußischer Regierungsbaumeister und von 1889 bis zur Kanaleröffnung Vorsteher des Bauamtes I in Brunsbüttelkoog. Ebenso sind auch Pastor Eggerstedt und Amtmann Feil tatsächliche historische Persönlichkeiten.

Die schöne Jennings-Villa gab es nicht an den Schleusen. Und hätte es die Villa gegeben, die ich im damaligen neuen Beamtenviertel angesiedelt habe, wäre sie der Erweiterung der Kanalschleusen zwischen 1907 und 1914 zum Opfer gefallen.

Danksagung

Dass ich für meine Recherchen auf umfangreiches Material zurückgreifen konnte, verdanke ich einer Handvoll Menschen, die sich dem Bewahren von Zeitzeugnissen rund um Dithmarschen verschrieben haben.

Vor allem danke ich Uwe Möller, einem intimen Kenner der Dithmarscher Landesgeschichte und Redaktionsmitglied des Dithmarschen-Wikis, einer unglaublich informativen Website mit Originalberichten aus den letzten Jahrhunderten. Ebenso gilt mein Dank Almuth Koppermann, engagierte Mitarbeiterin des Schleusenmuseums in Brunsbüttel. Beide waren eine Quelle umfangreichsten Wissens und wunderbar kritische Mitdenker.

Im Stadtarchiv von Brunsbüttel verbrachte ich so manchen Morgen bei Leiterin Ute Hansen, die mir zeigte, wie wichtig es ist, die Vergangenheit einer Stadt lebendig zu halten. Sie konnte stets mit Schätzen aus ihrem Archiv aufwarten, wenn es um Details für dieses Buch ging. Auch danke ich dem Ältermann der Lotsenbrüderschaft, Michael Hartmann, für sein Angebot, einen Recherchetrip auf dem Nord-Ostsee-Kanal machen zu dürfen, und Herrn Thomas Fischer vom Wasser- und Schifffahrtsamt in Brunsbüttel, der für mich eine VIP-Führung im gesperrten Bereich der alten Schleusen organisierte.

Nicht vergessen möchte ich Dr. Ahlers, den Leiter der Kieler Landesbibliothek, der mir unfassbar schöne alte Karten vom Kanal und dem alten Kiel zeigte. Seine Leidenschaft fürs Bibliothekarische war ansteckend. Ebenso möchte ich den Damen des Kieler Stadtarchivs danken, die mir die Tücken des gemeinen Mikrofiches erklärten und mir spannende Hintergrundinformationen zum Kieler Marktplatz mit auf den Weg gaben.

Zudem danke ich meiner Kollegin Heike Denzau und meinem Mann Jürgen, die mir als Testleser kritisch zur Seite standen, sowie Mischa Bach, die mir Mut machte, auf meinem Weg weiterzugehen.